超感动长篇情感小说

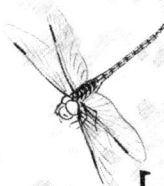

槐花飘香

著 曹孟伦

合肥工业大学出版社

序

普通人的生活和民族魂的诗篇 ｜陈士根

　　初闻曹孟伦写小说之事是在淮南电视台《今晚 8：00》栏目里，该栏目以《农民写书人》为题，报道了毛集实验区焦岗湖镇曹集村有一位农民用手机写小说的事迹。本人观后既感到惊奇又欣喜，惊奇的是有人用手机写小说，欣喜的是我又在毛集实验区发现有一位农民在写小说。我带着忐忑的心，约见了他。初见其人，感觉是中等偏矮身材，戴了一副近视眼镜，一手的老茧，衣着随便，看起来极其普通的农民形象。进一步闲聊时，才知道，年龄还比我大一岁。先前在无锡打工就开始小说创作了。他说他不抽烟，不赌钱，最大的爱好就是读书和写作。总之，和我一样，这样一下子拉近我和他的距离，我们谈了很多，从巴尔扎克谈到孔乙己，从海市蜃楼谈到了北斗卫星定位系统，从钻木取火谈到民族之魂。可以说是天南地北，海阔天空，从古到今。

临走时，他拷贝了一个 U 盘给我，让我帮他看一下《槐花飘香》这部小说，我欣然应允了。回到家里，我迫不及待地打开电脑，插上 U 盘，浏览《槐花飘香》来，看了几章没有看下去，过了一阵日子，我又继续看了几章，感觉很有意思，我就继续往下看，没想到还被后来的部分章节感动得流下了眼泪。这让我对那个其貌不扬的人刮目相看了。我一口气读完了这部小说。

　　我闭目深思，眼前出现一个个活灵活现的人物，自始至终萦绕在我的眼前，形影不离。同时变得很大很大，由模糊变清晰。我突然想起莎士比亚的一句话："生命苦短，只有美德能将它传到遥远的后世。"曹孟伦笔下的陈文进、蔡白雪、蔡永新、张垒、苏姗姗、陈兰兰、米莱苗、谷布齐曼等人物，虽然生活在农村，甚至是祖国的大西北偏远的少数民族的居住地，贫穷、困苦、落后、愚昧，但通过小说跌宕的故事情节，一群有着坚强信念和忠贞爱情及对祖国教育事业至死不渝的大爱精神彻底感染了我。我看到了一群平凡的人，在他们灵魂支点上有一团火焰在燃烧，越燃越旺，逐步升华为大义凛然的民族精神和民族之魂。

　　从陈文进和蔡白雪的忠贞爱情故事中，不难看出他们青梅竹马，两小无猜，执着坚守，有情人终成眷属等情感和情怀。爱情故事一波三折，生活场面曲折动人，通过故事的交叠，具体体现在被扭曲人性和现实生活产生的极不和谐的命运错落交织情况下，也流露出当时社会转折期间留下的不少弊端和无力改变现实的事实状况，造成了人物命运流离失所、悲欢离合的局面。让读者们感到痛心疾首、扼腕长叹的同时，对他们能够通过刻苦学习，改变自身命运的精神加以点赞。对蔡白雪西部助教八年，最后献身于西部伟大的教育事业而肃然起敬，感慨万千。故事末了，陈文进经过激烈的思想斗争，毅然放弃自己苦心经营的桥梁建筑公司，选择重新走上西部助教的坚定信念和坚强决心，升华了整部小说的灵魂，让读者产生了强烈的共鸣。

　　当然，整部小说，还有好多弊端。毕竟曹孟伦先生是初次创作，自身又是个地地道道的农民，农忙务农，农闲还从事建筑业，当泥瓦匠。挤时间写小说，也是一种无比高尚的执着精神在支撑着他。就通篇小说而言，小说语言艺术欠缺，还存在一些乡村俚语和自创语言，都是初学者的弊端，但瑕不掩瑜。

小说通过蔡白雪为西部助教牺牲和陈文进抉择再回西部助教的精神，铸造了一群普通人的民族之魂，体现了一种正能量，在当今社会都会激励一些人为民族大业意气风发、无私奉献，为社会主义建设事业生命不息，奋斗不止，勇敢向前。鲁迅先生说过："唯有民族魂是值得宝贵的，唯有它发扬起来，中国才能进步！"

　　生活在最基层的农民作家曹孟伦先生，仅有初中文化程度，顶着家庭困难和妻儿的不理解、社会上的许多流言蜚语，笔耕不辍，还是难能可贵的。

2017 年 7 月 20 日于淮南毛集

目　　录

第一章　风筝的线

故事发生在 20 世纪 70 年代初，一个平淡而寂静的农家村落。绿油油的田野里，是一眼望不到边的麦苗，正值农忙时节，村民都忙碌在田间地头。

小路上有个男孩，正手扯风筝线，将手中线框高高地举过头顶，边跑，边回头张望着。

不远处的小路上有几个小伙伴，大声喊道："狗子加油——狗子加油——"

只见狗子随着伙伴们一声声地吆喝，迅速将步伐加快，随着他手中的风筝线"唰唰唰"地往外放，这只风筝，犹如一只翱翔的老鹰，瞬间飞上了天空。狗子手握风筝线框，两只机灵的眼睛盯着空中的风筝。他心里很得意，并大声喊道："哎，快看啦！——我的老鹰上天啦！"

正当狗子沾沾自喜时，从庄子上传来一位妇人的吆喝声："狗子——吃饭啦！"

"知道啦！"狗子应完声，手拉风筝线，便朝回家的方向走去。在离家不远的地方，路边有棵大槐树，狗子走到近前，将风筝线拴在大槐树上，扭头就往家跑。跑到家里，他推开厨房小门，来到锅灶前，拿起碗筷，将锅里剩下的一碗山芋干稀饭吃完了，扭头又朝大槐树下跑去。他一口气跑到大槐树下，向空中一看，不由得大吃一惊！"我的风筝哪儿去了？"他边喊，边向空中寻觅风筝，风筝果然不见了踪迹。狗子气得一屁股坐在地上，"哇"的一声大哭起来，嘴里嚷嚷着："我的风筝哪儿去了？是谁把我风筝线搞断了？"

就在狗子又气又急、无处发泄时，听见前面小路上有一小女孩，向他喊道："狗子！狗子！"

狗子一看是小白雪，一种忍不住的怒火涌上心头。他心想：风筝线，一定是她搞断的！不是她搞断的，又是谁呢？他嘴里咕噜着，同时向四周搜寻，发现无人，于是他飞快地跑到她跟前，朝着她脸上就是一记耳光。小白雪被打得"哇"的一声大哭起来。狗子仍连连逼问道："我的风筝线是不是你搞断的？你说！你快说呀！"

小白雪忍着火辣辣的痛，委屈地哭诉着："不，不是我。"

"不是你是谁？这儿除了你，还有谁？"

就在狗子向小白雪再次逼问时，小白雪的哥哥兔蛋，一阵风似的从家里跑来。他一面跑一面喊："狗子——狗子——你打俺小妹干什么？你凭什么打她？"兔蛋跑到近前，照着狗子前胸就是一拳。狗子被打得向后倒退两步，他扬起巴掌，朝着兔蛋脸上也打了一记耳光。就这样，平日里十分要好的两个小伙伴，拳来脚往打斗在一起。

站在一旁的小白雪，望着他俩拼命厮打，吓得不停地搓手却帮不上忙，情急之下大喊道："别打了，你俩别打啦！"

小白雪的大声呼叫，惊动了正在池塘边洗衣服的赵婶子，她忙搁下手里活跑过来，将两个人拉开，送回各自家中。打那以后，狗子和兔蛋就渐渐疏远了。

冬去春来，浓浓的过年气息刚过，淡淡的年味，还流连在孩子们的胃口里。一起玩耍、一起打闹、一起成长的四个同龄小伙伴：狗子、石头、小白雪和兔蛋，他们到了跨入校门的最佳时期。

在生活贫困的年月里，让孩子们上学读书，可是大人们十分看重的一件事。大人们情愿勒紧裤腰带，都想让孩子们读书，希望将来好有个出头之日！

正月十六这一天，是学校新生报名的日子。吃过早饭，狗子母亲带他去了离家二里多路的"农读"小学报了名。

这所小学校，是新中国成立初期建造起来的。十几间破旧的土坯草房，外加一间简陋的办公室，就是当时发展教育的重要场所了。这儿白天供全大队的孩子们上学，晚上社员们为扫除文盲，也聚集在这里学习认字，时间一久，"农读"小学，因此而得名。

狗子母亲带着狗子来到小学，向老师报了狗子的大名和家庭成分，又交了 5 角钱学费后，娘儿俩便匆匆往家赶。当他俩走到离家不远的地方，狗子见小白雪和兔蛋，也跟在他们爸爸身后，无精打采地往学校走。大人们见面彼此打过招呼各自离开。当狗子和小白雪擦肩而过时，狗子见小白雪将脸扭向了他，嘴唇动了动，像是要和他说些什么，只见小白雪的嘴唇还没有张开，就被跟上来的兔蛋一声呵斥，吓得她扭过头，匆匆离开了。

狗子见小白雪的一举一动，知道她还是为那次风筝断线的事在生气，狗子想借此机会和她解释……

晚上，狗子一家人，坐在昏暗的油灯下，望着面前火盆里荧荧放光的火星，聚精会神地听着当时用木盒纸片制作的、品质极差的广播匣子。当时广播里正在热播苏联作家奥斯特洛夫斯基写的长篇小说《钢铁是怎样炼成的》。那时的有线广播，还没普及。一根正极电线通向公社的广播站，一根负极电线，直插在地面上，发出的声音很小，音质也很差，听起来就像苍蝇觅食，"嗡嗡"作响。

狗子将耳朵贴近挂有广播的墙壁旁，专心致志地听着。狗子的爸爸陈元昌，为了在儿子面前显露一手，对狗子说："儿子，你想让广播响起来吗？"

"当然想啦！你有啥办法让它响吗？"狗子望着爸爸问。

陈元昌一本正经地说："你去厨房舀瓢水来，泼在地线上，广播立马就会响起来。"

狗子瞪大眼睛反驳说："不可能，水怎么能让广播响起来呢？"

"儿子，你若不信，可以验证一下嘛！"

狗子果然跑进厨房，舀瓢水泼在地线上，广播真的响了起来。

陈元昌望着狗子说："儿子，没错吧？爸没骗你吧？"

狗子又问："你是怎么知道水会让广播响起来的呢？"

陈元昌含糊其词地说："这里面啥个名堂，我也说不准，就是在公社开'三干会'时，听广播线路维护员一说，才得以知晓。"

"哦，难怪看你神秘兮兮的样子呢，原来你也是现买现卖呀！"

陈元昌将脸一沉说："这叫老子不哄儿子，粪不哄地，你懂吗？"

狗子见他爸又老话重提，一笑说："我知道，这话在我耳朵里早就磨出老茧了。"

狗子仍专心致志听着广播。正在他听得着迷之时，外面刮起了大风，一阵风头过后，突然广播不响了。狗子刚要问是咋回事。"别听了，外面电线被风刮断了。"随着陈元昌一声大吼，屋里便寂静下来了。

外面的风越刮越大，从破旧的门窗内灌进屋里，将油灯吹得忽明忽暗，陈元昌一家人索性各自脱去棉衣上床睡觉了。

狗子躺在母亲身边，睡不着，脑子里总是浮现一年前小白雪被他打、被他冤枉的情景。此后，他悟出一个道理：凡事不能冲动，要多加思考，否则……

狗子睡不着，缠着母亲问："妈，你知道小白雪妈妈是怎么死的吗？"

母亲翻过身，冲着儿子问："你咋问起这事来了？"

"我就随便一问。"

母亲轻叹一声说："那是十年前的事了，小白雪和兔蛋，是一对双胞胎。他们妈妈生下他们后，一直流血不止，邻居们帮忙找来医生也是无济于事。后来只能看着他们妈妈将血流尽，硬是流死在一张破旧的木板床上，真是惨啊！"

狗子听着母亲的述说，又问："兔蛋的名字是谁起的？难听死了！"

母亲缓和一下气氛又说："白雪妈妈死了后，两个孩子没有奶水吃，可又想让两个孩子活下来，他们爸爸蔡良伯，就请来算命先生，为两个孩子算命。他俩出生在农历二月，又称兔月，算命先生就给男孩取名叫兔蛋。又因兔子有白色的，就给女孩取名叫白雪。这个'白'字，也是为她母亲守孝的意思。"

狗子又好奇地问："以往听小白雪说，他们还有个姨妈，住在离这儿不远的地方，是这样吗？"

狗子母亲又说："是的。小白雪妈妈和她姨妈，本是四川某一偏僻山村里的人，是被人贩子骗来的。小白雪妈妈叫潘梅，她姨妈叫潘枝。当时小白雪爸爸在大食堂烧火，人贩子看他家能拿得出钱财，就将老大潘梅卖给了他。后来听说她姨妈被卖到一个城市的郊区。白雪和兔蛋出生时，他们姨妈也在场。潘枝望着奄奄一息的姐姐躺在血泊里，哭得死去活来。可怜娘家远，又没个亲人，唯一一个姐姐也死了……"

"白雪爸爸为他兄妹俩没少操心。当时小白雪吃了我的奶水，兔蛋吃了石头妈妈的奶水，才救活他俩的命。再后来，天气变暖了，他们爸爸凑点钱，从外地买来一只大山羊，说来也奇怪，一只大山羊的奶水，竟然喂活两个孩子！真是天意啊！"

第二章　春心萌动

阳春三月，放学回家的四个孩子，狗子、石头、小白雪和兔蛋，结伴同行去打猪草。

兔蛋和石头，就像两只爱撒欢的牛犊，在麦地边的小路上，胡乱跑着，他俩边跑，边把圆圆的柳条筐当作皮球扔，你投过来，他投过去，疯狂追逐着、打闹着。

狗子突然想起，村子后面的那棵大槐树上的槐花已经开了。这可是他们每年企盼着的一顿美餐啊！于是提议明天放学一起去采槐花。

"好啊！明天是星期天，我们就一块去采槐花吧！"白雪也喜出望外地说。

"好！明天我们一块去。"石头忍不住大喊道："噢——我们吃槐花喽！"

狗子更是一反常态，唱道："哎——槐花香！吃到嘴里味道长！槐花绽放香十里，惹得人们心里慌——惹得人们心里慌！"

"狗子，你唱的什么歌呀？"石头讽刺地问。

"俺唱的是自编的《槐花之歌》!"

"那不叫《槐花之歌》，那叫'汪汪汪'吧？"

"石头，你别老欺负我行不？你没听人说，什么急了也会跳墙的吗?"

"当然是狗急跳墙喽。哈哈——哈哈——哈哈哈……"

几个人说说笑笑来到坝坡上，他们望着坝坡上绿油油的毛豆草，开始挖了起来。

要说打猪草，他们几人已比试过无数次，可每次从开始到结束，收获最多的，都是小白雪。以致大人们和她一比，都要略逊一筹。

他们将筐子拔满，坐在坝坡上，稍歇片刻，狗子起身说："太阳快下山了，我们还是早点回家吧！"

兔蛋又犯起牛劲说："要走你走，我们摸黑，我们乐意。"

狗子听了，知道兔蛋还是为那次风筝断线的事，一直记恨着他。尽管他在学校里，多次向他兄妹俩认错，但始终得不到兔蛋的谅解。

"哥，你就和别人不吃一个井的水。"小白雪责怪兔蛋道。

兔蛋见狗子和石头都已挎起草筐往家里走，无奈他也挎起草筐跟在了他们的后面。

几人挎着沉甸甸的草筐，艰难往家走着，当他们路过一条小河沟时，走在中间的白雪，脚下一滑，身子一歪，本来挎着草筐就很吃力的她，连人带筐，一下栽向河里。也就在小白雪栽向河里的一瞬间，跟在白雪身后的狗子，迅速将草筐一扔，一把拽住白雪的胳膊，往上一带，白雪是被拉上来了，可她挎着的那一大筐毛豆草，像皮球一样滚进河里。草筐在水里翻个滚，毛豆草露出水面上。几个孩子你看看我，我望望你，谁也拿不出一个好的办法来。

兔蛋气呼呼地冲着白雪吼："走路不长眼睛，有啥本事！"说着，动手要打小白雪。小白雪被吓得眼圈一红，泪水"吧嗒吧嗒"流了下来。

"你俩别吵了！我有办法了！"

石头惊讶地问："狗子，你有啥办法？你以为你是孙猴子，会七十二变？"

"你别管我是不是孙猴子，反正我能把猪草捞上来。"狗子自信满满地说，他让小白雪到河埂后面躲一下，如果没人喊她，千万别过来。

小白雪走后，狗子迅速蹲下身，把裤子往下一褪，将两边的裤襟对称一扎，猫下腰身，顺着河坡滑进水里。

石头和兔蛋一见，才明白狗子的用心良苦。

兔蛋忙问："狗子，河水凉不凉啊？"

尽管狗子在水里强撑劲儿说不凉，但他脸上瞬间布满的鸡皮疙瘩。

狗子屏住呼吸，忍着寒冷，把水里的柳条筐用力扔上岸，又让石头把河坡上一根棍子扔给他。他用棍子将浮在水面上的猪草往一块拢，然后将拢在一块的猪草，再一包一包朝岸上扔。石头和兔蛋，将扔上岸的猪草朝筐里摁。这时蹲在土堆后面的小白雪，也忍不住跑来帮忙。猪草很快被捞完了。狗子把木棍的一端递给岸上的石头和兔蛋，他俩使劲一拉，狗子立马被拉了上来。他们互相笑了笑，这开心的一笑，无疑化解了他和兔蛋间的不愉快，也彻底缓解了他们伙伴之间的关系。

白雪兄妹回到家里，用火柴点亮油灯。蔡良伯抬头望了望他俩问："你俩怎么玩这么久才回家睡觉？"

"爸，我们是跟狗子、石头一块玩的。"白雪爽快地回答道。

蔡良伯闻声披衣坐起，用火柴棒拨了拨灯芯。摸起床头上没有抽完的半拉烟卷，放在油灯上"吧嗒吧嗒"抽了两口说："小白雪、小兔蛋，我交代你们几句话，你俩可要记住喽！你们往后在一块玩，不准叫人家狗子、石头。应该管他俩叫哥！你俩出世时，没有奶水吃，白雪是吃了狗子妈妈两个月奶水长大的；兔蛋也吃了石头妈妈两个月奶水。咱欠人家人情你俩懂吗？你们出口就叫人家狗子长、石头短的，被人家听见，岂不说你俩没有礼貌？"

蔡良伯语重心长的一番话，小白雪心领神会地点了点头。

夜深了，小白雪躺在床上，翻来覆去。哥哥鼾声如雷，小白雪心里怎么也安静不下来。想着爸爸刚才交代的话，又想着白天狗子哥为她做的事，齐腰深的小河水，他都不怕冷。在小白雪幼小的心灵里，逐渐萌发出了一种对狗子哥的爱慕。这个晚上，小白雪好长时间都没能入睡。

第二天吃过早饭后，大人们依旧下地干活，这时门外传来"沙沙沙"的脚步声，只见狗子手拿竹竿子，肩挎布兜兜，飞快地跑到白雪家门前喊："白雪、兔蛋，你们快出来，我们一起去采槐花啦！"

这会石头也听到狗子的喊话，便手拿小筐子，来到槐树下。

狗子来到槐树下，把竹竿子往地上一扔，怀抱树干，就像狸猫上树一样，迅速爬上树梢。他在树上站稳脚跟，把带有绳子的布兜兜朝脖子上一挂，让兔蛋把地上的竹竿子递给他，便站在树上采槐花了。他将身边的槐花一把一把采下，放进布兜里，又拿起竹竿子，猛烈敲打够不着的槐花，槐花花瓣就像漫天飞舞的雪花，飘飘悠悠，向下坠落。

白雪、兔蛋和石头，站在大槐树下，昂头用小筐子接从树上飘下来的槐花瓣，白雪关切地喊："狗子哥！你脚可要站稳了！你要多采一些槐花哟！我可爱吃这清香的槐花啦！"

白雪的话音还未落，慌乱中的石头，就和兔蛋撞了个满怀。就在他俩相撞还未缓过神时，白雪的鞋子也被石头踩掉了，白雪弯腰刚要去捡鞋，又把兔蛋绊了个跟头，恰巧兔蛋倒地时，又撞在石头的脊背上。这一连串的精彩动作，让几个孩子哭笑不得。

狗子在树上看得真切，望着他们一个个狼狈相，得意地大叫道："哎！我在天上下雪啦！我要仙女散花喽！"

石头更是风趣地问："狗子——仙女为啥还长着尾巴啊?"话音未落,又引起一阵大笑。

一阵笑声过后,狗子将装满槐花花瓣的布兜兜,用绳子扎紧扔下来,把白雪的筐子先装满,然后把布兜兜重新钩上去,接着再采……

第三章　情系心中

时光犹如滚动的年轮，悄无声息地流转着。又是一个炎热的盛夏，刚刚吃过午饭的几个孩子，又聚集在石头家的小房间里，遵照暑假前老师为他们布置的内容背诵。

外面如火的骄阳，如同一个大的蒸笼，石头家大黄狗，也趴在他们面前，舌头伸出老长，"呼哧呼哧"喘着粗气。

狗子手拿蒲扇"呼啦呼啦"扇着。他们感觉这闷热的天气，像凝固了一样，让人透不过气来。兔蛋从床上跳到地下，说："这闷热的天气，还让人活吗？要是有个大西瓜吃，才叫够劲呢！"

"你就别做梦娶媳妇，尽想美事啦！"石头向他扮了个鬼脸道。

兔蛋仍烦躁不安地说："石头，我们不妨去洗个澡，好不好啊？"

"好，去就去，狗子你去吗？"

石头话音未落，小白雪嚷着也要去。狗子见他们都要去，只好答应说："白雪要去，只能在浅水玩，不准往深水里游。"

几个人说完，一溜烟跑到村口的池塘边，狗子说："咱们三个男孩子，只许脱背心，不许脱裤衩。"

"知道，你以为就你聪明，别人都是大笨蛋！这简单的'男女'二字，我们还是分得清的！"石头说。

接着几人脱掉鞋子背心，如同三只见了水的鸭子一头扎进水里。此刻他们在水里，像三条大鱼，来往穿梭，任意游荡。

小白雪也不示弱，身穿一袭碎花白底短袖褂子，顺着池塘的边缘，缓缓滑进水里。

狗子用脚踩着水，将头露出水面喊："哎——石头、兔蛋，咱们在水中玩捉迷藏好不好啊？"

"好啊！玩就玩，谁还怕谁不成？"

"既然同意，我先来了！"

"好啊！你来就你来。"两人说完，向狗子游去。

只见狗子，在水面上深呼吸，将头往水里一缩，不见了踪影。接下来兔蛋和石头，迅速扎猛，朝狗子消失的地方紧追，结果他俩在水下费了好多力气，也没有抓住狗子。两人无奈，将头露出水面，一面踩着水，一面向四周张望，这时他俩发现，狗子在距他俩十几米远的池塘中心浮出水面，并得意地向他俩喊："哎——石头、兔蛋，我在这儿呢！你俩有能耐，快来抓我呀！这儿的水可凉、可舒服着呢！"

石头、兔蛋见狗子得意忘形，再次潜入水中，奋力向他游去。此刻浅水里只有小白雪，在那儿缓缓游荡。她也想加入他们捉迷藏的行列里，心里想着，身子便不由自主往深水里游，就在小白雪奋力向下踩水时，突然感到脚下有人，接着她又敏感地意识到，脚下这人，一定是她狗子哥。于是，她迅速地潜入水底，伸手去抓那人。水下这人，似乎已料到有人来袭，将身体急速下沉，试图从小白雪身下游过，也就在他用脚极力划水时，被小白雪一把擒住了脚脖子。水下这人，自知脚被对方抓住，来了个一百八十度大转弯，企图把小白雪的手臂从他的脚上掰掉。可无奈，对方的手臂，也灵巧地随着他的身子转动着。

由于狗子是事先潜入水底的，气力不如白雪，所以他只好抱住对方，乖乖浮出水面。又因他俩在深水里经过一番挣扎，两个人的身体早已荡在了浅水。当他俩紧紧搂抱在一起，浮出水面的时候，狗子发现，自己抱着的竟是小白雪！

这时兔蛋和石头，也发现他俩踪迹。石头向他俩喊："哎——白雪！狗子被你逮住了！"

此时白雪没有搭理石头，而是羞愧地缩回水里，沿着池塘边缘，缓缓地游上岸。她避到池塘的背后，将上衣脱下，把水分拧干，披在身上，稍晾片刻后，又穿上衣服，重新走了出来。

这会他们三人也在水里耍够了，上岸穿衣，返回到村子后面的那棵大槐树下。三个男孩子跟着小白雪玩了一会耍石子，又玩智力比赛和成语接龙。

天黑下来了，白天滞留下来的余热迟迟还没有耗尽。

吃过晚饭，狗子手拿要背诵的小册子，信步来到小白雪家门前。他看见小白雪和兔蛋正在猪圈里喂猪，他替他俩将猪食倒进猪槽，三个人便向石头家走去。

四个孩子到了石头家，便和大人们一道来到生产队的打麦场上，围坐在一块，开始背诵起课文了。他们背累了，又把目光投向无边的天际，遥望着闪烁迷离的星空。石头便开始为几人讲述牛郎织女的故事。当瞌睡来时，再也熬不住的他们，便起身往家赶。

在回家的路上，狗子提出："从今天开始，我们几人相互不准再叫小名了，改叫大名，你们同意吗？"

狗子这一提议，很快得到几人赞同。石头也兴奋地说："其实我早就想改叫大名了，就是改不了这个习惯。"

"改不了也要改。再过一年，我们就该去沿湖公社上中学了！总不能把我们的小名也带到中学里去吧。"

兔蛋望着狗子也说："瞧俺俩这名字起的，狗子、兔蛋，天生就要受他石头的气！"

接下来他们面对面站着，只听"啪啪啪"一阵响亮的击掌声过后，瞬间脱去了稚嫩外壳的几位少年，兴奋地喊出对方的大名："陈文进""蔡白雪""蔡永新""张垒"。在那个时代里成长起来的四个孩子，曾经度过了一个又一个像这样美妙而又漫长的岁月。

金黄色的秋天，已悄悄挤走炎热，主宰了这个季节的主旋律。

沿湖岸边那一片片金灿灿的稻子，似乎没能与往年收成相攀比，害羞地低下了头；成群结队的麻雀，打着旋在稻子上飞来飞去，"叽叽喳喳"享受着秋收为它们带来的丰盛美食。

沙湾地段那一望无际的大豆，沿湖大队的干部正组织生产队的妇女们，不畏炎热，精神饱满地收割着大豆。她们个个心里都明白，这一年的生活口粮，全凭这一天天的劳动来换。尤其是在这秋收的季节里，她们谁都不愿落在谁的后面，谁都不愿看到自己的工分被算少……

这时有一位眼尖的妇人发现蔡良伯送水来了，忙喊："哎！送水的来了，蔡良伯送水来了！"

众人一听都回头观望，只见蔡良伯肩挑一担茶水，抄近道朝这边走来。

因为蔡良伯一家是生产队出了名的困难户，蔡良伯又是一位老支气管炎患者。生产队长为照顾他一家生活口粮，就让他在队里烧茶送水，干点力所能及的活来维持生计。

蔡良伯把水担到地里，还未等扁担放下，妇人们就围拢过来争着抢着要喝茶水。

蔡良伯忙劝阻道："别抢，别抢，这么大的两桶水，够你们喝个饱！"

只见这帮妇女轮流抢过水瓢，你一瓢，她一瓢，一瓢不够再来一瓢。就这样，两桶茶水不一会儿就被喝了个精光。

张垒的母亲喝完后，摘下头上毛巾，在脸上擦拭一把说："这都秋天啦，咋还这么热呢？"

白雪的二婶接过话茬道："这遍地的庄稼还没收完，不热行吗？"

正当大家有说有笑之时，张垒的父亲张吉庆，赶着生产队的牛车来到地里。随着张吉庆一声长"吁——"两头大黄牛，便慢吞吞地停了下来。

车上跳下四名壮汉，手拿铁叉，将妇女们割下的大豆秸，一叉一叉摞在一起，装上了车。

深秋的夜晚，田间地头已见不到起早贪黑劳作者的身影，死一般寂静的旷野上，偶尔能听到几声孤僻的夜鹰在叫。淡淡的月光，隐藏在流云的背后，忽明忽暗地窥视着大地。

陈文进和张垒背上书包，手里拿着用墨水瓶自制的煤油灯，深一脚、浅一脚地来到白雪家门前。他俩见门关着，于是敲门喊："白雪、永新，你们在家吗？"

"哎，我们在家，你俩快进来吧！"白雪在屋里答应着，也将墙上挂着的油灯点亮。

陈文进问："我们不是说好，今晚在你家读书的嘛！你俩咋睡这么早呢？"

白雪将油灯拨亮点说："天刚黑下来，爸就被队长催去学习了。"

张垒去掏永新被窝问："哎，别睡了，快起来，我们一块读书吧！"

永新猛地翻个身说："别掏了行不？"

"今晚俺家没有下锅粮食啦，晚饭没有做，哥就是饿得睡不着，才发牢骚的！"白雪揉揉眼说。

"你俩还没吃饭？"陈文进问。

"爸说队上会计不在家，现在领不来粮食，即便能领来粮食，也要等明天去大队打谷房加工后，才能回家烧饭。"

"哦，那你俩要啥时才能吃上饭呀？"陈文进说。

小白雪说："爸让俺俩忍着，还说'人是一盘磨，睡下就不饿'，要是饿了，就闭上眼睛数数，慢慢就会睡着的。"

陈文进说："你爸真会使招！闭眼数数，岂不越数越饿吗？"陈文进想，他俩真要饿到明天，不但耽搁上学，而且要是饿出病来咋办？他灵机一动，一把拽过张垒附耳嘀咕一番。

张垒立马反问道："我们都是学生，若被老师知道，就算不把我俩开除，也要记个大过！"

陈文进说："他俩饿到明天，饿出病来可咋办呢？"

张垒眨眨眼说："要干就这一次，下不为例。"

"就干一次，也是最后一次。"陈文进也附和道。

说完，他俩习惯地将巴掌在空中一击，又向白雪、永新扮了个鬼脸。迅速带上房门，陈文进从门口拿了一个柳条筐，两个人沿着村子后面的一条小道，径直向村口跑去。

陈文进拽了一把张垒衣角，暗示他跟上。然后他俩猫着腰，沿着村口一排白杨树，像兔子一样悄悄窜进地里。他俩借助淡淡的月色，沿着一道道凸起的山芋垄，一阵乱扒，不一会儿工夫，他俩就扒出半筐山芋，再把破坏的山芋垄用山芋秧伪装好，挎起柳条筐，返回到白雪家。

两个人推门进屋，将山芋筐朝地上一放，张垒迅速关上房门。白雪重新点亮油灯，永新也被这突如其来的响动吓得一骨碌从床上爬起。当他看见地上放着半筐山芋时，乐得一下子蹦到地上说："你俩去扒山芋，也不告诉我一声，好让我去帮帮忙啊！"

"瞧你饿得那熊样，踹你两脚都懒得动弹。现在看有吃的来了，精神头又足了。"张垒瞪他一眼说。

于是他们一起动手，把山芋洗干净放入锅里，白雪坐在灶下生火，几个人开始炸起了山芋。

张垒为了表功，给永新讲述刚才扒山芋的情景。他一面讲，一面手舞足蹈地美化着刚才的过程，把永新乐得一个劲说："过瘾，过瘾。"

陈文进忙"嘘"了一声道："你俩以为偷山芋是光彩的事？若被队长知道了，非把我们几人也按在锅里炸吃了不可！"

永新把嘴一咧说："那吃肉的味道，更香、更美。"

"哥，你就知道幸灾乐祸！"白雪瞪了他一眼。

"好啦，都别说了，省点力气，等着吃山芋吧！"陈文进说完，小屋里顿时鸦雀无声。

他们屏住呼吸，瞪大眼睛，故意你看看我，我瞧瞧你，互相交换一会眼色，都暗暗好笑，此番作为，是聪明？是幼稚？还是愚昧无知？总之，不管是对是错，填饱肚子为先。

稍后，山芋烀熟了，浓浓的山芋香，让孩子们胃口大开。陈文进掀开锅盖，永新第一个跳下床，拿起碗筷，在锅里捞上一大碗，然后坐在床沿上，大口大口吃了起来。只见他吃得香，吃得甜，嗓子里面没咽下，又把嘴里填得满满的。

白雪见永新狼吞虎咽的样子，关切地说："哥，慢点吃，别噎着，没人和你抢！"白雪也拿起碗筷，为陈文进和张垒各盛一碗，自己也盛了一碗。

永新的胃口倒是比其他几人大得多，只见他一连吃了两大碗，脖子噎得像老鸭，肚皮撑得像青蛙，可他还是感觉没吃饱，于是放下碗筷，揉揉肚皮说："可惜肚子太小了！否则我能把锅里的山芋全吃光。"

陈文进对白雪说："剩下的山芋，等你爸回家吃。"

他们把一切安排妥当，陈文进刚要去开门，就听门外传来一阵急促的脚步声。孩子们一听大惊失色，就在他们不知所措时，门"吱呀"一声被推开，原来是队长和蔡良伯一块来了。

这就叫"怕鬼就有鬼出现"。只见队长一进屋，就瞪大眼睛叫："好啊！难怪老远我就嗅出有烀山芋的香味。"说着，他掀开锅盖，当他看到锅里两碗香喷喷的山芋时，气得火冒三丈。一把揪住张垒的耳朵大叫："你们真是胆大包天。幸亏今晚我派蔡良伯去看山芋，他让我来替他搬床抱被，否则山芋被偷光了，我还蒙在鼓里呢！快说，让我如何惩罚你们？"

蔡良伯一见可吓坏了，赶紧上前赔罪说："队长啊！消消气！

你大人不计小人过，别和孩子们一般见识！我想他们也是一时糊涂，才做出傻事的，还请队长发发慈悲，放过他们这一次吧，毕竟他们还小不懂事。"蔡良伯伸手抓过永新，照着屁股就是几巴掌。永新趴在床沿上被打得号啕大哭。蔡良伯接着又说："队长啊！请您高抬贵手，就放过他们这一次吧！"

队长见蔡良伯又是打孩子，又是说好话，不好再发火。他用眼瞪了他们一下，沉思片刻后说："好吧！既然有人为你们求情，就看在初犯的分上，给你们两条路，任选一条：今天，生产队劳力多半都出去干活了，家里人手不够，我想让你们今晚去守仓库，罚你们在仓库里坐到天亮，不准睡觉；要么，明天把你们送到学校，让老师惩罚你们，两者任选其一！"

队长的话音还未落，陈文进和张垒就说："我们看仓库，我们看仓库。"

来到生产队仓库里，他们将铺盖挨窗子铺好，三个男孩子背靠墙坐下。队长把仓库的门从外面锁上，才闷声闷气地走开。

三个孩子坐在仓库里，面对满满一屋子的粮食，强忍住口水，都笑了出来。

眨眼间春节将至，辛苦了一年的农民，为了能让全家人过上一个舒心的新年，他们或多或少办些年货，买几副对联、割二斤猪肉，再为男人买瓶老酒，为孩子添几件新衣，各自奔走在赶集的路上。

文进母亲为让儿子在穿戴上不低别的孩子一等，她拿出家里的钱罐子，找出攒了一年的布票，要为儿子做套新衣。

娘俩来到沿湖公社老街上，买完衣服后，陈文进又撇开母亲，一个人往回赶。

陈文进在回家的路上走着。突然，他回头发现，小白雪也在他后面往家赶。他放慢脚步等小白雪赶上来，问她上街都买些什么。

小白雪说天刚蒙蒙亮，她爸就将她喊起来让她把家里的小猪仔赶到集上卖了，换点钱花。

两人并肩走了一程，陈文进说："等开学了，我想送你一件礼物，你愿意接受吗？"

小白雪喜出望外地问他啥礼物，可任凭小白雪如何追问，陈文进都神秘兮兮地不说。

"文进哥，你不是骗我吧？"

"骗你？骗你是小狗。"

"哈哈，不骗也是小狗啊！"

陈文进见小白雪笑得像小花一样灿烂，又对她说："你笑的时候真好看。"

白雪面颊一红说："真的吗？"随着一声轻柔的问话，小白雪也害羞地低下了头。

"狗子——狗子！你姐来信了，把你姐姐来的信带回家！"会计一番响亮的呼唤，打断了他俩的思绪。

陈文进问会计："是谁来的信？"

"是你姐姐的。"

"我何时还有个姐姐？"陈文进自言自语道。

白雪忙提醒他说："你把信拆开来看一下，不就清楚了嘛！"

于是，陈文进拆开信封，打开信瓤。只见信上写道："亲爱的爸爸、妈妈，你们好！我是你们的女儿兰兰。自从我们分手那年算起，足有十年没能见面了！爸爸、妈妈，你们知道，我是多么想念你们！你们知道，有多少个日日夜夜，我从梦中惊醒！爸爸妈妈！我今年都十八岁了！八岁那年，你们把我丢在这里，我哭着、喊着要跟你们回家，他们一家人不让我走，还时常吓唬我、打我。后来你们走远了，我就跟在你们后面追，一直追出好远，也没追上你们。当时天已经黑下来了，天上还下着蒙蒙细雨。我哭着、喊着，在泥泞的小路上追赶你们。衣裳淋湿了，浑身跌满泥浆。我累得实在跑不动了，就蹲在人家草堆前啼哭。嗓子哭哑了，眼泪流干了，哭得说不出话来。我就蜷缩在草堆前，一直蹲到天亮。待第二天，他们家来找时，才把我抬回家。由于连冻带饿，我已经昏死过去。回家我躺在床上，睡了半个多月，才慢慢好转过来。

打那以后，每天我帮助婆婆洗衣做饭，收拾家务，他们家的老二、老三，还时常欺负我。幸亏刘明辉对我好，帮着我、带我玩，还手把手教我认字。不然，你们连女儿的一封信，都见不着了！他们家兄弟多，只有老大明辉上了高中，老二读到初中。老三、老四和我，都在生产队里挣工分，生活凑合着过。我们这儿一天三顿都是米饭，就是稀了点，稀得都能照出人影儿。上个月，军区部队下来征兵，明辉被一位带兵的团长看中了，前几天，他光荣地入伍了。临行前，明辉让我在家里等他，等他转业回家，就和我结婚……"

陈文进读到这儿，嗓子眼一哽，再也读不下去了，泉涌般的泪水，从眼眶里流出。小白雪也在一旁忧伤地说："你姐姐真是很可怜！"

两人不知不觉来到家门前，陈文进喊："爸、妈，姐姐来信啦！"

听到外面有人喊，陈元昌手拿烟袋跑出门："狗子，你说谁？谁来信了？"

"是我姐！是我姐姐来信了。"

"是你姐？真的是你姐吗？"

文进的母亲也从屋里撵出来问："狗子，你再说一遍，到底是谁来信了？"

"是我姐，是十年前你们丢弃的兰兰姐。"

文进的母亲腿肚子一软，"扑通"一声瘫坐在地上，失声痛哭起来："是我的兰兰吗？真是我的兰兰吗？我的孩子，妈妈对不住你呀！算起来都有十年啦！没有想到，真的没有想到呀！你还能记起我们，还能记起这个家！"文进的母亲一把鼻涕一把泪地哭诉着。

陈元昌也将烟袋朝兜里一插，忍不住抹着眼泪说："文进啊！快，快，快念给我们听，你姐姐都说些什么。"

陈文进念道："爸爸、妈妈，明辉临行前，把公社分发给每个新兵路上零花用的五元钱交给了我。他说，眼下快要过年了，让我把钱寄给你们，留着买点年货。你们要记住，拿着邮件到邮局去领！"

老两口听完闺女的来信，是悲还是喜，他们一时说不上来。他俩就觉得满眼的泪花总是围绕着眼圈转。

晚饭后，小屋里点起油灯。陈元昌坐在凳子上"吧嗒吧嗒"抽着闷烟。文进母亲安坐在床头，两眼注视着墙上忽明忽暗的灯光。他们脑子里都在回想着十年前的往事。

外面传来一阵轻柔的脚步声，白雪走进来了。文进母亲搬了把凳子让她坐下。文进挤在母亲身边，一个劲追问当年姐姐的情况。

文进的母亲眼含热泪，向两个孩子讲述了那段难以隐瞒的事实真相：那是十年前的一个端午节前夕，地里的麦子刚刚泛黄，河里就发起大水，没完没了地下雨。雨下到最后，房屋倒塌了，地里的麦子一棵也没能收上来，河堤塌陷，到处是一片汪洋。村子里的人们只好聚集在一个像孤岛似的庄台上避难，家家都是一贫如洗，年龄大一些的老人相继饿死。无奈，年轻人只有带着妻儿老小，逃荒要饭。

当时文进三岁，兰兰八岁。你爸爸肩挑行李，手拉兰兰，我背着文进，咱们一家四口，向着不发水的地方走。我们不知走了多远的路！也不知途经多少地方，只知道天气渐渐变凉，人已无法在外面露宿。一天，我们走到一个叫刘庄的地方，找到一处无人居住的庵棚停下来。我们白天就在离那儿不远的地方讨饭，晚上一家人落脚在庵棚里。时间久了，赶上连阴雨，附近庄子上的好心人，也会送点剩饭剩菜给我们充饥。当时有一位好心的老太太，找到我说："俺想替你家做件事，不知你们是否愿意？我一听就问是啥事。老太太说她们庄上有一户姓刘的人家，夫妻一共生了四个小子没有闺女，生活过得倒也顺畅。她说她们那儿盛产稻子，除了上缴的公粮，剩余的口粮也够一家人吃。你家的小丫头若是给他家做童养媳，保管以后没罪受。他家小子多，将来是个硬腿户。你们如若愿意，我去和那家人说说，让他们明天去市上卖些稻米，给你们一些钱，你们回家再也不用讨饭了。买些口粮，足可接上明年的麦收。她还说女孩迟早是要嫁人的，还不是早一天晚一天的事！"

"最后我和你爸商量，为了一家人活命，就答应了人家的条件。第二天，那家人果然去街上卖掉几百斤口粮，给了我们四十元钱，我们又在那儿住了几天，就背着你姐的面，悄悄走了。我一边走，一边哭，我也不愿舍弃我的兰兰啊！不是没有办法嘛！"文进的母亲讲到这，又一次老泪纵横。

陈文进听完母亲的讲述，悄悄避开父母，他不愿在父母面前露出半点伤心的样子，他用手抹去泪水，也暗暗发誓待自己长大了，懂事了，一定要找到姐姐。

陈元昌抬起头，把烟袋窝起来并朝床腿上磕了磕说："唉！这三年两头的洪水，造成了多少个家庭支离破碎啊！"

夜深了，陈文进送小白雪回家。他俩手牵手，高一脚、低一脚，向前走着。在这数九寒冬里，陈文进似乎忘记母亲刚才的话语。他和小白雪又来到村子后面的大槐树下。这时灰暗的天空，飘起了零星的雪花。随着风速加大，雪越下越猛、越飘越稠。雪花落到他俩的脖子里，痒痒的、凉凉的。"文进哥，下雪啦！"

"下雪好啊！下雪才像过年的样。哎！白雪，你知道什么叫'风花雪月，儿女情长'吗？"

"不知道。"

"我也不知道，就是昨天，我从一本书上看到的，我想大概就是谈恋爱的意思吧？"

"哈哈，谈恋爱就谈恋爱呗，还风花雪月，儿女情长，有那么浪漫吗？"

"我也不懂，我想大概就像现在这个样子！天上下着雪，我们俩在一起！"

"文进哥，快看，雪越下越大啦！"小白雪昂起头，双手捧在空中，在地上打起转转，去迎接飘下来的雪花。

"是啊！是越下越大啦。"

"文进哥，不妨咱们就以下雪为题，对首诗吧？"

"好啊！对就对，谁还怕谁不成！"

"文进哥，你先来！"

"好，我来就我来。"于是陈文进挠挠头，注视空中飘零的雪花，张口便说："风花白雪月。"

白雪一听，文进已将她的名字纳入其中，也随口应道："儿女文进长。"

陈文进脑筋一转，想起牛郎织女的故事，接着说"牛郎思织女。"

"织女念牛郎。"白雪立马就将下句对了上来。

他俩对完，兴奋地大叫道："噢！噢！我们对上喽！我们对上喽！"

他俩一边欢呼，一边牵起小手，围绕着大槐树，打起了转转。

这个新年的到来，对于陈文进来说，是生活舒心、精力充沛的一年。失散数年的姐姐有了着落；他和白雪稚嫩的感情，也得到加深和巩固。在寒假里，陈文进和白雪除了晚上分开外，白天都是聚在一块读书写字。他们读书读腻了，就拿起铁锹，在村口上堆雪人、打雪仗，像牛犊撒欢一样，把欢快的脚印撒遍了村子的每一个角落。

第四章　家遭突变

深秋，沿湖大队的干部和往年一样，又组织起生产队的骨干劳力，开始秋种了。

由生产队长派出几个往年使牛的老把式，赶着蠢笨的牛车，带着犁耙，不分白天黑夜与耕牛作伴和摔泥巴。吃饭、睡觉顾不上回家，整宿露宿在旷野上，饱受着日晒夜露，风吹雨打。

陈元昌和张吉庆，还有其他两位使牛官，四个人手扶犁耙，轮流耕作。他们翻犁了一片又一片，耙完了一亩又一亩。

冬交十月节，不是下雨就是下雪。随着北方的强冷空气频频南下，北风夹杂着鹅毛大雪，纷纷扬扬，飘然而至。平静的村庄里，偶尔能听见几句妇人的唤鸡声。

这天晚上，陈元昌一家人，就像这缠缠绵绵的雪一样，有着缠缠绵绵的心思。为了医治陈元昌的疾病，他家请来了门房的两个弟弟，又去别的庄子上买了几块豆腐和蔬菜，还打了一壶老酒，兄弟二人边吃边喝，商量着第二天如何带陈元昌进城看病。

陈元昌身穿一件破旧棉袄，腰间勒根粗布带子，手里攥着没有点着的烟袋，无精打采地坐在兄弟二人身边，细听着两个人的对话，也在为自己得了什么病，犯着嘀咕。

他不知道他是咋啦，嗅到饭香，见到饭心里就想吃，可把饭吃到嗓子眼，就硬是咽不下去！这到底是咋回事？陈元昌有些害怕，他自知他得的病与过去人们常说的"噎死病"没有什么两样。他心里清楚病根的由来，还是因那年与那个造反派头头发生的瓜葛，一口气窝在心里没能吐出，才落下这久治不愈的病。

眼下他不甘心！他不甘心并不是怕死，而是担心自己的儿子还小。他想将自己的儿子带大些，娶上媳妇；他更想在有生之年亲手抱一抱自己的孙子。如今他心里清楚，这会他要是真的吃不下饭，他怕自己的光阴不会太长了！

陈文进和往常一样，仍和伙伴们学习到深夜，回到家里推开房门，迎面传来母亲的啼哭声。陈文进问母亲因何啼哭，母亲没有告诉他，而是让他去西屋睡觉，别耽搁明天上学。

陈文进闷闷不乐地躺在床上，心里就像冬月的清晨，被一片大雾笼罩着。他因为母亲啼哭总是难以入眠。他知道父母一向和气，从没因琐事斗过嘴。他想着想着，又一次想到他和白雪一块读书的情景。他感觉自己，倘若一天见不着白雪，他就觉得身边像缺少什么似的！

第二天在学校，陈文进总感觉这一天过得太漫长。他忧心忡忡地等到放学回家，大人们进城已回来了。他迫不及待地上前询问父亲的病因。

陈元昌强撑笑脸对儿子说："文进啊！爸没有病。医生说，爸是营养不良造成的。医生让我回家多吃一些有营养的物品，慢慢就会好起来的！"

原以为父亲的话能让他一颗悬着的心放下来。可是随着一天天过去，父亲的病情不但没有好转，而且日渐加重起来，病重得不但吃不下饭，甚至连汤水都难以下咽了。健壮的躯体，如今变得骨瘦如柴。

家里人请来木匠，把房前屋后的大树全给砍伐了，准备给陈元昌打副棺材。这会陈文进才明白，他一头扎进自己的屋里，倒在床上蒙头大哭起来："爸爸，爸爸，你不能死啊！我还小，我不让你死啊！你死了，扔下我和妈妈怎么办？为什么？为什么灾难偏要降临到我的头上？呜——呜——"

那是腊月的一天，天还没有亮，陈元昌带着一生中的遗憾，告别了这个世界。

次日下午，由生产队队长带领的一班人，把陈元昌草草下葬了。因为小白雪自幼吃过文进母亲的奶水，她头上也裹着孝布，两只眼睛哭得通红。懂事的小白雪，搀扶着文进母亲，走前跟后，问长问短，细心照顾着。

年关又到了，这一年，对于陈文进来说，是过得最为艰苦、最为寒酸的一年，为了给父亲治病办丧事，他已花去家里所有的积蓄，还欠下许多债务。

初中一年级要缴纳的学费，虽然还不到两块钱，但在那生活贫困的年月里，家长们能为孩子缴学费，已经是不容易了。

文进母亲为了给文进缴纳学费，东凑西借，又狠着心卖掉家中喂养多年的两只枣红色的老母鸡，才勉强凑够这笔学费。

白雪和永新的学费，也是蔡良伯东凑一点，西借一点才拼够的。

开学第一天白雪带着从未有过的高兴劲，她打开家里那个暗黑色的旧箱子，取消那套始终都舍不得穿的衣服。跨进中学大门的第一天，为了不在同学们面前低人一等，她还要穿上那件桃红色灯芯绒裤子、深蓝色裤子和那双白色运动鞋。白雪换好衣服对着小镜子左照右照，前捋后拽，将梳好的两条小辫子捏了又捏，理了又理。她也在为自己已长成一个大姑娘而倍感兴奋。

白雪梳洗完毕，站在自家门前，大声喊着哥哥："你到底吃完没？慢得像只大蜗牛！"白雪声音喊得很响、很脆，常常在文进家的院子里回荡。陈文进知道白雪是喊她哥，也是在暗示他要跟上他俩。于是陈文进放下碗筷，背上书包，向着他俩追去。

从小一起长大，形影不离的两个人，除了对知识渴求外，也开始对爱情有了向往。

这一年，是全国人民走向转折的一年，也是白雪的人生走向低谷的一年。

入冬，人们刚吃过晚饭，天还没有黑下来，北风就开始吼叫起来。由于气温骤降，人们吃过晚饭就关门睡觉了。

次日，陈文进一觉醒来，太阳早已跳出地平线。此时外面已是风平浪静，晴朗的天空中还滞留着寒冷如冰的气息。陈文进揉了揉惺忪的睡眼，穿上棉衣刚走出门外，白雪就哭着跑来说："文进哥，文进哥，我爸死了！"

陈文进惊讶地问："你爸死了？你爸怎么会死？"

白雪哭泣着说："我哪儿知道！昨晚天气太冷，半夜我就听我爸在哼哼，由于天气太冷，我就没起来，刚才烧好饭，我喊他起床吃饭，喊了好几声也没回应，我上前一摸，爸爸的身子凉得像块冰！"

文进母亲也跑出门问："你爸的气管炎是否又犯了？"

"这几天我就感觉不对劲，爸一咳就憋得脸通红，半天都喘不过一口气。"白雪用手抹着泪说。

蔡良伯突然死亡的消息，很快传遍整个村子。村上的好心人，他们不畏严寒，前来帮忙料理后事。晚辈们跑来陪同白雪、永新跪在灵柩前磕头、烧纸。

白雪的二叔也在为哥哥的去世，在悲痛中忙前忙后。他让人们将附近的亲戚通知完毕，又忙着去邮局发电报，通知潘枝。他此时回忆起当年的往事，那个人贩子领来了两个女人，大的叫潘梅，小的叫潘枝。姐妹俩的年龄刚好和他兄弟俩的年龄相仿。家人能为哥哥娶上潘梅，已是外债累累了。他有心将潘枝也给买下，只因家境贫寒，只好作罢。他只能眼巴巴地看着那个姓李的男人交完钱把潘枝领走。临行前，那人还以连襟身份，当着他面告诉哥哥他们家的地址：青山县城郊公社蔬菜大队，那人名字叫李兵。

下午，由乡邻们凑了一点钱，给蔡良伯买了一口薄板棺木，当天就给卜葬了。在人棺的那一刻，白雪和永新哭得死去活来。八个老人抬起棺木，永新在灵柩前打着引魂幡，一行人朝坟地走去。

白雪一见她爸被抬走了，一头扑过去，扒住棺木，放声大哭："爸爸——爸爸——你不能走啊！你不能丢下我和哥哥不管了啊！你这一走，往后我和哥哥怎么办啊？呜——呜——"一阵撕心裂肺的哭声，刺痛着乡邻们的心。有人上前掰开她的手，硬是将她拉了回来。

一阵急促的鞭炮声从坟地传来，蔡良伯也彻底告别了这个让人留恋的世界，追随白雪母亲去了。

天已黑，由于天气寒冷，白雪的二叔让妻子领着自己的孩子回家睡觉去了。小屋内只剩下白雪、永新、文进三个孩子，他们依偎在二叔的身旁。白雪的二叔望着三个即将成人的孩子，压抑住内心的悲痛对永新说："你爸走了，屋里空荡荡的。今晚我和你睡在这小房里，白雪去我家跟你二婶睡。你爸爸生前最疼爱你们几个人，他不会吓你们的，别害怕！"

三个孩子望着二叔满是愁云的脸，他们知道二叔心里难过，白雪望着他们蔡氏家唯一的长辈，她知道只有二叔，才是他兄妹俩的依靠，才是他兄妹的避风港湾。

陈文进送白雪去她二婶家安歇，在短暂的行程中，陈文进挽着白雪的臂膀朝前走着。他俩遥望无边的天际，心潮起伏，思绪万千。陈文进见白雪极度悲伤，他又联想起自己的家事。去年自己父亲因病去世，今年才刚刚入冬，蔡良伯又离去了。这两家发生的悲惨命运，让陈文进觉得这是老天在捉弄他和白雪！老天爷对他俩不公!

　　次日一早，白雪和永新再也没有睡懒觉，他俩懂得，父亲不幸过世，是催促他兄妹俩快快长大。打那以后，他们不但要担当起这个家庭的生活重任，也要克服自己学业上遇到的各种难题。他俩草草地吃了一点剩饭，便背起书包上学去了。

第五章　分别之恋

很快到了给蔡良伯烧"五七"的祭日。按照当地习俗，这一天蔡家成员和蔡良伯生前好友自发地购买了鞭炮、纸钱等祭祀物品，大家一起来到蔡良伯坟前，缅怀蔡良伯。

白雪二叔懂得，虽说蔡家在村子上是一个不起眼的小户，但办起事来也不能落后于大户人家。他拿出家里仅有的一点积蓄，上街购买些酒菜，他让永新、白雪在家备好茶水，等亲戚朋友们的到来。

中午时分，该来的亲戚朋友都已到齐。大家正坐在小屋内喝茶聊天，这时从外面走来一男一女，大家并不认识他们。众人一见都起身让座。只见这男人五十来岁，高个子，黄面皮，头顶上几绺稀疏的头发梳理在一边。上身穿一件深蓝色中山装，下身穿一条草绿色裤子，肩披一件军用黄大衣，一见便知这是一个有文化的人。再看这女人，上身穿一件紫花黑底棉袄，下身穿一条咖啡色裤子，脚穿一双黑色皮鞋，中等个头，齐耳短发，一张白净的瓜子脸上，两只灵秀的大眼睛。看上去这女人已有四十来岁，但从她白皙的皮肤和她穿戴上看，就知道她是一位精明能干的家庭主妇。

两人进屋自称是白雪的姨父和姨妈。这时白雪和永新也陪同他二叔赶到。白雪的二叔脑子里似乎还存留当年潘枝的印象，一见这女人就问："你是白雪的姨妈潘枝？"

潘枝一听就说："我是白雪、兔蛋的姨妈啊！当年我嫁到李家不久，一直惦念姐姐。当我抽空来看望她时，正赶上姐姐生产，两个孩子刚一出世，姐姐就流血不止……"潘枝说着，嗓子眼一哽，两行清泪，潸然而下。

白雪二叔见潘枝把话说到这份上，稳了稳心神道："噢，对了，那会好像你还是个大姑娘。一晃十几年过去了，有些事情还真叫人记不起来了！"

潘枝也说："可不是吗？那次我来，你好像也没有结婚！"

白雪二叔面颊一红，忙拿起水壶为两人倒满茶水，极力平复自己忐忑的心。

说话间，厨房里飘来了饭菜香。大家分宾主落座。有人呈上酒菜。大家便推杯换盏，边吃边聊。

白雪二叔作为东家，拿起筷子，一面劝客人吃菜，一面也端起酒杯向大家敬酒。众人在喝酒中无话不谈。虽然大家都是为蔡良伯祭祀而来，但那种忧伤的情绪，早已不复存在了。白雪二叔向各位敬完酒，坦然问李兵道："李兄，听说你家离县城不远，你们那儿经济一定很发达喽？"

李兵吃口压酒菜，放下筷子说："我们那本来就是青山县蔬菜基地嘛！如今又划分为城郊公社蔬菜大队，除了种些粮食，家家都有蔬菜卖。由于政策的原因，没有大发展，但小发展还是有的！"

白雪二叔又问："李兄，你们结婚已有十多年了！小孩也该不小了吧？"

李兵脸上露出尴尬之色。潘枝忙接过话茬说："唉！大兄弟，提起小孩嘛，不怕你笑话，我和李兵结婚都十多年了，别说孩子，就是连猫大的娃儿都没有！"潘枝说到这，叹口气又说，"不过这日子一久，也就由它去了。"

白雪二叔自知揭了别人的痛心处，赶紧赔笑道："噢！我真不该提及此事。"

潘枝面颊一红说："哎！大兄弟，有句俗话说得好，叫'人命由天，天理难违'嘛！人来在这个世界上，哪一个不想好啊，可命该如此，怎么也要认啊！"她又叹口气道，"不过这样也好，算我这辈子不欠他们李家的。眼下我们过得也挺顺心。我在市区开一家裁缝铺，每日收点布料做些衣服，够我们生活的。李兵在大队当会计，整天与账本打交道。我们过得比上不足，比下有余。我来时就和李兵商量过，倘若白雪愿意跟我们走，我们就将她接到我家去供她读书上大学！"

白雪二叔一听，潘枝把话说到这份上，他着实也为两个孩子以后的生活担忧。他打了个"嗨"声说："嫂子早早地过世，哥哥现在又……往后丢下这两个孩子可咋办呀？听老师说，白雪的成绩还很优秀！"他说到这，无奈地低下了头。

潘枝眼睛一亮问："哦！是真的吗？"这会正赶上白雪为潘枝上饭。她一把拉过白雪的手问："白雪，你在学校是优等生吗？"

白雪点了点头。

"好啊！等我们白雪长大了，一定有出息。哎！刚才我和你二叔说的话，你都听见了？"

"姨妈，我都听见了。"

"听见就好！白雪啊，这回你就跟我走吧！你想，如今你们家吃饭都成了问题，哪还有闲钱供你兄妹俩读书？再说，要养活这么多孩子，你二叔能承担得起吗？好孩子！听姨妈的话，跟我一块走吧！去我家，我和你姨父，就一心供养你读书考大学了，保准让你有吃、有穿、有钱花。你愿意跟我们一块走吗？"求子心切的潘枝，恨不得白雪立马答应她。

槐花飘香

32

白雪哭丧着脸，一个劲地安慰潘枝说："姨妈！快吃饭吧！饭菜都凉下来了。"

"白雪真要愿意跟你走，我就把永新留在我身边了！"

"大兄弟，你若愿带一个小子，就让我带上一个闺女！咱俩作为孩子的亲人，一人带一个，咱可就这么定了！"

二叔面对潘枝的一再要求，他没有急于回答。他知道，白雪这丫头有心思，全村人都知道她有心思。面对潘枝的一再要求，他只是沉默。

吃过午饭，大家把准备好的纸钱、鞭炮，放在一个大箩筐里，有人抬着，一行人来到蔡良伯坟前，祭祀完毕后都各自离去。

晚上，小屋里掌起油灯。李兵应白雪二叔邀请，前往他家叙话去了。屋里只剩下白雪、潘枝两人静坐在床头。潘枝问白雪："中午我和你二叔说的话，你考虑得如何了？这可是姨妈对你的一番心意啊！"

白雪见潘枝迫不及待，她低下头，没有吭声。潘枝见白雪心事重重，又急切地问："孩子！你倒是给个痛快话！别闷着葫芦不开瓢呀？"

白雪一脸苦涩，抬起头说："姨妈，我不想去。"

"不想去，为什么呀？"

"不为什么。"

"不为什么，那也该有个理由啊？"

"就是人生地不熟，感觉不习惯！"

"哎哟！这有啥不习惯的！时间一久，不就习惯了嘛！我跟你说，你到我家，我给你拾掇一个小房间，把它打扫得干干净净，摆放得整整齐齐，有书桌和椅子，再给你买张单人床，上面铺的、盖的全买新的。我和你姨父，就一门心挣钱供养你读书考大学！你不觉得好吗？"

潘枝向白雪一连问了好几遍，白雪仍低头不理会。接着她便换种口气说："白雪啊！打你妈妈去世算起，已有十六年了。你妈临终前交代过我，让我经常来看望你们，照顾你们，我一直都没能做到。为了弥补这十六年的愧疚，也为了不辜负你妈妈对我的期望，我只有一个念头，那就是把你接到我家去，让我好好照顾你，把你供养成人，考上大学。这样我才不辜负你母亲临终前的嘱托，才对得起你母亲在天之灵呀！"

"姨妈，你和姨父攒点钱不容易，还是留着自己用吧！"

"好孩子，姨妈还年轻，还能挣钱。除了供养你读书，姨妈身边又没有儿女，姨妈还不是看你和别人不一样，才想让你去的吗？如果你去了，我和你姨父到了晚年，就有了依靠，你若不去……"潘枝说到这儿，两行眼泪，顺着眼眶滑落下来。

白雪见潘枝忧伤的样子，一颗憔悴的心一时也软了下来。她掏出手帕，替潘枝擦了擦眼泪说："姨妈，别难过！明天我跟你去就是了。"

潘枝立马转忧为喜问："白雪，你答应了?"

白雪无奈，只好点了点头。

这时白雪走到窗前，望着繁星点点的夜空。她知道，陈文进在外面等着她。她转身对潘枝说："姨妈，你要困就先睡吧！我去同学家有点事，待会才能回来。"

白雪带上房门，来到门外。陈文进一把将她拉到一边问："你怎么才出来？快回屋，把我送给你的笔记本拿出来！"

"拿它干吗?"

"别问，快去啊！"

白雪折回头，取来笔记本和陈文进一道，直奔村子后面的那棵大槐树。他俩来到树下，陈文进问："你姨妈都对你说些什么?"

"姨妈让我和她走。"

"你答应啦?"

"答应啦！不答应，姨妈老是哭个不停。"

陈文进一听这话，顿时感觉周围的空气像凝固了一样。他呆若木鸡般地站在那里，傻愣了半响。

白雪见他迟迟不语，问："文进哥，你说话呀！我该不该和姨妈走哇？"白雪抓住了他的手，一个劲地摇晃着："文进哥，你说我有困难，你替我分担的，我到底该不该走呀？"

一句句催问，让陈文进无言回答。他俩四目相对沉默了许久，陈文进才说："别着急，让我想想。正如老师所说，遇事要冷静思考。"

"那你快说，我该不该跟随姨妈走啊？"

陈文进注视着白雪，无奈地说："今天中午，你叔和你姨妈在一块吃了饭。你姨妈跟你叔说的话，我叔都听到了。我叔回家还找我妈商量了。我叔和我妈都说，我俩还未到谈婚论嫁的时候。后来他们又说，如果你姨妈真能将你带走，把你供养成人，考上大学，倒是件好事！"

陈文进刚说到这，白雪就打断说："文进哥，你愿意让我走吗？"

"不，我不愿意让你走，我永远都不愿意让你走。一阵阵心痛，陈文进的嗓子哽咽了。

白雪见陈文进向她道出真言，她心里一时也矛盾着。自己答应姨妈的话，怎能反悔？其实她心里也明白，眼下只有跟随姨妈走，才能实现她考上大学的理想。可她若是跟姨妈走了，又舍不得一直深爱着的文进哥。面对眼前的选择，何去何从，她一时间拿不定主意。

一阵沉默，白雪两眼紧盯着陈文进问："文进哥，你倒是拿个主意呀？我跟不跟姨妈走啊？如果我不跟姨妈走，我和哥哥以后的生活又依靠谁呢？文进哥——文进哥——"白雪说到这儿，嗓子眼一阵嘶哑，几乎说不出话来。

陈文进将目光投向远方，望着无边的天际。一阵寒风吹过，他俩将瘦弱的身子依偎在大槐树下。他深知白雪提出的这些问题，都是大人们的事情，可不是一个孩子能够做出的决策啊！陈文进想到这，感到自己的渺小，尤其是在白雪茫然无措的这一刻，他感到无能为力，从小就建立起的浓浓爱意，使他情不自禁地搂住白雪，并失声痛哭起来。

他俩依偎在大槐树下，就如同两只被风雪摧残寻觅不到巢穴的小鸟，又好像两个沿街乞讨的孩子，为躲避风寒，静静地守候着黎明的到来。此刻他俩谁都没有提出回家，他俩心里都明白，眼下拥有的时间，已经定格了，只要天一放亮，他俩就会被无情地拆开。

一阵雄鸡报晓，惊醒了一对熟睡的恋人。他俩心头一紧，抬头一望，天边已泛出鱼肚白："天快亮啦，我们该回家了！"白雪急切地拉了拉陈文进的手说。

"你真要随你姨妈走？"陈文进拽住她的手不愿放开。

"我也不愿走，可不走，又有啥办法呢？像我这样的家庭，如若不走，我和哥哥就会面临辍学的可能！我们读书的愿望不就彻底破灭了吗？"

"那你到了你姨妈家，千万别忘了我啊！"陈文进眼里释放出不舍与担忧。

"文进哥，我不会忘记你的，我会一直等着你的！"

"真的？"

"真的！"

"那好！既然你不忘记我，把你兜里的笔记本拿出来！"说着，他从兜里掏出了钢笔，在上面歪歪扭扭地写下了他俩曾在这棵大槐树下写的那首情诗："风花白雪月，儿女文进长。牛郎思织女，织女念牛郎。"陈文进写完，把笔记本交给白雪说："这四句诗，象征我俩忠贞的爱情。你可要谨记于心，好好珍藏啊！"

白雪接过笔记本，望着陈文进说："文进哥！我等你！我永远做守候牛郎的织女。"

"我也永远做等待织女的牛郎。"

他俩在即将分别的时刻，终于许下了爱的诺言。她推开了他的手，茫然地向后退了两步，"文进哥，我等着你。"

"记住，到你姨妈家，别忘了给我写信！"

"知道了！"

冬天的清晨，寒冷如冰。太阳就像一个红红的灯笼，越升越高。白雪的姨妈带走了白雪，也带走了陈文进童年的欢笑，更带走了陈文进和蔡白雪那段忠贞不渝的爱恋情怀。

第六章　情不自已

　　陈文进背上书包去上学，他无精打采地走出村口，看到白雪背着一个装满衣物的大背包，跟随她姨妈走出家门，还不时回头张望依恋不舍的家。永新和他二叔二婶则尾随相送着。

　　一行人走出村子，白雪好像看见站在村口一直观望她的陈文进，于是她将脸扭向了他。当他俩目光相触的一刹那，陈文进看见了白雪眼里噙满了泪，也看见她的嘴唇向他张了张又闭上，然后硬是将头扭过去，跟随她的姨妈走了。

　　陈文进目送他们远去的身影，心里一阵刺痛。他抹去泪水，努力压抑住内心的痛楚，步履蹒跚地向前走着。

　　张垒从后面撵上来了，他走近陈文进说："你要想开些，千万别钻牛角尖！白雪走了，我们是她的好伙伴，心里都很难过！再说，瞧她家那样子，不走又有啥办法呢？"

　　陈文进听着张垒的劝说，他不愿把自己脆弱的一面在张垒面前显示。他擦了擦泪迹斑斑的脸，极力掩饰住内心的痛楚，说："没有事的，我会努力调整好自己的心态。"

　　到了学校，同学们见白雪未能和他俩一块到校，都纷纷向陈文进了解白雪的情况。陈文进听着同学们的问话，他不知同学们是真心关心白雪的学习和生活，还是故意嘲笑他和白雪断裂的感情。他面对一张张脸，心事重重地坐在位置上，胡乱地回答着同学们的问话，也在努力掩饰自己的内心。

坐他前排的女生夏红红，猛然转过身冲他说："陈文进，别打马虎眼好不好？同学们在问你话，你快回答呀！你和白雪是什么关系？"夏红红调动着周围的气氛，也向陈文进挤眉弄眼。

"好啦！好啦！别踢人家疼腿好不好？不说话没人当你是哑巴！"坐陈文进身边的张垒起身阻止道。

"我和陈文进说话，关你什么事！"夏红红将脸一沉说。

"瞧你，瞧你，像个女孩子吗？"

张垒还要往下讲，被陈文进扯了一把说："坐下吧！别和她耍嘴皮子了！"

一阵急促的上课铃声平息了教室里的喧哗。班主任魏老师匆匆走进教室，他抬头看了看学生："同学们，我们班上的学习委员，蔡白雪同学，她父亲不幸去世，让她失去了最亲的人，也失去了家庭的温暖。由于生活所迫，昨天下午，他叔叔来校给她办理了转学手续。今天蔡白雪同学随她姨妈到外地插班读书去了。从今天开始，我们班里的学习委员，就由陈文进同学担任！今天作业本也由他收。"说完班主任正式开始上课。

老师在课堂上把白雪的家事向同学们公开以后，掀起了轩然大波。有几位与陈文进一向面和心不和的同学，背着他指指点点道："这下可好了！没有蔡白雪对他的帮助，看他成绩还好不！"也有人说："哼！瞧他俩整天好得跟一个人似的，这一分开，往后可有好戏看喽！"

同学们的讽刺与讥笑，感情上的失落和思念，让他渐渐变得少言寡语，不愿与同学们交流沟通。他的脑子里整天企盼的不是白雪早日回来，就是能够收到白雪的来信。然而，期盼改变不了现实，等待仍是茫然。

就这样，陈文进在消沉的情绪中，成绩一落千丈，由班上的优秀生，直线下滑到全班倒数。

这段时间，陈文进家分得四亩多地。在全村属于人口最少、土地最少的一户。虽说陈文进母亲年岁渐大，但土地较少，耕种起来比较方便，才保住了陈文进的学业。

而白雪叔叔一家则不然，他们家本来就有五口人，再加上白雪、永新的土地，七口人分了不少土地。在那土耕土作、生产力极其低下的年月里，显然，他们家的劳动力不够，永新读书的愿望也彻底破灭了。

一年多时间过去了，陈文进进入了初三阶段。白雪就如同人间蒸发了一样，一点消息都没有！

一天下午，陈文进放学回家，书包刚放下，母亲就把下午会计送来的一封信交给他看。

陈文进接过信一看，二话不说，拿着信件，就跑到村子后面的大槐树下撕开信封，取出信瓤，随着心跳加速，他两眼紧盯着信上的内容，仔细地看着，一句句读着，目光在信笺上缓缓地移动，他看到了熟悉的字迹，也看到了信上的真言。这一刻，愁云在他的脸上瞬间得到消散，一颗久悬不定的心也得到了安放。

文进哥：

你好吗？

这封信已是我写给你的第 10 封信了。在这一年多的时间里，我几乎每天、每个月都想给你写信，可信写了不少，也都寄出去了，但始终不见有你的回信。我不知道前 9 封信你是否收到了，也不知道你不给我回信的原因是什么。为此我很担忧。我真的害怕你受不了我们分别后的痛苦。

自从前年我随姨妈来到这里，我想了很多很多。心里总觉得离不开你，感觉你的影子老在我眼前晃动。我长这么大还是第一次离家出远门。我们离开县城的时候，坐上了公共汽车，那车好长好大哟！还是两节呢！一路上，我看到美丽的城市风光，我感觉这世界好大！

来到姨妈家，起初我感到很寂寞、很孤独，后来慢慢就习惯了。说实话，姨父和姨妈对我很好。他们不但把我当成亲闺女一样看待，还把我的房间拾掇得干干净净，整理得井井有条。像苹果、梨子之类的水果，总是不间断买来放在我的房间里。姨父还把我转到青山县城关中学读书。这儿的学校可大、可气派着呢！大片大片的操场周围，种着各式各样的花草。教室全是青砖红瓦房。这儿的教学质量，比家里好多了。我在这儿成绩和家里一样，还是很优秀。这儿同学都羡慕我，说我是乡下里长出来的一颗夜明珠。我在这儿吃的、穿的、用的，全都有。就是老想你，惦记着你，想你想得难受。有几次我在梦中喊你，竟然把自己给喊醒了。有一次醒来，发现姨妈在我床前站着。后来她试探性地问我，白雪啊！你是不是想家啦？我说没有啊。她说，那我为何老听你在梦中喊文进、文进的？在姨妈的一再追问下，我只好向她撒了谎：我说，我打小就有说梦话的习惯，还时常从床上爬起来梦游呢！姨妈听我这一说，才停止追问。文进哥，凭直觉，姨妈好像在怀疑我俩的事。打我让她进城代寄了前9封信后，我就感觉，她好像对我有怀疑！

文进哥，我们这儿学生，都在努力考高中、考大学。你也要不懈努力哟！文进哥，等着我！等着爱你的白雪，直到永远……

这封信是我背着姨妈亲自去邮局寄的。不知前9封信你是否收到了？文进哥，回信请寄青山县城关中学初三（甲）班，蔡白雪收即可。

看完了白雪的来信，陈文进心上压着的一块石头总算是被搬开了。他抬头望着大槐树上挂满那一串串洁白清香的槐花瓣，他仿佛看到了白雪在向他微笑，又仿佛看到白雪在向他飘然走来。他情不自禁地张开双臂，迎上前喊道："白雪，你回来了！"

夜幕，陈文进趴在油灯下，聚精会神地给白雪写信，心中的爱恋，化成了无尽的思念，向白雪倾诉。

亲爱的白雪：

你的来信已收到，内容尽收眼底，铭刻在心。给你写信，心里纵有千言万语，却不知如何向你表白！亲爱的白雪，你受委屈了！你生活在你姨妈家里，面对不同的环境，你感到生疏吗？你说你没过多久，就适应了那里的生活条件，不知那里上好的生活条件，能否将你滞留在老家的影子带走？老家村子后边的那棵大槐树，还能记得否？大槐树下我们曾经读书坐过的青石板，还有你家的那两间茅草屋，我们一起嬉戏过的大池塘，还有那条像冬眠的蛇一样，卧伏在大地上的拦河堤坝……是否都能将你那颗心给留住，让你对老家有着念念不忘的缕缕情思呢？

说实话，我想用我们的记忆去唤醒你对老家的相思。

亲爱的白雪，千言万语，总也叙说不尽我对你的思念……

陈文进写到这儿，又写到他俩分别后，他的成绩直线下滑，多亏他们班主任魏老师，及时为他补课，使他的成绩直到初二的下学期，才慢慢恢复。

最后陈文进又把她哥永新和她叔一家的生活情况，向她详细地说了一遍。结尾更少不了说些激励的话。

陈文进写完信，已是夜深人静了。他吹灭油灯，静静地躺在床上，一桩桩往事，一幕幕兴奋的场景，让他的心久久不能平静。此时此刻，他脑子里，只有一个画面：那就是白雪，熟悉的面孔，可爱的笑脸，就如同幻灯片一样，不停地闪现在他的脑海里，也伴着他进入甜甜的梦乡。

打陈文进收到白雪的来信以后，陈文进变了，他变得与往常截然不同，到学校他主动与同学们打招呼，下课积极到同学座位上收取作业本。同学们发生纠纷，他主动帮助化解。他突然又变成一个活泼开朗、善于和同学们交流、热情奔放的人了。

第七章　情藏心间

　　初三的下学期是跨进高中大门的关键时期。下午放学了，低年级的学生们像捅了马蜂窝一样，都背着书包往家跑。唯有初三的学生，仍待在教室里，静静地做着没有做完的功课。

　　陈文进做完最后一道数学题，他把书包整理好，刚要起身去同学们座位上收取作业本，突然，坐他前排的女生夏红红，一转身，把做好的数学本朝他面前一放说："替我看看，我解的方程式对不对？"

　　陈文进伸手去拿作业本，却被夏红红一把按住说："现在不准看。"

　　"现在不准看，何时才准看？"

　　"等同学们走了再看。"夏红红向他嫣然一笑，背起书包走出教室。

　　陈文进见她神秘兮兮，感到好笑。目送她出门的身影，他还是打开了她的数学本。这时他发现本子里面，夹着一个用信纸折叠的小纸条，纸条上写着，"放学回家再看"。陈文进心想：耍什么游戏，搞得这么神秘！但他还是不敢将纸条随意展开。因为他知道，自己和白雪的事，在学校里已有了沸沸扬扬的传闻，如果再让同学们捕捉到他和夏红红的蛛丝马迹，又会生出更多的绯闻。他将纸条塞进兜里，将一摞作业本送进老师办公室，才慌忙回家。

他一路走着，索性摸出那个小纸条。他见纸条上写道："陈文进，你好！见你这段时间心情大有改观，我为之高兴！也希望你能忘掉一切，从过去的阴影中解脱出来，寻找新的目标和起点。陈文进，愿意和我交朋友吗？哪怕是最普通的朋友！如若愿意，今晚我们沿湖大队放电影，咱们就一块去看吧！希望你能按时赴约，我在大队门前的变压器旁等你，不见不散哟！"

陈文进看完纸条，随手将它撕得粉碎。

陈文进边走边想：管她约会不约会，电影总是要看的。况且白雪在学校和她相处得都很好。她俩时常还因争当姐姐名分，为年龄大小争执不休。且看在她俩要好的分上，去看看电影也无妨。

天刚黑下来，陈文进一路小跑来到大队部。他见大队部院内，早早就挤满了看电影的人。他们将自带的板凳，摆放在电影银幕的正前方。此时陈文进没有去变压器旁约夏红红，而是随着人流在银幕的前方，找一个合适的位置站着。他向前刚挤两步，就听身后有人喊。他回头一望，是夏红红在不远处向他微笑。随即她走近他问："你带板凳了吗？"

"带板凳干吗？走路时你扛着它，看电影时它驮着你，还不是一加一等于一吗？我向来都坐'十一号'独来独往。"

夏红红发出一阵银铃般的笑声说："陈文进，你说话真逗，形容词说得够利索啊！"

"有啥利索的，还不是逗你玩玩而已。"陈文进被她那勾魂似的眼神盯得倒有些不好意思了。

夏红红趁别人不在意，将两包瓜子塞进他的兜里说："我刚买的，快点吃吧！"

陈文进见她自作多情地套着近乎，心里极不自在。可在众目睽睽之下，又不好拒绝，且又怕同学们撞见难堪。他只好向僻静处边走边应酬着。

"陈文进，白雪的情况你了解吗？"

"了解。"

"她给你来信了？"

"来了。上学期给我来了一封。我也给她回了。"

"如今她在那边成绩如何？"

"挺好的。"

两个人来到僻静处，夏红红问："你现在就不想给她去封信试探下虚实？人可是会变的！"

"学习如此紧张，哪敢分心？还是等放假再说吧！倘若考不上也就罢了。如若考上，也好给她一个惊喜呀！"

夏红红低下头说："你们俩真是你有情，她有意啊！"

陈文进说："红红，我和白雪的事情你都知道了。你想，我俩从小一块长大，几乎一天都没分开过，我能轻易把她忘掉重新开始吗？说实话，我现在真的很想念她！"

"那你们现在两地分隔，真苦了你了！"

陈文进轻叹一声说："放学我看了你给我的信。我明白你的意思，也知道你是真心对我好！可……"陈文进说到这，话锋一转又说："红红，如若愿意，就让我俩做个好同学，好朋友，好吗？"

"当然好啦！如果你愿意，我还想认你做我哥呢！"夏红红一阵阵激动。

"真的？"

"真的！"

"那好！咱们一言为定！"

"一言为定，决不反悔。"夏红红急切地伸出了小手指："来，咱俩拉勾！"

"拉勾就拉勾。"于是两只手紧紧地扣在了一起。

"从现在开始，你就管我叫哥哥了！"

"那是当然。不过你呢？"

"也该叫你妹妹喽！"

陈文进话音刚落，夏红红就迫不及待地叫了声："哥哥。"

接着陈文进也心花怒放地叫了声："妹妹。"

就这样陈文进在没有任何思考的情况下，凭着一时好奇和冲动，认下了夏红红这个干妹妹。

随着电影场上人流的增多，他俩离开僻静处。陈文进嗑着瓜子，问夏红红今晚放什么电影？

"《甜蜜的事业》，你看过吗？"

"没有。"

"听爸爸说，这是一部国产新片，是我爸特意让放映员挑选来的！"

此刻放映台上的灯光已经亮了起来。夏红红硬是把陈文进往她自带的板凳前拽。他随她来到里面。他见红红母亲和弟弟都用异样的目光去看他，他感到一阵尴尬。

在看电影的过程中，陈文进从不敢多说一句话。无论夏红红用电影里的画面如何套取他的话题，他都是含糊其词地应酬着，从不敢把话往深里讲，生怕无意中说漏了嘴。

很快到了毕业升学考试的时候了。在考试前一个星期里，他们的班主任，突然在课堂上宣布县教委为了选拔优秀人才进城读书，分给他们沿湖中学四个名额，去县重点中学统考。按照初三甲、乙两班，各分两名，甲班的名额，竟然落在了陈文进和夏红红的头上。陈文进听完宣布感到一阵兴奋，同时又感到一阵紧张。他不知道自己能不能考上重点中学，也不知道在统考中有几分把握，但面对千载难逢的机遇，他不能退缩。

连续三天的紧张统考，当学子们走出考场时，都深深地松了一口气。四人走出考场大院，与正在外面等候他们的两位班主任打了照面。四个人就把统考情况，向两位班主任做了汇报，又马不停蹄地赶回学校。

吃过晚饭，校舍的大院内灯火通明。毕业班的学生们，三三两两聚集在一块，想到毕业后将要走向社会，不免有些伤感，但更多的是留恋。在即将分别的时刻，相互传递着更多的是友爱的信息。

夏红红也被这样的场景所陶醉。她邀请陈文进出去走走，陈文进没有拒绝她。他俩漫步在大街的人行道上，边走边聊些虚无缥缈的话题。

陈文进一脸苦涩，眉宇间带着几分伤感说："这次统考，若是考不上，注定我要回家种田；若是考上了，也难逃回家务农的现实！"陈文进说完将头低了下去。

"文进哥！你为何越说我越糊涂？"夏红红仍盯着陈文进问。

"你糊涂，我可明白得很！"

"为啥呀？"

陈文进苦笑两声又说："自己的命，应该能算得出来嘛！"

"什么命不命的？你就别绕弯子好不好？"夏红红一脸的焦急。

陈文进将低垂的头抬了抬说："你想想，假如我考上重点高中，将意味着什么？"

"肯定是读重点高中呀！"

"是啊！在读高中的时候，那就意味着，我要在这个城市住校、读书、生活。每年需要一大笔学费和生活费。你想想，像我这个穷困潦倒的家庭，拿什么供养我读这几年的重点高中啊？"

"文进哥，你千万别这样想！考不上也就罢了。如若考上，咱们想尽办法也要念。"

"想啥办法？"陈文进苦笑两声又说，"我能跟你比吗？你家条件那么好，那么优越，而像我家这个样子，去哪儿弄那么多钱啊？"

陈文进一筹莫展地说到这，夏红红就像捕捉到很大惊喜似的，忙盯住陈文进说："文进哥，我倒有个办法！"

"啥办法？"

"你不是说我家条件优越嘛！我突然想起，我爸和信用社里人特熟！要不明天我回家和爸说说，替你从信用社贷款，这样问题不就迎刃而解了吗？"

陈文进也觉得这事可行，稍后他又问："人家肯借钱给我吗？再说借那么多钱，日后拿什么还啊？"

"嗨！先把钱借来再说，其他暂且别管。"

"那也要有个还款能力呀！"

"等你考上大学，再慢慢还呗。"

"呵！那要等到猴年马月啊！"

"哎哟！你一个大男人，做事怎么婆婆妈妈的。我先回家和我爸说说，你考上了咱就借，考不上拉倒，照样可以活下去！"

陈文进沉思良久，才顺从地点了点头，并向夏红红说了一番感激的话。

陈文进从县城考完试回家，文进母亲心事重重，时常在操持家务中，不时问文进，你的录取通知书下来了没有？还非常担心地说："你若是考上高中，我拿什么供养你读书啊？你爸眼一闭，腿一蹬，说走就走了！你日后升学、娶妻、生子，这一笔笔钱款，让我去哪儿弄哟？"他知道，母亲是为他升学一事犯愁。

一天下午，陈文进帮母亲干完农活回到家里。他们的班主任魏老师，亲自将他取得前十名优异成绩的录取通知书送到他家。

陈文进接过老师递来的通知书，心里一阵激动。这一刻是喜是忧，他说不上来。他就觉得自己嘴唇在不停地颤动，噙不住的泪水也顺着眼眶滑落下来。他抬头望着一直在帮助他、鼓励他、为他倾心施教的班主任魏老师，深深地给他鞠了一躬。

魏老师拍了拍他的肩膀说："陈文进，要珍惜眼前这条光明大道，勇敢走下去！只要你能保持这样的状态，不松懈，你将来一定能考取大学。到那时，不仅你个人光荣，也是我们全校的光荣啊！"

送走了魏老师，陈文进知道下一步该要为学费的事发愁了。他正在左思右想之际，张垒手拿信件大步走了进来。他一进院子就喊："陈文进，白雪给你来信啦！会计让我把信带给你！"

听说有白雪的来信，陈文进激动地上前就抢。却被张垒立马回绝道："想看信可以，须等我把话说完再看不迟。"

陈文进忙抬头问："你要说什么？"

"我要说什么？"张垒将信在他面前亮了亮说，"陈文进，你看看，这是白雪写给你的信。她为什么要给你写信？这说明她还想着你、惦记着你。可你呢？"张垒说到这，狠狠地瞪了陈文进一眼说："可你辜负了她，你明白吗？你所做的事，我可以不管，也可以不问，那是你的自由，你也可以不把我们兄弟放在眼里。但你不能对不起你自己，更对不起深深爱着你的白雪！"张垒越说越来气，竟然大声吼了起来："陈文进，我警告你，如果你再敢做对不起白雪的事，就算我放过你，永新也不会放过你的！"

陈文进也郑重其事地对张垒说："我也坦率地告诉你！我和白雪，是任何人都拆不散、掰不开的！咱们从小一块长大，你不了解我，谁还了解我！"

最后陈文进向张垒澄清了他和夏红红的关系后，才得到张垒的谅解。

送走张垒，陈文进手拿信件，又不由自主地来到村子后面的大槐树下。他拆开信封，取出信瓤，仔细地看着信上的内容，脸上一阵惊喜，一阵忧伤，喜怒哀乐，在他脸上不停地交换着。尤其是看到，白雪姨妈发现他俩往来信件后，居然当着白雪姨父的面，狠狠训斥了白雪一顿，还责备白雪，在读书期间不该谈恋爱。信中还提到陈文进最放心不下的一件事，就是白雪姨父的侄子李龙胜，受她姨妈指使，整天像个幽灵似的，看着她、监视着她，还时常扰乱她的正常生活和学习。

陈文进看完信，刚刚平稳下来的情绪，又一次被提了起来。

他担忧的是白雪身边那个幽灵似的人物李龙胜。他会不会对白雪心怀叵测呢？

不过陈文进也看到欣慰的一面，白雪居然也考取绿水市重点中学了！

陈文进稳了稳情绪，着实对白雪身边的那个幽灵似的人物不放心。

暑假的一天下午，文进帮母亲干完活回到家里，他的婶子手挎菜筐，喊道："嫂子、嫂子，你家文进有人找。"

陈文进在屋里听得真切，立马跑出来问："婶子，谁在找我？"

"村口上站着一个大姑娘，指名道姓要找你。这不，让我传口信来了。"

陈文进站在那儿愣了一会，便一路小跑往村口上赶，见夏红红站在村口。

陈文进走上前问："你找我？"

"怎么，没想到吗？"

"我想应该是你。"

"怎么，才几天就把我给忘了？"

"让我来就是和我说这些？这儿离村子太近，咱们还是换个地方谈吧！"

夏红红一听就知道陈文进有意逃避，便说："哟！害羞呀！咱们又不是干特务工作，怕被人逮住吗？"

这会陈文进已向前走出数步，扭头冲她问："走不走？"

于是陈文进在前面走着，夏红红在后面跟着，两人沿着村旁的一条小路，径直走了下去。

"有多大事不能等天黑再来？"

陈文进这话一出，立马激怒了夏红红。她把脸一沉说："怎么？我来难道还要挑时间吗？你怕人瞧见，我可不怕。"

夏红红连珠炮似的回应，把陈文进说得面红耳赤。他语无伦次道："我，我不是那意思。"

"不是那意思，啥意思？你以为我是三岁孩子好糊弄？你的事情我还懒得管呢！"说完，夏红红也板起脸来。

一阵沉默过后，陈文进知道，夏红红是来帮他借钱的，不能这么说她。于是，他换种口气说："对不起！刚才我说得有点偏激！请你原谅！"

这会夏红红根本就充耳不闻，仍气呼呼地噘着嘴一言不发。

陈文进拽了一下她的胳膊说："哎哟！别生气了好不好吗？"

"就生气，就生气。"

"好，好！人家有错，改了就是好同志嘛！"

"改了就算完事吗？告诉你，以后我想何时来就何时来。别人管得着嘛！"

他俩各揣心事，又走了一程。夏红红瞟他一眼问："学费凑得如何了？"

"为了学费的事，母亲拉下老脸去求人。我不想念了，我不想让母亲面子难堪！"

他俩来到一片芝麻地旁坐下，陈文进望着一节节开满粉白色的小喇叭形状的芝麻花，摘下一朵，在夏红红鼻翼间绕了绕说："哎！你嗅这花香不香？"

"是花都是香的，就不知道你会不会去欣赏！"

"那也未必是花都是香的！"陈文进试图在草丛中找找。

"你说，什么花不是香的？你说！你快说呀！"

"狗尾巴花就不是香的！"陈文进伸手从草丛中掐了一个，伸向夏红红鼻子。

这下可惹恼了夏红红，只见她猛然转过身，抡起双拳，照着陈文进的后背就是一阵乱捶，还嚷嚷道："就你坏，就你坏……"

陈文进被打得蜷缩一团，连连求饶道："别打啦！别打啦！这下该出气了吧？"他俩缓和了一下气氛，陈文进问："让你爸帮我借钱一事，问得如何了?"

"我还没问呢!"

"啊! 都啥时候了，你还没问? 你可是答应过我的!" 陈文进眼珠子瞪大起来。

"你又不想念了，借钱干吗?"

"哎哟! 我那不是没辙的话嘛! 你也当真。"

"好! 就算我不当真。钱是你借的吧?"

"当然我借。"

"既然你借，十吗非要我去问?"

"嗨! 你不是说，让你爸替我借钱的嘛!" 陈文进有些犯急。

"是啊，我是说让我爸替你借钱。可钱是你借的，总不能让我一人去说呀!"

"难道你还想让我和你一块去说? 再说，我也不认识你爸呀!"

"对呀，越是不认识，越需要去认识一下呀!" 夏红红见陈文进无奈的样子，感到一阵好笑。

"哦! 原来你是想让我找你爸去借钱啊!"

"对，聪明，一点就破。"

"初次见面，就让人借钱，我可开不了这个口!"

"有什么难开的? 见我爸就喊: 爸……我找你帮忙借钱来了，不就完了!"

"什么? 一见面还让我管你爸叫爸? 我不去。" 陈文进把脸一拉。

"你不去，我也没有办法! 反正我上学有钱，你没钱也不关我事。" 夏红红故作高傲状，也将目光投向了远方。

他站起身说: "好吧! 既然你不帮忙，还袖手旁观看笑话，那就不麻烦你了!" 说完，转身要走。

夏红红一把拽住他衣襟说: "谁说不帮你了? 这是你借钱，也该有个手续吧? 男子汉大丈夫，做事总该有点章程吧!"

经夏红红这一指点，解开了陈文进的思路。他仔细一想: 对呀！夏红红说得没错，这是在借钱，而且借的是巨款，不是在开玩笑。人家总不能连句话都得不到，就替你借钱吧。陈文进想到这，心里一阵内疚，忙止步说："不好意思，我怎么把手续这事给忘了！看在我鲁莽的分上，再原谅我一次！你知道我这人一向脸皮薄，见人就说不好话。"

还未等陈文进把话说完，夏红红就"咯咯"一笑说："文进哥！你也有脸皮薄的时候？和白雪谈恋爱，怎么脸皮不薄了？"

"哎！这可是我的私事，请勿过问。"陈文进又正经起来。

"好！不过问。这回我好人做到底，刚才是和你开个玩笑而已。"

"都什么时候了，你还有心思开玩笑？为了学费的事，我都快崩溃了！"

"我可替你想着啊！打通知书一下来，我就把你借钱的事告诉我爸了。我爸说你借那么多钱，不是小数目，务必你亲自到场签字方可生效。我爸还说，我认这个干哥哥，至今他还没有见过面。我爸让我把你带回家，要好好欣赏他这个未见过面的干儿子。文进哥，就凭咱爸这点心意，你说你该不该去见我爸？"

听夏红红这一说，陈文进腼腆地低下头。

一心想跨进高等学府的他，就像一匹被驯服的野马，最终选择了不愿走的路。他俩在回家的路上，陈文进问夏红红何时去她家，夏红红当即就把日子定在第二天的上午。在分手时，夏红红掏出一张五元钞票，硬是塞给陈文进说："明天从街上买点水果带上。"尽管陈文进再三推辞，还是被夏红红硬塞进了他的衣兜里。

次日上午，风和日丽。陈文进来到和夏红红约定的地方，老远就从人流中望见夏红红站在一处水果摊前，焦急地向这边观望着。看得出，此刻她生怕他临阵脱逃。再看夏红红今天的打扮，比昨天更加艳丽了：一袭粉红色的连衣裙分外抢眼；齐耳短发，也像是理发师刚刚完成的杰作；脚穿一双月白色袜子和凉鞋，往那一站，从骨子里透出一种清高的神态。

陈文进走近打招呼，两人在水果摊上挑了一些水果，陈文进付完钱，便朝夏家走去。

来到夏家，红红的母亲让文进坐下，红红的爸爸夏正梁，也手拎一兜蔬菜，从街上回来，陈文进忙起身和他打招呼。

夏正梁搬把椅子在他身边坐下，询问了陈文进的学习情况。陈文进只是说红红成绩不比他差。夏正梁抽出香烟自己点着说："红红和你认了兄妹关系，你就是我的干儿子。既然是干儿子，你就该早来拜望我这个伯父！"夏正梁视线在陈文进身上扫来扫去。

"伯父，其实我早就有心来拜访你了！只是每天在家里复习功课，还要替母亲干些农活，实在抽不出时间，还请伯父见谅！"陈文进壮着胆子说出这么一番心虚的话，心里也像揣了两只小兔子，蹦个不停。

夏正梁望着一表人才的陈文进，被他一席柔柔的话语打动了。接着他高兴地说："中午在这儿吃饭。"

陈文进极力推辞要回家，却被夏正梁以手续未办为由，硬是让陈文进留了下来。

陈文进坐在那儿，回答着夏正梁的问话，总感觉如履薄冰，生怕哪里答错了，得罪夏正梁。

夏正梁似乎觉察到了这一点，对他说："文进啊！借钱的事，就差你的签字了。至于还款，先别着急，等以后有了钱，慢慢再还也不迟。家里若有困难，就来找我。"

"爸！我们不是小孩子，整天给我上政治课，现在又给文进上！"夏红红从外面走进来说。

"哎！爸也是为你们以后前途着想啊！"夏正梁用眼瞪了女儿一下。

陈文进见夏正梁为他学费的事操心，让他对眼前这位老干部，充满了深深的感恩之情。

这时，红红的弟弟夏雨，从外面玩耍回来，于是大家围坐在一块吃午饭。

从没沾过酒陈文进陪夏正梁一连喝了三大杯，夏正梁仍不依不饶让陈文进陪他再喝。后来经红红母亲一再阻止，夏正梁才做出让步。

这时，红红从厨房里替文进盛来米饭，娘儿俩一个劲地把桌子上的菜往文进碗里夹。这让陈文进深深体会到，一个完美家庭所拥有的幸福。

吃过午饭，夏正梁从屋里取出一份借据，让陈文进在上面签了字。又对他说："放心吧！高中的学费，包在我身上。在这里有红红上学的钱，就有你文进读书的费用，你都听明白了吗？"

一向腼腆的陈文进，向夏正梁默默地点了点头。夏正梁将借据放入兜里，匆匆走了。

午后，夏红红送陈文进回家，迎着阵阵秋风，陈文进感到有种超越自我的惬意感。两个人走了一程，夏红红故意在陈文进面前表露要做他女朋友的意思。陈文进立刻打马虎眼说："做男朋友哪有做哥好！做哥还能在一块玩，做男朋友有那么自由吗？"

夏红红将嘴噘得老高说："至少现在不做，将来也要做！"

他俩又斗了一会嘴，眼看快到村口了，陈文进真的急了，忙对她说："你快回家吧，要是被大人们看见，又该戳你爸的脊梁骨了！你想让你爸背上不好的名声吗？"

没想到陈文进这话一出，还真让夏红红止住脚步，同时也将挽他胳膊的双手，立马松开。

支走夏红红，他一个人往回走，此时，他在暗暗发问自己：我该怎么办？我该怎么办？拒绝夏红红？自己读书的愿望将彻底破灭。接受她？自己对白雪的承诺，将来又如何面对？何去何从？高中的召唤与情感的冲击，犹如一团撕不开的乱麻，缠绕着陈文进的心头，让他一时半会理不出正确的头绪来。但有一点他最清楚，那就是，他要走的这条路，最终取决于自己的选择！

踏入家门，迎面便撞上母亲的质问："你这孩子，上午半天去哪儿了？连个人影都不见，都把娘给急死啦！"

陈文进一把拉过母亲，把上午去夏家借钱一事，一五一十向母亲说了。母亲立刻放飞笑脸说："这下我儿可遇到好心人啦！"她刚刚绽放的笑脸，立刻又收敛起来问："儿子！咱借那么多钱，拿什么还啊？"

陈文进只是微微一笑说："妈，以后我的事情，你就别管啦！"

"好，我可以不管。以后你若是出人头地啦，千万不能把你夏伯伯给忘了！"

望着儿子匆匆的身影，母亲知道，儿子长大了，懂事了，啥事都能自己做主了，她为此感到欣慰。

开学那天，夏正梁领着夏红红和陈文进，坐上村里去县城拉化肥的拖拉机，顺利来到凤凰县重点中学，办妥相关手续后，夏正梁就走了。

第八章　心爱难圆

　　白雪来到姨妈家之后，正如她在给陈文进信中所说的那样，一切都如她所愿。至于潘枝和李兵夫妇，也的确把所有希望都寄托在她的身上，视她为亲生女儿一样疼爱。

　　就这样和谐完美的三口之家，平心静气地生活着。可日子没过多久，事态慢慢发生了变化。

　　一天中午，李兵的侄子李龙胜，上门找李兵去他家喝酒，一进门就发现放学回家的白雪。李龙胜用一种惊诧的目光盯着白雪，故意问潘枝："婶子，你家啥时候来了一个漂亮姑娘？"

　　潘枝从厨房走出，解下腰里的围裙，拍打了几下身上的灰尘。对着李龙胜说："她是我外甥女，叫蔡白雪。往后你需管她叫妹妹。在学校里若是有人欺负她，你要帮着点才行。"

　　李龙胜立马表态说："婶子，这事俺懂。咱爸让俺叔去俺家喝酒呢。"

　　"你叔在村子里还没回来。要找到村子里找去！"潘枝没好气瞟他一眼，又一头扎进厨房里。

　　李龙胜自知没得到婶子的好脸，站在门前望着白雪，傻看了许久，才恋恋不舍地走开。

李龙胜本是李福安和李兵兄弟俩身边的一棵独苗。老大李福安早年和爱人结婚，多年来没有孩子。夫妻俩为了孩子的事，到处寻医问药，烧香拜佛，祈求神灵保佑赐给他们一个孩子。可两个人一直到了三十几岁，才来了这个宝贝儿子，取名叫李龙胜。"龙"当然是龙宝蛋、金贵的意思；"胜"也是傲强的意思。如今李福安当上青山县城郊乡小有名气的副乡长，加之潘枝、李兵，也是结婚数年无儿无女。所以，李家兄弟，对这棵独苗，从小就娇生惯养，百依百顺。随着李龙胜年龄的增长，他的性格也变得野蛮了。整天在家里无所事事，游手好闲。一天到晚，不是和众多孩子们在街上打架斗殴，就是带着一帮小混混到处惹是生非。到了学校也是如此，不用心听课，背着老师和家人，与社会上的无业青年一起玩。

随着国家改革开放，李福安也平步青云。打他当上了副乡长之后，他弟弟李兵，也由原来的村会计，干上了副村长一职。本来兄弟二人相处得就很亲密，这次李兵能当副村长一职，多半也是他哥帮助的结果。由此看来，李兵不但在工作上听从他哥的，且在家事上，也敬重他哥三分。时常两个人有个大事小事的，便坐在一起，一边喝酒，一边谈论着工作上的事宜。

潘枝常年打理着裁缝上的生意，也是很少在家，以在外为主。

再说李龙胜，自从见了白雪以后，他和那些小混混们，几乎断绝了来往，在外打架斗殴也少了许多，就是整日念叨着白雪。他被白雪俊俏的容颜所吸引，总觉得白雪那桃花似的脸蛋，让他看不够。也就打那一天开始，他心里就像长了草一样，每天想尽办法见到白雪。由于他心生邪念，千方百计想接近白雪，所以不管潘枝喜不喜欢他，他都要一如既往地讨好潘枝，只有从潘枝身上打开一道缺口，才能如愿以偿。

由于李龙胜想着白雪，所以他到潘枝家串门的次数越来越频繁。时常还一个人闯入白雪的房间，找白雪搭讪；甚至在学校里，也主动向白雪献殷勤。

开始白雪看在亲戚的分上，自然以礼相待。他时常言语轻佻，都是一忍而过。可过了一段时间，李龙胜居然得寸进尺，当着白雪的面，说些不正经的话来。

一天下午放学回家，白雪正在屋里复习功课。李龙胜又从外面闯了进来，一进门就说："白雪，走，跟哥一块逛街去。"

听到李龙胜的话语，小白雪低头不理，继续看她的书。

不料李龙胜上前拽住她的胳膊说："白雪，快走啊！陪哥一块溜达溜达去！"

这一举动，无疑激怒了白雪，她奋力挣脱他的手，愤怒地说："走开！"且趁李龙胜出门之际，猛然将房门一关，硬是把李龙胜挡在了门外面。

李龙胜见硬闯不成，反碰了一鼻子灰，讨了个没趣，只好站在门外，傻傻地望着房门站了许久，才闷闷不乐地走开。

晚上，潘枝从裁缝铺回家，白雪就把下午李龙胜骚扰她一事，向潘枝说了一遍。

潘枝当即就火冒三丈，立马去东院找到哥哥和嫂子，告了李龙胜一状，还把他从屋里揪出，狠狠地臭骂了一顿。

李龙胜被骂以后，虽然有些收敛，但他还是找种种理由靠近白雪。

尤其是近段时间，白雪发现龙胜的妈妈上门找潘枝的次数多了起来。至于她们说些什么，谈论些什么，白雪不好问，她也不想过问。她知道，大人们的事情，与她无关，只要李龙胜不骚扰她就行。

眼看到了初三毕业考试的关键时候。白雪心想，这回想摆脱李龙胜这个魔影的机会来了。就凭李龙胜那一塌糊涂的成绩，别说让他考高中，就是让他再考初一的知识，都难以及格。

可令白雪失望的是，毕业放假没几天，李龙胜和她一样，也拿到绿水市重点中学的录取通知书。这一刻白雪意识到：他们李家竟然把绿水市重点中学的后门都给走上了！

在读高中的日子里，李龙胜虽然没有像读初中那样对白雪蛮横无理，但还是以各种方式，出现在白雪的生活里。

一天中午放学后，学生都集中在学校食堂里排队打饭。白雪买了一份饭菜在餐厅位子上刚坐下，李龙胜端着饭菜就凑了过来。白雪起身向旁边挪了挪，李龙胜也随之向前挤了挤。白雪瞥他一眼，索性端起饭盒走出食堂。不料李龙胜也撵了出来，他一边撵还一边喊："哎！白雪，别走！等等我！"

一门心思向前走的白雪，根本就熟视无睹。李龙胜撵上白雪说："哎，白雪，你老躲着俺干吗？我又不是大老虎把你给吃了。"

"你不是大老虎，比大老虎还要吓人！"白雪应完声，继续朝前走。

"怕什么？你姨妈是俺婶子。再说，婶子让俺在学校保护你，俺怎么也要负起责任来呀！"

白雪听他满口承诺，故意问："倘若真有人欺负我，你如何保护？"

"俺把他的眼珠子抠出来，给你当泡踩。"

白雪立马反驳说："你说话当真？"

"那还有假！"李龙胜拍下胸脯，以示雄威。

"那好！我现在就告诉你，眼前就有一位无赖叫李龙胜，他正在骚扰我，就请这位亲戚大哥，将他的眼珠子抠出来，给我当泡踩吧！"

李龙胜翻了翻白眼，不但不生气，还嬉皮笑脸地说："我就喜欢像你这样有才气的淑女！"

白雪立马止步说："你有完没完？"随即把脚朝地上一跺，转身进入教室。

白雪在放学回宿舍的路上，她想着藏匿已久的心思，一阵孤独，伴随着种种压抑，又勾起了她对陈文进的思念之情。打她进入高中以来，她给陈文进写了那么多封信，却不见有一封回信！她不知信在邮寄中会不会出现遗失，也不知陈文进不给她回信的原因是什么。这久而未解的心思，让她浮想联翩。

她又要给陈文进写信了，哪怕一个月写一封，哪怕写得都是同样内容，她都要坚持写下去，一直写到他给她回信为止。

白雪拐过一堵墙，冷不防，李龙胜从墙角上又冒了出来。被吓出一身冷汗的白雪，立马呵斥说："你想吓死我呀？你这人怎么没皮没脸的？"

李龙胜听了不但不生气，反而还自我嘲讽说："你说得对，我是没皮没脸。可我听从婶子的吩咐，在学校保护你，必须做到没皮没脸。"

"谁要你保护？你以为你是谁呀？"白雪无奈地瞪他一眼。

"是你名副其实的大哥呀！"他又向白雪身边凑了凑。

白雪被李龙胜纠缠得实在忍无可忍，把脸一沉说："李龙胜，我警告你，你再敢对我纠缠不休，别怪我对你不客气！"

"呵呵，不客气？不客气又能把我怎么样？"

"我报告老师，就说你欺负女同学。"

"那你去呀！我多么希望你去报告老师呀！告诉你，你就是告到校长那儿，我都不怕！俺们班主任和俺老爸早年是同学，现在又是好朋友。这次我能顺利考上高中，全是他从中帮忙！"

白雪听李龙胜不打自招，全然明白了一切。

她自知没准哪一天，老师再受他家人指使，把他两个人调到一个位置上去坐，那麻烦就更大了。面对这复杂局面，白雪又想起陈文进在回信中，对她提醒的话："遇事要冷静思考，沉着应对，千万不可做出鲁莽的傻事啊！"她想像李龙胜这种人，不能拿鸡蛋往石头上碰。要设法稳住他的心态，与其周旋。等高中毕业了，跨进大学门槛，她就能轻而易举摆脱他的困扰。白雪收拾一下凌乱的情绪，和颜悦色地对李龙胜说："你说我们有亲戚关系，你就该尊重亲戚情分，不再骚扰我。"

"谁骚扰你啦！这不是在放学路上嘛！"

"在放学路上也不行！要是被同学们撞见，我可不愿听男女绯闻！"

"他敢！谁要敢阻拦我交女朋友，我活扒他的皮！"

"哎——我们都是高中学生了，说话要有些文化素养！别一开口就笼罩一股血腥味好不好？"

李龙胜把头一拨说："要什么文化素养？等俺高中毕业了，让我爸在乡镇企业找份工作，还不一句话。"他又上前走几步撵上白雪问："你要是跟俺好上了，俺让我爸也帮你找份工作，你看如何？"

白雪听了又好气，又好笑。心想，他这人也太幼稚了！谁和你好上了？谁和你交朋友？白雪见他俩快到女生宿舍了，耐着性子说道："你帮我找工作？骗人！你爸是副乡长，说话不算数。"

通过长时间的接触，白雪已逐渐摸清了李龙胜的脾气，也有了应对的策略。

入冬以后，做完一天功课的白雪，放弃与同学一道去街上购买冬衣的机会，又猫在女生宿舍里想着自己的心思。打她进入高中以来，给陈文进寄出数十封书信，都音讯皆无。她不知陈文进不给她回信的原因是什么，是文进哥把她给忘了？还是文进哥另有了心上人？

白雪一想到这儿，就感到一颗落寞的心犹如断了线的风筝，失去了牵引的方向。她感到前景灰暗。失去了最爱的人，也失去了心灵上的支撑。她感到空虚、恐慌、害怕。她从枕边又摸出陈文进赠送给她的那个笔记本，打开首页，她又看见在那寒冷如冰的冬夜，她文进哥在笔记本上写下的那四句情诗"风花白雪月，儿女文进长。牛郎思织女，织女念牛郎。"白雪含情脉脉地看着，心如潮水。

这时她又突然意识到，刚才她对陈文进的猜想，是荒谬的。于是，一颗灰死了的心，又得到复燃。她不愿再想下去了，她不愿再责备她的文进哥。或许文进哥不给她回信的背后，有着种种难言之隐。

光阴如同无情的年轮，碾轧着时代的脚印。转眼间已到来年夏季。高二下学期课程，已全部上完。此时已转向全面复习阶段。就在学子们为改变命运，为考上大学不懈拼搏时，李龙胜突然回家了。

白雪得知这一消息后，心情豁然开朗。然而，她也在为李龙胜的突然离开，暗自担忧着。因为不久前，他对她的一次粗暴干涉，迫于无奈，白雪向校长做了如实汇报。结果李龙胜被校长叫到办公室，狠狠地训斥了一顿。打那之后，白雪就发现，每次她和李龙胜打照面时，他都把眼睛瞪得溜圆，像要把她吞进肚子里一样。这次他突然离校，会不会在风平浪静的背后，还蕴藏有更大的阴谋？她总感觉有种不祥的预兆在向她慢慢袭来。她能感觉李龙胜对她不会死心的。不过从当下而言，李龙胜离开，对她倒是件好事！起码能让她心无杂念地去学习，一如既往地投入到高考复习中去。

可事态偏偏出乎她的预料。李龙胜回家没几天，她姨妈来到了学校。白雪见了感到惊讶，心想，打她来姨妈家读书，姨妈可从未以家长身份在学校出现！也没有来看望过她。今天这是怎么啦！是哪阵风把她给吹到学校来了？她心里想着，上前与潘枝打招呼。

潘枝一见到她就温柔体贴说："姨妈不是想你嘛！抽空来看看你。"

"姨妈，这段时间我一直在校读书，也未曾回家看望过你们，你和姨父还好吧？"

"好什么？自从上次我和你姨父吵了架，心情一直糟透了，晚上老是做噩梦，梦见自己被一条毒蛇缠绕着！这不，我才从裁缝铺前搭便车，赶来想把你接回家过两天，陪姨妈好好聊聊！"潘枝说完，脸上露出一丝诡诈。

"姨妈，当下正值高考复习阶段，我不能回家啊！"

"哎！再紧张也不在乎就这一两天嘛！"

白雪见潘枝满是愁云的脸，她犯起嘀咕想：这不前不后的，姨妈让她回家做什么，有什么要事需要聊，这不存心不让她高考吗？接着她又向潘枝解释说："姨妈，再过几天就要高考了，我若是回家耽搁复习，考不上大学，你在我身上花的那么多钱岂不白费了？"

潘枝一把抓过白雪的手说："哎哟哟！还是我外甥女懂事，了解姨妈。不过这话又说回来了，考上大学是吃饭，考不上大学也是吃饭。况且大学就那么容易考上的吗？"

白雪听潘枝把话说得心口不一，心里一怔。但她还是坚持自己的想法，劝说潘枝道："不容易也要考啊！我若是考上大学了，有了固定的铁饭碗，你和姨父到了晚年，不但有了依靠，还可享受晚年的幸福生活呢！"

潘枝听白雪把话说得跟蜜一样甜，脸上即刻放飞笑容说："姨妈盼的就是这一天！待明儿呀，再给你找个好婆家。我和你姨父，这回真要跟你享一辈子清福喽！"说完，抓起她的手就往外拽。

白雪见潘枝硬拉她回家，真的急了，赶忙挣脱说："姨妈，我真的不能走呀！"

潘枝见她执意不走，眼圈一红，又说："孩子，你不是姨妈唯一的亲人吗？打你读高中，吃住这几年都在学校，和姨妈同住有几宿？相伴有几朝呀？这次姨妈不是跟你姨父吵架，思亲过度，才想把你接回家的嘛！你若真的不愿回家替姨妈做主，姨妈真要被你姨夫虐待一辈子了！"说完，两行热泪从眼角边缓缓爬下。

白雪见潘枝把话说到这份上，心肠一软。她知道，别看姨妈整日场面上风风光光，心里却像喝完的酒瓶子，极度空虚。她知道，姨妈把她接过来，为的就是能够享受天伦之乐。既然两位长辈吵架了，看来她还是回家一趟好！一来让姨父知道，姨妈身边依旧有亲人所在；二来也好劝说两位长辈不要吵架了。白雪想到这就向老师请了假，跟随潘枝离开了学校。

第九章　为爱周旋

　　白雪和潘枝坐上返回青山县的公交车，回到家中，忙放下书包，拿起抹布，就是一番搓洗。当她把小房间打扫得干干净净，正要下厨做饭时，冷不防李龙胜又从外面闯了进来，被吓出一身冷汗的白雪忙问："你来做什么？"事先李龙胜还嬉皮笑脸地应酬着，三句话未说，竟然将白雪往怀里搂。这下可激怒了白雪，她扬起巴掌就要去打李龙胜。可巴掌刚扬起来，就被李龙胜一把擒住说："你打！你打呀！在学校里你找校长为你出气，回到家你找谁？是不是找你姨妈来问罪？"

　　白雪见李龙胜又耍流氓习性，气得脸色苍白，嘴唇颤抖，泣不成声地说："李龙胜，你是流氓，你是无赖。"

　　"是的，我是流氓，我是无赖。可我就在你面前耍流氓、耍无赖，你能把我怎么样？"说完，他从兜里掏出一封信，在白雪面前亮了亮说："你看，这不是你给陈文进写的情书吗？上面写的多有情调呀！什么青梅竹马！"李龙胜刚说到这，白雪就冲上前，要抢他手里的信。没想到李龙胜避开她，竟然把信撕得粉碎，还说："不用你抢，我会成全你把它撕掉的！"说完，把纸屑朝空中一撒，得意地哈哈大笑起来。

白雪懊恼地冲着李龙胜说："你说的没错，陈文进是我男朋友，我俩还是一块长大的。我俩从小就好，现在还好，你管得着吗？"

没想到李龙胜听完，竟然呵呵一乐，还油腔滑调地说："白雪，你激将法对我无效。我就喜欢像你这种柔中带韧的性格，你越是锋芒无比，我越感觉你有魅力。"

听了李龙胜说出这般没心没肺的话，白雪心想：这家伙就是一张狗皮膏药，黏上去就撕不掉。于是她放弃与他争吵的念头，钻进厨房，带上房门，不再理他了。

吃过晚饭，李兵在外面还没回来。潘枝来到白雪的房间，然后便坐在床上。潘枝心平气和地对白雪说："白雪啊！你今年也二十出头的人了。打你进了我家门，我就有件心事想和你说。因为你正值读书期间，怕分散你学习精力，我一直闷在心里。如今你高中也快毕业了，我把你接回家，就是想和你商量一下你的婚姻大事。这几年，姨妈供你吃、供你穿、供你上学读书，也花了不少钱。你姨父一年的工资，供你一年读书都不够。我每天靠缝纫攒点钱，也是不够的。白雪啊，不瞒你说，你若真考上大学了，我还真供养不起你了！打你来到我家那一天起，我就有心将你许配给李龙胜。他们家业大，底子厚，你若嫁给你龙胜哥，不但吃得好、穿得好，他们家供养你读书上大学，绝对没问题。龙胜妈，又是一把操持家务的好手。白雪啊！就把你嫁给你龙胜哥，你看好不好啊？"

白雪痴痴地望着潘枝，她绕着弯子说出一大堆温暖的话，最终还是没有跳出要给她找婆家的主题。稍后反驳说："姨妈，你把我接回家，就是要和我说这些？眼下正值高考阶段，你和我说这些，感觉妥当吗？"

"哎！我也是为你如果高考落榜考虑的啊！"潘枝两眼在白雪脸上扫来扫去，想把握住她的心态。

"姨妈，眼下高考还未开始，倘若我真落榜了，再说也不迟啊！"

"那可不行！像你姨的大伯家这么优越的条件，咱事先必须给占着。否则一松口，被别的女孩子给抢了，那可就晚了。"

"既然别人家女孩想巴结，他就娶好了！何必要对我死缠烂打呢？"白雪忙顺水推舟地说。

"白雪啊，你是不知道！打你龙胜哥从学校回来，上门为他提亲的媒人排成队，可你龙胜哥就是不答应。后来有人再提亲，他竟然把媒人往外轰。所有媒人都被他得罪了，也把你姨的大伯气得几顿没吃饭。后来一家人坐在一块问他，你究竟相中谁家姑娘了？他就说相中你！你姨的大伯和姨的大妈也早有此意。所以他们多次找我，说出他们的想法。还说，他们是亲眼看你长大的，说你长得俊、性情温顺又贤惠。若能娶到像你这样的儿媳妇，是他们一家人的福呢！白雪啊！你说像这等好事，咱上哪儿找去？"

潘枝还要往下讲，被白雪立马打断说："姨妈，别说了！我不愿意！"这时白雪也板起面孔。

潘枝见白雪断然拒绝，不解地问："为啥呀？你不喜欢你龙胜哥？"

"不为啥，反正我不想见他。"

潘枝见白雪执意不听从她的意思，将她那东北风似的脸往下一拉说："你这个死丫头，一个穷小子，就把你迷恋得神魂颠倒。你还把我这个姨妈放在眼里吗？白雪啊！你长大了，翅膀硬了，连姨妈话都敢不听了！我费了一晚上的口舌，你竟然当成耳旁风！白雪我告诉你，你姨的大伯家这门亲事，你答应也得答应，不答应也得答应，这事可由不得你！我没工夫和你闲扯。"说完，"哐啷"一声带上房门，匆匆走了。

这回白雪被潘枝训斥一顿，她呆若木鸡地躺在床上，半晌没能缓过神来。她闷着心思想着姨妈的训话，一阵孤独伴随着内心的委屈，白雪双手捂面，伤心地哭了起来。为了避免哭声传出门外，她把头缩进被窝里。在声声啼哭中，白雪想家了，她不禁地呼唤着爸爸、妈妈，你们撇下女儿狠心地离去；她又呼唤哥哥、叔叔，为何也不来看望她一眼。还有她文进哥，给他寄出那么多封书信，为何连一封都不给她回？"呜呜"的啼哭声，宛若一曲悲凄的乐章，在白雪的小房间里悠悠回荡着。

白雪想着想着，忽地一个闪念掠过心头，为了躲避姨妈的逼迫，为了逃避李家的婚事，何不远离这儿？她翻身下床，穿上衣服，紧了紧鞋带，伸手去拉房门，"哐啷"一声没有拉开。白雪借助淡淡的月光，向门外仔细一看，一把大锁，重重地锁住了房门。这时白雪才真正明白，姨妈是用软硬兼施的手段，逼迫她嫁给李龙胜啊！这样她逃离的愿望，也变成了失望！

白雪泪眼汪汪地望着门上的大锁，又重新回到床上，蒙头大哭起来。这次白雪是绝望地大哭着。没有人知道白雪哭了多久，也没有人去抚慰她深深的忧伤。就这样白雪哭着哭着，不知不觉睡了过去……

白雪揉了揉干涩的眼皮，定了定心神，见外面早已大亮。她抬头望了望紧锁着的房门，又看见书桌上曾经陪伴她的小闹钟，她知道，此刻已是早上七点多钟了。她知道这段时间是宝贵的，还要珍惜它才是啊！

白雪下床取出高考资料，她又用心复习功课了。就这样白雪趴在书桌上，不知不觉已学习到中午，强烈的光线刺破窗子，斜射进屋内。可她姨妈仍没有来过问她。白雪感觉肚子在"咕噜咕噜"向她抗议了。她自知中午姨妈再不开门让她出去吃饭，她怕是熬不住了。白雪感觉姨妈这一招够狠的，竟然狠到用断食来威胁她的人身自由和情感自由！姨妈口口声声说疼她、爱她，把她当成亲闺女一样看待，如若是她亲闺女，她舍得在高考时耽误她学习？如若是她亲闺女，她舍得把闺女关在屋里不给饭吃？如今又把她关在房子里，不让她考大学，这分明是在变着戏法把她往李龙胜怀里推啊！这时她越想越生气，越想越恼怒，索性一赌气，又一次扑在床上，蒙头大睡。她想，饿死算了，即便饿死，也不能屈服李龙胜。心里想着，由于身体虚弱，她倒在床上就迷迷糊糊睡着了。

就这样白雪从中午一直睡到下午三四点钟，她正熟睡之际，隐约听见房门在响。白雪猛一抬头，发现潘枝正在开门。白雪将头往被窝里一缩，继续装睡与她较劲。

只见潘枝打开房门，手端一碗米饭，来到白雪床前，把米饭往桌上一放，伸手去扯白雪身上的被子，嘴里还气哼哼地说："小冤家，别跟我较劲！快起来吃饭。"

白雪躺在床上，趁潘枝拽被子同时，猛一翻身，将脊背冲着她继续装睡。

潘枝一把抓住白雪的衣领往怀中一带。白雪也趁势往床上一坐，虎视眈眈地两眼直逼潘枝。

"小冤家，往日看你性情挺温顺的啊！可较起劲来像头牛！快起来吃饭。"

"不吃。"

"都一天了，你不饿？"

"不饿！"

潘枝望着白雪两眼瞪得像灯泡，语气软下来说："白雪啊！你的脾气咋那么倔呢？你就不能听姨妈的话，起床吃饭吗？"

白雪心想还是这招管用。姨妈终于软下来了，她总不能看着她饿死在这里吧。想到这，她对潘枝说："姨妈，若要我吃饭，除非你打消李家婚事的念头。"

"白雪，你在跟我讲条件？"潘枝的眉梢挑了挑。

"我就要跟你讲条件，倘若你不取消这门婚事，我就是饿死，也不答应！"

潘枝见白雪又较起劲来，只好说："好！你先把饭吃了，等会我去跟你姨的大伯和大妈商量一下就是了。"

白雪见潘枝终于松了口，翻身下床梳洗完毕，便开始吃饭。其实白雪早就饿坏了，吃起饭来特别香，可还是强装不愿吃的样子，精嚼细咽，费了好长时间，才勉强把饭吃完。

潘枝耐着性子，见白雪放下筷子，故意问道："知道挨饿是什么滋味了吧?"

"姨妈，明天我要去学校了，后天就该高考了，我不能再耽搁复习时间了!"

"不去考了。只要你答应嫁给龙胜，谋个好的职业，还不是你姨的大伯一句话。麻纺厂、卫生院或是去哪个部门当个会计什么的，还不够你吃一辈子了! 你就是考上大学，一个女孩子又能做些什么呢?"

"姨妈，你怎么出尔反尔?"白雪的眼睛又瞪大了。

"我就出尔反尔，我就希望你以后过得比别人强，才出尔反尔的。"

"姨妈，你不用说了! 我不会愿意的!"

"你不愿意也得愿意，这事由不得你! 如果你不愿意的话，今天你就别想出这个门，更别想去学校高考。告诉你，什么时候想通了，什么时候才能出去。"说完，她收拾起碗筷，把门一锁，又匆匆走开了。

白雪已经吃饱了，望着潘枝怒气再升，又一次激发起她对潘枝的不满。面对自己像鸟儿一样被困笼中，她再次扑倒在床上蒙头大睡。

天渐渐黑下来了，外面一片寂静。睡梦中的白雪，隐约又听见房门在响，接下来门被打开。只见潘枝手拎一瓶开水走进来说："白雪啊! 天气闷热。瞧你身上汗气熏人，起来洗个澡再睡吧!"她见白雪丝毫不搭理她，只好把水瓶往墙角上一放，又关门走了。

潘枝走后，白雪在床上躺不住了。她知道，为了和姨妈斗气，她两天没有洗澡，没有换衣，这会姨妈也替她想得周全。于是她翻身下床，拿出塑料盆，把瓶里的开水倒入，又适量放点冷水。她便将身上衣服一件一件往下脱，当她把衣服脱尽，赤着身子站在盆中，用毛巾往身上沾水时，此刻正有一人，从外面轻手轻脚推门而入。只见这人，鬼鬼祟祟进了屋，两眼紧盯住灯光下的白雪，当他到白雪背后，见她那美丽的肌肤时，不由得垂涎三尺，神魂颠倒。一种急于求成的欲望，促使他从白雪背后猛扑过去。也就在这人扑向白雪的一瞬间，白雪仿佛听见，身后有脚步触及地面的响动，机灵的白雪猛一回头，正发现李龙胜饿狗扑食般地向她袭来。也就在这千钧一发之际，小白雪双臂护胸，两腿自闭式往下一蹲。收敛不住的李龙胜，一下子从白雪头上栽了过去。倒墙头般的震撼声，让李龙胜躺在地上，半晌都没能爬起来。由于李龙胜用力过猛，前额正磕在对面的椅子上，额头当时就鼓起一个鸡蛋大小的血包，同时也将洗澡盆砸了个粉碎，洗澡水溅了一地。

白雪趁李龙胜倒地的机会，迅速躲到门后，慌忙穿上衣服。操起门后的一把扫帚，照着李龙胜就打。她一边打一边骂：“李龙胜，你这个流氓，你不知羞耻，快滚出去。”

李龙胜被打得狼狈不堪，从地上慌忙爬起，伴着一阵阵干嚎，向门外逃去。

小屋内发出吵闹声，无疑惊动了东厢房的潘枝，她慌忙地赶来，耳闻目睹了一切，她也愤愤指责李龙胜骂道：“光明正大的事儿你不做，竟然干起了偷鸡摸狗的勾当。”

李龙胜被打得像只落水犬，一声不吭地逃回东院去了。

这时潘枝拉住白雪的手问：“孩子，他没有碰到你哪儿吧？他要是敢把你给糟蹋了，我定不饶他。”说完，拿来毛巾替白雪擦拭脸上的污渍。这时，却被白雪一把夺下说：“门不是被你锁上了吗？他是如何进来的?”白雪两眼几乎要喷出火来。

"房门根本就没锁。"

"什么？房门没有上锁？你不是每天都将房门上锁的吗？今天为何不锁啦？"白雪实在忍无可忍"哇"的一声大哭起来，滂沱的泪水，犹如山涧飞流的瀑布，怎么也冲不去无尽的屈辱："姨妈！姨妈！你为什么这样待我！你为什么啊！难道我不是你亲外甥女吗？你叫潘枝，我妈不叫潘梅吗？"白雪一把鼻涕一把泪地哭诉着。

潘枝见白雪哭泣不止，也大声吼道："你哭什么？你哭什么？姨妈虐待你了吗？姨妈供你吃，供你穿，供你读书考大学，哪一点对不起你了？不就想给你找个好婆家吗？你发这么大脾气干什么呀？不要不知好歹，往后你的事，我还不管了呢！"说完，把房门重新上锁，又匆匆离开了。

潘枝走后，白雪再一次倒在床上，委屈地大哭着，她哭了多时才慢慢停下来。她明白，哭是没有用的，也是解决不了根本问题的。泪水只能洗刷心灵上的创伤，可冲不破姨妈对她的一把人生枷锁啊！

她该怎么办？看来她真要想办法与姨妈周旋了！倘若真要错过高考，她的人生，就会一落千丈。她又想起陈文进，给她回信中提到的：遇事要冷静思考，沉着应对，千万不可做出鲁莽的傻事啊！一想到这儿，她心中就燃起一丝希望。她默默地回到床上，她要耐心等下去，等到天明，设法逃出去。

天亮了，一束光环破窗而入。白雪翻身下床，来到窗前大声吼道："姨妈、姨妈，放我出去，快放我出去呀！"

一阵狂吼，惊醒了东厢房正熟睡的潘枝。她穿着拖鞋，穿着背心，慌乱跑来问："你吼什么？大清早放着觉不睡，一宿想通了吗？"

"快开门，我要上茅厕。"白雪强装内急的样子。

"啊！你要上茅厕！你等着，我去拿钥匙。"她拿来钥匙打开房门，白雪直奔茅厕。公厕就设在巷子的东南角。当白雪方便完从茅厕走出，她看见她姨父李兵、李龙胜，还有她姨妈，三人就像联防队员缉拿小偷一样，将胡同口堵得严严实实。

白雪心里立刻凉了半截，可她已经出来了，怎么样也要拼上一拼！她索性没有理睬他们，而是直奔巷子深处的那条柏油大马路走去。

潘枝等人忙迎上前，李兵问："白雪啊，刚才我让龙胜给你送去一碗鸡蛋面条，你快回房吃了吧！"

这会白雪一门心思朝前走，且步子越走越快。李龙胜一见可不干了，上前一把拽住白雪的胳膊，接着潘枝、李兵一起动手，硬是把白雪重新关了起来。

潘枝等人见目的已经达到，锁上房门又走了。

白雪哭了会，稍作镇静，她明白，今天无论如何都要逃出去，哪怕是鱼死网破……

白雪从床上坐起，就发现窗前有个人影在晃动，白雪打开窗子向外窥视，她见李龙胜正待在窗子一侧偷看。白雪心想："解铃还须系铃人。"若想顺利地出去，还需要从李龙胜身上打开缺口，他可是这出戏里的主要角色啊！只要李龙胜肯放她出去就行，只要他们能让她高考就行。眼下也只有这样了。

于是，白雪面挂一丝浅笑，让李龙胜放她出去。李龙胜当然不肯。白雪见李龙胜一双贪婪的贼眼，在她身上扫来扫去。她知道，不给这家伙一点甜头，他是不会听从她安排的。她又说："我想通了，我决定嫁给你，还不行吗？"

李龙胜这会已像干柴遇到烈火，两眼一眨不眨地盯住白雪的脸蛋问："你说话当真？"

"那还有假！只要你让我出去高考，等我考试回来，立马就和你订婚。"

李龙胜心中的欲火，已被白雪撩得愈发不可收拾。他两眼直勾勾地盯着白雪看了许久，才从恍惚中走出来说："白雪，我考虑一下。"

"如果你不把我放出去，我情愿一死，也不会嫁给你的，让你空欢喜一场！"

"别别！"李龙胜一听白雪要死，可把他吓坏了。他最怕的，就是小白雪说死，或者说消失之类的话。

他说："让我好好想想。"他立在窗前，两眼盯着白雪，傻看了许久，才用怀疑的口气问："白雪，你说只要我放你出去高考，你就答应嫁给我，这是真话？"

"是真话！"白雪丝毫都不含糊。

"你不后悔？"

"绝不后悔！"

李龙胜又说："我把你姨妈叫来，你敢当着她的面承诺吗？"

白雪一听这家伙够狡猾的。只好爽快地答道："我不但敢在姨妈面前做出承诺，就是当着你父母的面，照样敢做出承诺。"

白雪的话还没有说完，李龙胜撒腿就往家跑，他跑回家正见潘枝、李兵，还有他爸，稳坐在厅堂里，讨论如何安排他和白雪的婚事。

已经闹腾了一个早上了，李福安被闹腾得坐不住了。他大小也是个乡长级别的干部，也怕别人在背后戳他的脊梁骨。这事真要闹大了，说一个乡长儿子，强迫一个弱女子成婚，那口水可会淹死人的。

事先白雪不答应这桩婚事时，李福安也并不同意这门亲事，缘分这东西是两情相悦的事，捆绑成不了夫妻，这简单的道理谁都知道！可唯独他这个不争气的儿子不懂，让他烦心。儿子就是一根筋的人，况且潘枝早就有成全他的意思。所以，李福安事先只是睁一只眼闭一只眼，任由潘枝和他儿子对白雪施加压力。

白雪被关的这几天里，她坚决不从潘枝的意思。今天早上又借助上茅厕的机会大吵大闹。这让李福安按捺不住了。他想：这老是把人关起来也不是事啊！于是，就把几人召集一块，讨论如何安排这事的时候，李龙胜慌慌张张跑来说："白雪答应了！白雪答应了！"

李龙胜这一说，几人都惊愕不已。潘枝心想白雪刚刚还大呼小叫，嚷嚷要出去。这才一会儿工夫，就想通了！潘枝忙问李龙胜，李龙胜就把白雪如何向他承诺的话，一字不漏地向他们说了一遍。

龙胜妈惊喜万状地说："同意就好！同意就好！等过门，我会好好善待她的！"

潘枝也说："龙胜啊！婶子说得没错吧？我早就跟你说过，白雪吃软不吃硬。只要你对她好些，说话谦让些，她会慢慢顺从你的！"

李福安坐在沙发上，跷着二郎腿，嘴里叼着烟，仔细分析着白雪承诺的每一句话。他沉思半晌才开口说："看来白雪并不像你们想象的那么简单。她虽然同意嫁给咱龙胜，但是她是有条件的！条件说的也很清楚：只要让她出去高考，等高考回来，她就和龙胜订婚；如果不让她去高考，她情愿一死，都不顺从。可见这丫头对高考，是有一定把握的！假如她喜欢龙胜，又何必许这个诺言？可想而知，她下的这场赌注必赢无疑了！"

潘枝不解地问李福安："大哥，你说这话我为何听不懂啊？"

"有什么听不懂的？事情不是很明了吗？如果她喜欢龙胜，随时都可以订婚或结婚。也无须你花这么大力气劝她了！她就是不愿嫁给龙胜，又抗拒不了你的家法威逼，才把一线希望寄托在高考上的。只要她考上大学，有了机会，她就可以远走高飞，到那时，谁也干涉不了她的人身自由。"

"那可不行！我花那么多钱财、那么大精力，供她吃、供她穿、供她上学读书，一旦她考上大学，远走高飞，记着我现在这般虐待她，将来还不知要对我啥样呢！不行，不能让她去高考。"

"你不让她去高考，总不能老是关着她吧？"李福安从桌上抽出两支香烟，递给李兵一支，沉思片刻后说："就成全她的意思。"

"爸，她学习可是我们班上最好的！"

李福安瞪他一眼说："冤孽！这一连串的麻烦，全由你而生。"

"那我可不管，你不让我娶白雪，我就不让你抱上孙子。"

几个人商量到最后，李福安决定："放白雪出去，给她一线希望。我自会让她心服口服，嫁给咱龙胜的。"

就这样潘枝和李龙胜，回西院把白雪的房门打开。潘枝拉住白雪的手说："孩子啊！你若早答应这门亲事，又何必受这几天罪呢？"

"姨妈，我的条件你们都知道了？"

"知道了！龙胜把你的话全告诉我们了。你姨的大伯听了也很高兴。他让我把你放出去，这就让龙胜陪你去高考。"潘枝说着，把书包背在白雪身上，由李龙胜陪着，很快返回学校。

到了学校，白雪对李龙胜说："明天就要高考了，从现在开始，你不准对我有任何干涉，要给我留下足够的学习空间，去复习高考，等考试一结束，我就跟你回家订婚。"

这次李龙胜倒是很听话地与白雪拉开了距离。

晚上，教室里灯火依旧通明。白雪一个晚上做了十几道数学题，她感觉眼皮老是打架，睁不开。她的确是困了，疲惫了！回家的几天里，她没能安安稳稳睡上一个好觉。精神上遭受打击，灵魂上受到摧残，让她的身子垮了许多，她确实要好好休息一下了，她需要安安静静睡上一个好觉，才有精力迎接高考。

她整理一下书包返回宿舍，来到床前，将难以支撑的身子倒在床上，便昏昏睡了过去。

次日清晨，天空晴朗，阳光明媚。白雪的心情也同这晴好的天气一样，充满了希望。

上午考试之前，白雪在小卖部里买点吃的，便随同学们一道进入考场。

最后一场考完，当白雪跟随同学们一道走出考场时，她见李福安、她姨妈和李龙胜，已在学校大门口守候了。白雪明白，从表面上看他们是来接她回家的，实质上，他们是来挟制她回去和李龙胜订婚的。

第十章 巧用计谋

白雪跟随几人回到家里，李福安和李龙胜妈，当晚就来到西院，找到潘枝、李兵，一起商量给李龙胜、白雪订婚的事。

几人坐定后，潘枝说："大哥、大嫂，咱首先把话说在前面，咱亲归亲，礼归礼。白雪来我家这几年里，你们也是有目共睹。总之，你们家给白雪办婚事，不能太草率了！俺们白雪天生丽质，在这十里八村，也算是才貌双全的女孩，在彩礼上，不能亏了白雪！白雪若是向你们要什么，你们就要买什么。譬如说：这衣服，要买漂亮时髦的；首饰要买精品昂贵的；还有彩礼更要阔阔气气。怎么也要拿些钱出来，供俺们白雪作陪嫁用！总之，不能让白雪空着腰包嫁到你家去！"

李龙胜妈一听，潘枝张口就提了一大堆条件。心想，这潘枝的胃口也太大了！就说这衣服、首饰、彩礼之类的东西，都是老祖宗留下来的规矩。她嘴皮子一动，要多少，咱就得掏多少，这打破祖宗规矩的事，咱可不能允。她心里想着，赔着笑说："大妹子！你说的没错。俺们老李家在这一这块，也算是大户人家。这场面上该花的钱，咱花了也算风光体面！可这从经济上……"李龙胜妈刚说到这儿，李福安就瞪她一眼。李龙胜妈只好换种口气说："她婶子大可放心，为了儿女花钱，咱花得值！"

潘枝一拍大腿说："俺大哥好歹也是个乡长级别的干部，外面的关系一大堆。依我说，要多办几桌酒席，多请一些有头有脸的人到场作证婚人。把场面办得热热闹闹，也显得咱老李家风光体面。"妯娌俩你一言，她一语，明枪暗箭，各耍着心计。

李福安可坐不住了，他一连抽了几支香烟，将烟头朝地上一扔，又挠了挠秃了顶的脑门说："哎！你还是把白雪叫出来，问她有啥说法。"

白雪坐在那儿低垂着脑袋，他们说的话就像与她无关。屋子里一片寂静。三张狰狞的面孔，目不转睛地等候着她的回答。

潘枝按捺不住地说："白雪啊！你倒是给个痛快话呀？女孩子向婆家索要彩礼，那是天经地义的事，有什么不好意思的？"此刻潘枝恨不能让白雪狠狠宰他们一笔钱财，以满足她贪婪的心。可几人前前后后催问了好几遍，白雪连一个字也没有往外吐。

李福安稍作沉思后说："白雪啊！现在你若要提条件还来得及，倘若你不开口，等房子装修好，我们就把你和龙胜的婚事给办喽。"

李福安的话还没有说完，白雪就插嘴说："那可不行。我现在还小，还有很多学习的机会。眼下就草率结婚，岂不误了一生中的美好时光？"

"白雪，你觉得这次高考，你有几分把握？"李福安问道。

"不知道。"

"不知道？呵呵！"李福安冷笑两声又说："白雪，有句话我想问你，你向龙胜承诺的话，还算不算数？"

"当然算数！可我答应订婚而不是结婚。倘若你们想办，随时都可以将婚事订下来。如果我考上大学，一切费用依旧由姨妈承担。等我大学毕业了，再和龙胜结婚，也不迟啊！"

潘枝等人一听，都心里有数了。他们也知道白雪是在拖延时间。

　　也就在几人盘算如何应对白雪的时候，李龙胜突然闯进屋说："就依白雪说的算，咱们先订婚。"

　　李福安听到这句话非常生气，手指着儿子大骂道："真不知你迷上了她什么？我这张老脸被你丢尽了，往后你的事我不管了！"说完就要往外走。

　　李龙胜妈忙阻止说："你这老头子，发这么大脾气干啥？咱这辈子就这么一个宝贝疙瘩！他的婚姻大事你能不管？在乡里你可以耍官腔，在家里我可不给你面子。再说咱龙胜，也有他的自由选择嘛！"

　　白雪回到自己的小屋，静静地躺在床上。她自知唯一的希望，就是能考取大学，只要能大学毕业，她就有能力拯救自己的人生，就有望摆脱李龙胜的纠缠，回到陈文进的身边去。

　　白雪感到在这几天的人生磨砺中，她忽然长大成熟了，遇事冷静了。在校生活多年，习惯于独立思考的白雪，躺在床上几乎一宿都没能合上眼皮，刚刚睡去，就被一阵敲门声惊醒。白雪自知李家要催她进城买订婚的衣服了。她从床上慌乱爬起来，打开房门，随潘枝就往外走。没走几步，她就感觉头重脚轻，眼前一黑，一头栽倒在地上。潘枝吓得忙回头问："你怎么啦？"当潘枝看到白雪面颊消瘦、两只深陷的眼睛充满血丝时，忙问白雪："你身子不舒服吗？"

　　"姨妈！我头痛。"说着，白雪将身子蜷缩成一团。

　　"你这孩子，早不痛，晚不痛，偏偏在这个时候头痛。瞧你这样子如何进城？"潘枝见白雪一副病魔缠身的样子，只气得一跺脚走了。

　　潘枝走后，白雪回到床上。由于连日折腾，她的身子确实太虚弱了，她感觉疲惫不堪，一躺下就昏昏睡去。

　　事实上，李福安从昨晚得到白雪的话后，连夜就有所安排。

为了在世人面前炫耀自己的富贵，他还租用了两辆小轿车，想把儿子的订婚仪式办得风光体面，有声有色，可他怎么也没料到，女主角生病临阵退场。这让李福安感到一阵沮丧，但他还是载着几人进城去了。

白雪回屋躺在床上，也不知睡了多久，被一阵鞭炮声惊醒。这准是李家进城为她办事回来了。此刻她病情也得到好转。她想自己答应李家的婚事不能反悔，事情已经走到这分上，就得去演戏，即便不会演戏，想些办法也要将这出戏演好啊！

白雪起床梳理打扮后，刚跨出门槛，迎面就撞上潘枝前来找她。潘枝一把拉住她的手说："快去看看，你姨的大伯家为你购买的东西，仅衣服、鞋子就买了好几套！全是今年最流行、最时髦的款式，那料子和颜色，都挺适合你！姨妈眼光绝对没错！"潘枝说完，拉着白雪直奔东大院。

也就在李家鞭炮放响的同时，四方乡邻，也纷纷涌来。一时间李家大院，人流哄哄，顽童乱穿，都在为讨个喜糖，邻居们阿谀奉承地说上大堆暖心的话，极力讨好潘枝等人。

龙胜妈拉住白雪的手说："白雪啊！快进屋瞧瞧，这些衣服，全是你姨妈为你挑选的。她每天替人裁制衣服，绝对是内行！看这料子，多柔软、多厚实呀！还有这三套成品制服，全是毛料制作，上海名牌。"她又拿起一套成品制服说："这套是俺龙胜替你挑选的，如今的男孩子挺懂女孩子心思，他知道姑娘们讲究漂亮。"她兴致勃勃刚说到这，用手量了量裤脚说："哎哟！这裤脚少说也有八寸五，这要是穿着走在大街上，不把地上灰土都给扫起来了吗？"她说着脸上露出不快之色。

潘枝忙解释说："嫂子，你老眼光看不了新世界。这叫'喇叭裤'，如今的年轻人，就喜欢这种款式。"

"哎哟哟！那扫大街的人该要下岗了！"

潘枝也拿出一件粉红色连衣裙对白雪说："快进屋把它换上，

让大家看看。"尽管白雪面带羞涩，不乐意，但还是被潘枝坚持给换上，然后又换上一双高跟凉鞋。当白雪换好衣服，从房间被拉出来时，大家都被眼前她给吸引住了。只见白雪：一米六五的个头，不胖不瘦，披肩秀发飘散在肩头，一张白里透红的瓜子脸上，镶嵌着一双深潭秋水般的大眼睛，再穿上这件粉红色的连衣裙，往那儿一站，那身段、那姿色，真如同三月盛开的桃花，又恰似清晨初露的芙蓉。

龙胜妈一个劲夸口说："好看，好看！"她嘴里说着，心里也在为儿子能娶到这样的儿媳妇而高兴。心想难怪儿子一见白雪，就被迷得神魂颠倒。她接着说："瞧我们白雪，穿着这件衣服，像不像俺们李家的大明星，叫啥个名呢？"

"她叫李秀明。"潘枝忙接过话茬道。

"对，对，叫李秀明，就是扮演招娣的那一个！"

李龙胜望着白雪，硬生生地转起了一百八十度的大圈圈，瞧个不停。

白雪心想，像李龙胜这等缺乏教养的人，也需用姨妈当年对付她的手段来对付他。只要给他们李家一颗定心丸吃，等她走进大学校园，她就有更多的回旋余地。这也叫"以其人之道，还治其人之身"。

白雪想到这，叫声："龙胜大哥，要不我们出去走走？"李龙胜当然满口答应。于是他俩当着李福安和众乡邻们的面，大摇大摆地走出院门，直奔村子后面的那条柏油大马路。

白雪一面戏弄李龙胜，一面也在为自己如何摆脱他的纠缠，绞尽脑汁。她知道，打她和李龙胜接触以来，像今天这样的异常举动，从未有过。她也知道，只有用这种异常的举动，才能让他们一家那颗担惊受怕的心有所缓解。

他俩沿马路边上一条林荫小道向前走着，天南海北地聊了一会，白雪就觉得两腿发软，眼前发黑，就在李龙胜还要往下讲时，白雪立马打断他说："你整天就知道玩，人家一天都没吃饭了，你就不知道关心一下人家吗？"

李龙胜一听忙拽住她的胳膊说："快回家，让老妈替你做鸡蛋面条吃！"

到了家，白雪心想，倘若再被他纠缠下去，又会给自己带来不必要的麻烦，白雪趁机返回自己的屋里去了。

龙胜妈得知白雪一天都没吃饭，可把她心疼坏了。她立马下厨替白雪打了一碗荷包鸡蛋，让龙胜送去。

再说白雪，她知道，这次她和李龙胜订婚，无疑已成为李家的一员了，也逃脱不了李家对她的制约。她望着碗里的荷包蛋，没有把它吃掉，而是拿起筷子让龙胜吃。

李龙胜把眼一瞪说："让你吃，你就吃，你要么把它吃了，要么我把它全倒了。"说着，就要去夺白雪的碗。

白雪心想，这家伙就是个愣头青，说到哪就会做到哪。于是她赶忙说："别倒，别倒。我吃，我吃。"

李龙胜见白雪将碗里的荷包蛋吃完，又望见她脸蛋嫩白的像荷包蛋一样，心中的欲火又一次被点燃。从小就放纵自由的李龙胜，这会就像馋猫见了腥一样，哪肯放过这难得的机会呢！强烈的占有欲，迫使他迅速关上房门，上前抱住白雪就往床上摁，一张腥臭的大嘴，在白雪的脸上蹭来蹭去。

白雪将身子极力蜷缩在床上，双手掩面，强忍着内心的屈辱。白雪知道，此刻她穿的可是连衣裙，单薄的衣服很容易让李龙胜得手。于是她努力护住自己该护的部位，与李龙胜抗争着。就在她奋力挣扎的同时，她忽然感觉李龙胜离开了她，她睁眼一看，见李龙胜正站在床边扒自己的衣服，一双贪婪的贼眼，像电一样直射她裸露的大腿。白雪一见这阵势，吓得魂都要飞了，随手抓起床上的被单，往身上一裹，并厉声喝道："李龙胜，别乱来，你若敢乱来，我立马……"白雪情急之下抬头望见书桌上的电灯泡，她急中生智一把抓住说："李龙胜，你要敢乱来，我立马触电死给你看。"

李龙胜一见白雪出此下策，赶忙要去阻拦，却听见白雪又喝止说："别过来，你若敢靠近，我立马拉断电线。"

裸着下体的李龙胜被这一吓，站在原地还真没敢乱动。只是颤颤巍巍地说："白……白雪，别……别犯傻啊！"

"不想让我犯傻，快把衣服穿上。"

于是，李龙胜只好穿上衣服，走到白雪床前刚要开口，被白雪剑一般的眼神直逼道："滚出去！"随着一阵愤怒和压抑，白雪的泪水也滂沱而下。

打那次订婚之后，李龙胜虽然不敢胆大妄为对白雪动粗，但还是以订婚为由，对白雪纠缠不休。在这一个多月的时间里，对白雪来讲，就如同过了好几年。压在心底里的一块石头，始终搬不开。她天天想，夜夜盼，盼望着高考成绩能够早日下来，可一直等到八月下旬，她的高考结果仍音讯皆无。这时白雪开始焦虑了！一颗沉甸甸的心，也愈发得不到安宁，她实在忍不住决定进城看一看。

第十一章　真相初露

白雪和往常一样早晨起来得很早。

她在自己房间打扮一番后，伸手取下挂在床头上的小挎包，便匆匆往城里赶。

白雪随着下车的人流来到市中心，她在蜂拥的人群中东张西望，努力寻找着可以寻找的熟人，忽然发现对面人流中有两位女孩，其中一位正是她要找的同学杨琼。她紧走几步迎上前喊："杨琼！"

"白雪！"这时杨琼也发现了她。还未等白雪开口，杨琼就抢先问道："白雪，一个假期为何不见你进城玩呀？"

白雪为难地说："哪有时间？姨妈每天帮人赶制新衣，忙得连饭都顾不上吃。我在家里帮她洗衣、做饭、收拾家务，哪还有那闲空呀！"

"说的也是，你姨妈在外面那么忙，你应该替你姨妈分担点。"杨琼说完又关切地问："白雪，你被哪家大学录取了？"

"什么？我被哪家大学录取了？我还想问你呢！到现在我连高考通知书还未见着呢！"白雪两眼紧盯杨琼。

"什么？不会吧！高考通知书早就发下来了，你没收到？"杨琼也为此惊讶。

"杨琼，我真的没收到!"

"不可能! 我的通知书还是由我们班主任老师送到我家的呢!"

"那为何没有我的呢?"

"莫非你没有考上? 那更不可能啊! 你的成绩比我可好多啦! 怎么会……"

"我就为这事整天烦心，所以见你才想问个清楚。哎! 杨琼，你收到录取通知书有多长时间了?"

杨琼迟疑片刻道: "大约在半个月以前吧! 廖老师送来时，中午我爸还请他吃了饭。我看我的分数考得不错，就问廖老师，我们班上有几位同学被录取了，他还说，只要你能考上，别人你就别过问了。"

这时白雪为自己的处境担忧了! 她自知自己在学校里的成绩是那么优秀，可到头来连一个高考通知书都未见到。白雪感到羞愧难堪。接着白雪又红着脸追问杨琼: "此事有没有猫腻?"

杨琼说: "现在教育部门狠抓腐败，谁敢受贿?"杨琼说完又对白雪说: "听说你姨父他哥是乡长，你也可让他们家打听打听啊!"

"他就是一个副乡长，能打听到吗?"白雪问。

"那也比没打听要强啊!"

白雪听着杨琼的话，心想: 让他们家打听? 他们家巴不得她考不上大学呢。接着她俩又说些客气的话，便各自散去了。

白雪失魂落魄地往家走着。她一边走，一边想，十年寒窗，前途、命运、情感全赌在这上面了啊! 她下的这场赌注太大了! 此刻白雪真的想哭，她深知，哭是没用的，也是解决不了根本问题的。她坚信在这次高考中自己是成功的。她若真没被录取，那这次高考的背后，就一定有隐情……或许，她被更好的学校录取了，通知书还没下来? 白雪胡乱地猜测着，但有一点敢肯定，有没有被录取，只要去学校查一下，就能水落石出。

白雪主意已定，坐车回到家里。她见墙上挂着的时钟已指向十一点。白雪知道，姨父中午很少回家吃饭，姨妈暂时还回不来。此刻她也没有心情做饭。她走进自己的小屋，将挎包挂在墙上。刚一转身，李龙胜从外面又闯了进来。他一进屋就问白雪去城里买了些什么，事先白雪还有所顾及，不愿将高考情况如实相告，可后来一想，有没有被大学录取，迟早都是公开的事，瞒得了一时，也瞒不了一世。于是，白雪便将进城遇到杨琼一事，一五一十向李龙胜说了。李龙胜听完就问："是县粮食局局长家的那个杨琼？"

　　白雪示意地点了点头。

　　"就她也能考上大学？她比俺成绩也好不了多少！"李龙胜眼珠子瞪大起来。

　　接下来，白雪就将明天想去学校查试卷一事，告诉了李龙胜。没想到李龙胜听了此话，死活都要陪她一块去。白雪想，明天把他带上也好，关键时也好借他的威风，助一助自己的胆量。想到这，她对他说："就依你说的算，你先回家，待明天走时，我去喊你！"于是李龙胜很听话地走了。

　　李龙胜走后，潘枝乘公交车赶到家里。她见白雪愁眉不展，便让白雪进厨房帮她打打下手。

　　潘枝系上围裙，挽了挽袖口，瞟了一眼白雪问："现在猪肉涨价了吗？"

　　"不知道。"白雪心事重重地回答。

　　"猪肉卖多少钱一斤？"

　　"不清楚，我没问。"

　　"什么？让你进城买肉，你连个肉价都不问，你真大方！"

　　"人家卖肉，又不针对你一人。再说那还有工商所管着呢！"

　　"工商所能坐在那儿看着他们卖吗？"说完，她将猪肉在手里掂量掂量问："这点猪肉多少钱？"

"五块。"

"啊！五块！五块钱就秤这么点肉？"潘枝望着白雪摇了摇头又说："干脆，下次你别去了，还是我去买吧。"

"那你为何让我去买？"

"哟，哟！知道和我顶嘴了！过来，把猪肉给我切了。"说完，将猪肉往白雪面前一推，又去生火。

白雪用衣袖擦了擦眼角上的泪，一面切着猪肉，一面对潘枝说："姨妈，明天我想到学校去一趟。"

"这不早不晚的，去学校做什么？"

"我想去查一查我的高考试卷。"

"哦，高考试卷怎么啦？"潘枝惊讶地问。

"别人的高考成绩都下来了，为何不见有我的？我想去学校看一看。"

"是吗？"潘枝心想，考不上好，考不上正合她意。她心里想着，嘴里却说："去查一查也好！不管查的结果如何，都不准和老师顶嘴。"

就这样，次日清晨，李龙胜陪同白雪，来到学校。班主任廖老师在办公室里接待了他俩。白雪把此次来校之意，向老师说了一遍。

班主任听完后，看了看李龙胜，又瞧了瞧白雪，一本正经地说："蔡白雪同学，你的成绩在我们班上，是众所周知的。但我如实告诉你，你的确没有被录取。没有及时通知你，就是怕你承受不了这意想不到的打击，我们才研究这样做的。"

李龙胜一听就不服气地说："白雪的成绩在我们班上，可是数一数二的，她怎么可能不被录取呢？你能把白雪的高考试卷拿给我们看看吗？"

"不瞒你俩说，时至今日，我都不清楚高考试卷的下落！"

"你是老师，为何不知道？"李龙胜面带凶色，盯着班主任问。

"我的确不知道。考完试阅卷工作统一安排，我们只有通知和下发的权利。如果试卷在我手上，我何必要跟你们解释这么多呢?"

李龙胜听老师讲得头头是道，他也就不再说什么了。

接下来，班主任又安慰白雪说:"别灰心，振作起来，重新复习，争取明年再考一次。"

白雪听了班主任的劝说，就像被人迎头痛击一棒似的。她待在原地傻愣了半晌，才从迷雾中走出。她自知考上大学没有了希望。她也确信老师刚才说的话。她更为她精心酝酿了多年的心思在这一刻彻底破灭，而痛心疾首!

此刻的白雪，没有应和老师，也没有为老师说的话符不符合逻辑去深究。她知道现在说什么都晚了! 她更清楚，此番来校是抱着极大希望而来，眼下却变成了失望。白雪脑子里被"失望"二字猛烈地敲击着。她同时也清楚，眼下她面临的不仅是高考的失望，还有情感的无望。她原以为通过她不懈的努力拼搏，能够改变自己的命运，可她怎么也没料到，这条坎坷崎岖的人生之路，原比她想象的要难走得多。她承受不了这霹雳般的打击，她感觉脑袋重重的，心口热热的，嗓子眼一阵发酸。她慌忙朝门外跑，脖子一伸，"哇"的一声，早上吃的饭全吐了出来。

李龙胜和老师看见，赶忙上前问长问短。

白雪直起腰用手抹了抹嘴上吐沫说:"没事的。"接着她让李龙胜搀扶她下了教学楼，直奔马路对面的公交站台。

班主任目送他俩远去的背影，无奈地摇了摇头，伴着一声长叹，走开了。

李龙胜和白雪坐上返程的客车往家赶。白雪就觉得浑身瘫软，四肢无力，心里像窝着一个大疙瘩，堵得难受。由于公交车上下颠簸，时走时停，本来就恶心难忍的白雪，哪里经得起这一折腾，只见她忍不住，又吐了许多。由于躲闪不及，把呕吐物染到自己身上，也溅到别人的身上。李龙胜忙掏出手帕替白雪擦拭。

女售票员责备李龙胜说："瞧你老婆都这样了，你还带她到处转悠。你就不怕……"

"不说话没人当你是哑巴！"李龙胜狠狠地瞪了售票员一眼。

就这样，他俩在客车上颠簸一个多小时，在晌午之前赶回才到家。白雪躺在床上，就觉得像荡秋千一样在空中翻腾。随着身子一阵阵打颤，她的体温也在急剧上升着。

李龙胜见白雪病得不轻，赶忙抱来被子替白雪盖上，撒腿就朝卫生院跑。

第十二章　真心难买

李龙胜刚跑出胡同口，迎面就撞上中午回家的潘枝，他俩互通消息后，李龙胜继续朝卫生院跑。

潘枝也将买来的一兜菜放进厨房，回头直奔白雪屋里。她一进屋就被白雪的声声呼唤给惊呆了："文进哥、文进哥，快来救我、快来救我啊！"潘枝闻听，心想，她这个外甥女，真够有情有义的，事情都已到这分上，她还念念不忘旧情。这话若是被龙胜听见，岂不给他俩感情上增加隔阂？她伸手去摸白雪的额头，刚一触到白雪，就被白雪滚烫的额头吓了一跳。她赶忙呼唤道："白雪、白雪，你醒醒！你醒醒！"

白雪从昏迷中睁开双眼，伴着委屈，伴随自责，她颤颤巍巍地说："姨妈！姨妈！我没有考上大学，让你失望了！"

"哎哟哟！我的乖外甥女，没有考上大学，就没有考上呗！考不上大学，咱还就不吃饭了？"潘枝心口不一地安慰着，为白雪擦去泪水。

"姨妈！我考不上大学，拿什么报答你啊？呜——呜——"

"好孩子别哭！我不要你报答，只要你听姨妈的话，就是姨妈最好的报答。往后你跟龙胜结了婚，安安分分过日子。你们小两口，一个是我外甥女，一个是我亲侄子。这手心手背都是肉，哪一个我不疼爱呀？我最大的愿望，就是企盼你和龙胜能尽快完婚，好圆了我一桩心事。"

说话间，李龙胜已将卫生院的徐医生请到。徐医生一进屋就用体温表替白雪量体温，又拿出听诊器在白雪胸口上听了听。徐医生慌忙说："快把白雪送医院打点滴，这要是耽误治疗，引起急性肺炎就麻烦了！"

李龙胜迅速从别人家院子里拉来了一辆卖菜用的架子车，他们七手八脚把白雪抬上去，由潘枝护着，很快把白雪送到卫生院。经过医护人员一番紧张治疗，白雪才逐渐好转。

潘枝仍不放心地问徐医生："我外甥女得的什么病啊？"

"没有大碍，只是窝火攻心所致，在这儿住几天院就会好的。"

就这样白雪在医院里，一连打了两天的点滴，高烧才退尽，病情才得到好转。

也就在白雪生病住院的几天里，李福安和李兵、潘枝，趁晚上时间，在家里为办好白雪和龙胜的婚事，精心策划着。

李福安从茶几上拿了包高档香烟，取出一支递给李兵，又抽出一支自己点上。几人坐定后，李福安背靠沙发，跷着二郎腿，深深地吸了一口烟，随即把烟雾从口中缓缓吐出，透过丝丝雾隙，他瞅了瞅潘枝，又得意地看了看李兵，开口说道："今晚趁两个孩子不在家，我把你俩找来，还是要讨论两个孩子的婚姻大事。白雪这孩子，一心想借助考大学的机会，远走高飞，离开我们龙胜。而我作为龙胜父亲，为儿子的婚事不能袖手旁观。当我真去插手过问此事时，我又不得不为白雪感到惋惜！这孩子确实是一个人才。我真不忍心将她的前途给毁了！可我又不能不为我们李家传宗接代着想呀？"李福安说完深深吸口烟，观察了一下潘枝的情绪。

"那你可要把经办人的嘴给堵住了！没有不漏风的墙！"显然，

潘枝有所顾虑。

"唉！我俩可是几十年的老同学了。"

"那粮食局的杨局长，可算是捡了个大便宜。"

"唉！虽说他女儿考上了大学，可人家也付出三千块钱的代价嘛！这事对他们也算公平。"

"那对我外甥女公平吗？"

"总比她考上大学，跟姓陈的那小子跑了强吧？到那时，你再想对她加以控制，就难了。我想眼下事已至此，你就别再后悔了！"

"倘若世上真有卖后悔药的话，我倒想买两粒吃，清醒下头脑。"潘枝瞅了下李福安说。

"今晚咱们在这儿说的话，千万不能让龙胜知道。龙胜这孩子为人仗义，要是被他知道，他会调过头来，替白雪打抱不平的。不过今晚我也想当着你俩面，把两个孩子的婚期定下来。为了避免夜长梦多，节外生枝，我想还是早一天办了为好。"李福安又瞅了一眼潘枝。

潘枝坐在那儿一直没有吭声。李兵点燃一支烟说："哥，依我之见，就把婚期定在开学以后吧！"

"嗯，我也有此意。到那时所有学生开学都走了，唯独她没有走，她对高考也就死了心。趁我在官场上还未退下，凭着周围的关系，为两个孩子安排工作，我想还是没有问题的！"几人听完李福安的想法后，都频频点头。

经过医生三天的精心治疗，白雪终于得到了康复。第四天吃过早饭，李龙胜向院方办完了出院手续后，两个人手拉手，如同春燕归巢一样返回家里。

龙胜妈购买了许多酒菜，让潘枝、白雪中午到她家吃饭。此时正赶上李福安和李兵下班回家，几个人坐在一块。

在座几人，唯有白雪和龙胜妈滴酒未沾。白雪坐在那儿，跟不喜欢的人同桌子吃饭，觉得不自在。一想起这几年，遭受李龙胜的骚扰，她就有气。今天迫于无奈，一家人都来了，她若不来，面子也难堪。所以，在吃饭中，他们让她吃菜，她便拿起筷子吃上一点，过后，她又将筷子放下，细听着几人的对话。

几人数杯酒下肚之后，李福安亮开话匣子说："今天相聚一块吃顿团圆饭，就是想把弟妹和白雪请来，不为别的，还是为白雪和龙胜的婚事。白雪高考落榜一事，我不说大家也都清楚。至于以前白雪向龙胜许下的承诺，想必你们也都知道。白雪啊！说实话，若你真考上大学了，我还真的没二话，继续供养你上大学。可眼下你落了榜，让我也无能为力啊！我想你和龙胜也都到了男大当婚、女大当嫁的时候，我准备再过十天半月，将房子装修好，再选个良辰吉日，就把你和龙胜的婚事给办了。白雪啊！凡事不能强求，还须征求一下你的意见！"

潘枝听李福安把话说得那么明白，她也带着几分醉意说："大哥、大嫂，这些事无须问我们白雪。我们白雪说的话不会反悔。只要你向我们白雪做出的承诺不反悔就行。"

"我说的话可是绝不更改。"

"那你说，除了给我们白雪买些衣裳、买些首饰，还下个大红礼包算数吗？"

"当然算数。只要白雪听我的话，她要什么，我都会给她买的。"

潘枝一拍大腿说："白雪啊！你姨家大伯说的话，你都听清楚了，等你过了门，他若不买，就尽管向他要。凡事由姨妈替你做主呢！"

白雪见他俩一唱一和，把戏演得真切，她自知姨妈是在给她设套，且逼着她往套子里钻啊！她心不在焉地吃着米饭，却品不出半点饭菜的香味。这一刻白雪也知道，如今她已没有了选择，就像一盘下输了的死棋，被对方逼得无路可走了。眼下她只有走自己不愿走的路，那就是令她屈辱的路。白雪想到这，起身对几人说："大伯、大妈、姨父、姨妈，我向你家许下的承诺，不会反悔。至于你们要为我买些什么，买多买少，我没意见。至于装修房子，只要你们看着满意，我就满意了。婚期你们可以随时订下来。你们在这慢些吃，我先回房了。"白雪说完，头也不回地朝外面走去。

白雪回到自己的屋，木鸡般地呆坐在床上，面如止水，却心乱如麻。她与李龙胜一旦有了事实婚姻，将来还有何面目见陈文进？她很想知道陈文进近况，她也想把自己的近况告诉她的文进哥，她更想把自己要嫁给李龙胜的消息告诉他啊！

白雪决定，写信拒绝陈文进，无论这封信陈文进是否收到，这对他俩都是一个交代。写信告诉陈文进让他做出新的选择，将她彻底给遗忘了吧！

这时的白雪，心潮起伏，思绪万千。白雪把信笺摊放在书桌上，手里握着一杆比钢钎还要沉重的钢笔，极度忧伤地写道：文进哥，你好吗？"风花白雪月，儿女文进长。牛郎思织女，织女念牛郎。"文进哥，当你见到这封信的时候，我对你已经不重要了，我的一切也将不属于你。求求你把我给遗忘了吧！不要问为什么，或许上天注定的缘分，就是这么残酷，这么无情！天涯何处无芳草。文进哥！我衷心祝愿你永远幸福！妹妹蔡白雪。她写完信捧在手上，一遍一遍地念着，一遍一遍地读着。无尽的思念，化作深深的眷恋。委屈的泪水，犹如断了线的珍珠，从她的脸上缓缓滑下。点点滴滴洒落在信笺上，湿润了信笺，也印花了墨迹。她反反复复又看了许久，才眼含热泪，将书信叠好，装入信封，关上房门，迈着沉重的步子向邮局走去。

第十三章　情非心愿

　　陈文进和夏红红，经过一番不懈努力，终于以优异成绩，双双考取了凤凰县重点中学读高中。

　　在城里读高中的日子里，陈文进一直都没收到过白雪的来信。陈文进也很纳闷，打进入高中以来，白雪为何不给他通信了？事实上，他并不担心，潘枝会不会对白雪有此恶意，他主要担心的，还是白雪身边那个幽灵似的人物李龙胜，不在白雪身边的他，也只能想想而已，至于如何去应对，只有靠白雪自己。

　　由于陈文进的情感一直受夏红红影响，他始终都没有勇气给白雪写信，他根本就不想把自己当时的处境告诉白雪，更不愿把自己的旧情在夏红红面前有所表露。为了让自己和白雪的情感深深地埋藏在心底，也为了让他能与夏红红在学校长期地相处下去，他学会了迁就、忍让，他要毫无怨言地去忍受夏红红。

　　新的学期又开始了，上完一节课的陈文进和同学们正在校外活动。一个熟悉的声音喊住了他，他回头望去，见是红红爸爸夏正梁站在路口向他招手。他知道夏伯伯又给他俩送生活费来了。陈文进见他风尘仆仆的身影，赶忙迎上前与他打招呼。

　　这时夏红红也发现他俩，从不远处跑来。

夏正梁一见女儿就说："我和文进都聊半天啦，为何才见你出来？"

"你心里只有你这个干儿子，还能记得起我是你女儿啊？"

夏正梁把眼一瞪道："没大没小，就会耍嘴皮子。"说完，他从兜里取出下个月的生活费，交给他俩说："别舍不得花钱，生活费我会准时送来的。"随后，他又从兜里取出一封信，递给陈文进说："你们开学走了不久，我在村部清理村民来信时，发现有一封从部队寄往你家的信。我也向你们村上人做了打听，他们都说，你家部队里从来就没有亲戚。我也纳闷，今天顺便把信带来给你看看！"由于进城还需要办理其他事务，他把信交给陈文进就匆忙离开了。

陈文进目送夏正梁远去的身影，心里一阵感动。他知道，夏正梁对他的关爱，已超越了父亲生前对他的关爱，将来若在学业上有所成就，他一定要报答夏伯伯的大恩大德。他把信往兜里一揣，随着上课铃声的再次敲响，也终止了一段感恩的回味。

下午放学，陈文进和夏红红来到校外一片空地上坐下。陈文进掏出兜里的那封信。夏红红也催促说："拆开看看吧！"

陈文进拿出信件，一眼认出是他姐姐寄来的。

"亲爱的爸爸、妈妈，你们好！好久没有给你们去信了，女儿非常想念你们！

爸爸、妈妈，自从明辉那年参军走了之后，我就在家里等他归来，一直等到第三个年头开春，明辉探亲回家，他才把我接到部队里去。明辉在部队里表现很好，首长十分看中他，首长为我们分了房子、添置了家具，还亲自为我俩操办婚事，使我们在部队里拥有一个幸福美满的家。

由于明辉入伍之前就拥有高中学历，到了部队，首长让他报考了军校。他考上军校后，通过不懈努力，屡立战功，一步一个脚印，从连长晋升到了独立团团长。

为了捍卫民族的尊严，为了保卫国家领土不受侵犯，昨天他们团奉命开赴了云南前线，可能要与越南展开自卫反击战。临出发前，明辉抱着咱们三岁的儿子，搂了又搂，亲了又亲，之后，他不舍地放下儿子，随着浩浩荡荡的部队出发了。

你们的女儿在部队里，带着孩子努力工作，等候着你的女婿立下战功，胜利归来。"

信的结尾，当然少不了要对父母的一番问候。还特意提到让父母供养弟弟读书的事。还说，她因为没有文化，只能在部队里做些简单的工作。等战争一结束，她就和明辉请假回家，看望二老。

陈文进和夏红红看完信，沉默了许久。

夏红红问："文进哥，你爸去世几年了？"

"已有四年多了！"

"那你爸去世时，就没告诉你姐姐？"

"小时候姐姐曾来过一封信，后来信件丢失了！再说路程那么远，就将这事给放下了。"

"现在可好了！如果中越战争结束，我想，你姐夫会是胜利归来的大英雄！我真替你有个好姐姐高兴！"

时光流逝得很快，转眼已是阳春三月。陈文进依旧借助晨练的机会早读，他像只布谷鸟，一路欢歌回到学校。他刚踏进宿舍大门，就撞见夏红红。夏红红一见他就说，为了缓解一周紧张的学习，她已约了几位同学，星期天，一块去春游，她问陈文进去不去。

陈文进见她一副期盼的样子，猜出这又是她精心安排的。这一次陈文进没有拒绝夏红红。因为他知道，去春游不是他两个人的事。既然她已约了多人，在众目睽睽之下，还怕夏红红把他给吃了不成？他接过话茬说："去呼吸一下新鲜空气，去欣赏一下春天盛开的鲜花多好啊！"

"对，没错。文进哥，我们就一块去吧！"

"你都约了谁?"

"都是你的好哥们,有赵峰、马建良,还有余丹和陆萍,再就是我们俩。"

这时余丹和陆萍,也匆忙赶过来。陆萍一见陈文进就问:"陈文进,你去不去呀?给个痛快话行不?"

陈文进见他们都要去,只好说:"去就去。不过先让我去买些食物和水,以防中午赶不回来。"

"别买了,早有人替我们买好了!"余丹向前指着说道。

于是在他们的视线里,出现了赵峰和马建良,各拎一个大袋子朝他们走来。陈文进一见他俩就说:"既然有免费的午餐,恭敬不如从命。目的地是哪儿?"

"你放心,自会有人带我们去一个风景秀丽的好地方。"

一行人伴着悦耳动听的鸟鸣,兴致勃勃地来到小山脚下。陈文进饶有兴趣地问:"这儿景致真的很美!此处叫什么名字?"

赵峰一笑说:"这儿叫'荒土冈',是紧挨大山脚下的一座小山,只因山上常年荒草满坡,故而得名。"

余丹和马建良,已落在几人后面,说起了悄悄话。

太阳已爬上他们的头顶,开始渐渐升温。到了中午,太阳把剧烈的光芒洒向大地,让几人顿感灼热。陆萍在后面突然大叫道:"哎哟!哎哟!好痛啊!好痛!我的脚脖子崴了!"几个人忙回头望去,见陆萍倾倒在路边的草丛中,双手抱脚,一个劲地惨叫着。

赵峰第一个冲到近前,抓住陆萍的脚,左右扭动着问:"怎么样?没有大碍吧?"

陆萍皱皱眉头,拣起地上的高跟鞋,朝对面的一棵小树抛去:"该死的高跟鞋,恼死我了!"

余丹和马建良也赶上来,他们围绕陆萍问长问短。此时天上的太阳,就像一个偌大的火球,把他们晒得鼻洼渗出汗来。这些常年读书的学生,哪里受得了!还好,这里有一片世外桃源,一旦钻入丛林，凉爽的感觉，就会瞬间浸透全身。

只见陆萍被热得大声叫道："赵峰，还不快把我抱进树林里去？"

赵峰立刻明白陆萍的用意，随即拿了一份食物和水，抱起陆萍，钻进了树林里。

余丹和马建良，也很默契地拿了一份食物和水，钻进林子。

小路上只剩下陈文进和夏红红两人，他俩互相望了望，谁都没有吭声。陈文进拎着剩下的食物和水，保持内心的平静，继续往山上走。夏红红站在原地，丝毫都没有挪动的意思。她望着陈文进前行的背影越来越远，随后，她大步撵上前，一把拽住陈文进的胳膊，硬是把他扯进了树林里。他俩来到一片草地上坐下，陈文进把食物和水往树枝上一挂，夏红红含情脉脉地走过去，忽然坐在陈文进的怀里，双手朝陈文进肩头一搭，两眼一眨不眨地盯着他看。陈文进被她的眼神看得心如鹿撞，稍后，他面挂一丝浅笑，问道："为何用这种眼神看着我？"

"我要看看你的心，到底属不属于我。"

"你说呢？"陈文进仍赔着笑问。

"我说，你永远都逃脱不了我的手掌心。"说完，夏红红硬是将陈文进的脖子搂住，不愿放开。

这时陈文进没有推开她，也没有流露出反感的意思，任由她去搂。

她慢慢闭上眼睛，等待陈文进向她示爱。这时陈文进的心，也像揣了只鲜活的小兔子，上蹿下跳蹦个不停。

此刻夏红红已感觉到对方的气息缓缓逼近，她深情地向前一拥，硬是将陈文进的脖子给搂住，于是两个人搂抱在一起。一贯注重情感分寸的陈文进，突然明白了一个道理：人的欲望在于节制，一旦一个人失去了理性，那和其他生物还有什么区别呢？他想到这，一把抓住夏红红，并昂起头对她说："红红，你今年才多大呀？你这样做觉得妥当吗？"

"你和白雪就觉得妥当了吗?"夏红红嫉妒的眼神里,流露出一丝委屈。

　　"你,你怎么会这样想?我和白雪一直是清白的!"

　　"那我可不管。"

　　"你,你怎么变得这样子?"

　　"我,我变得怎样了?我哪一点配不上你了?我家对你可不薄!我俩相处都几年了,可你说过一次关心过我的话吗?"陈文进说:"眼下我们正面临高考,像这样下去,只会让我俩一败涂地。你爸爸为我俩付出那么多心血,岂不付之东流?"陈文进站起来,拿起挂在树枝上的食物和水。他让夏红红先吃点东西,接着,他俩一块登上顶峰,在峰顶看到了凤凰县城壮丽美景。

第十四章　槐花凋零

"长风破浪会有时，直挂云帆济沧海"，美好的理想在召唤着他们。陈文进和夏红红在高中毕业升学考试中，双双被录取至省师范大学。当他俩领取到大学录取通知书的时候，心情是无比激动，夏红红将手上捧着的那份红彤彤的大学录取通知书，放在嘴上亲了又亲，然后大声呼唤："我被录取了！我考上大学啦！"

陈文进站在夏红红身边，望着自己手里拿着的那份大学录取通知书，他没有像夏红红那样高兴得欢呼雀跃。而是在阵阵欣喜的背后，愈发荡起了一股难以抑制的激情。这种激情穿过五脏六腑，纵然一跃，带着极度的欣慰，冲出了眼眶。

此后，陈文进和夏红红双双被录取到省师范大学的消息不胫而走，很快传遍了整个沿湖村的大街小巷。

自陈文进放假回到家里，该来的客人都来了，唯有小时候一块长大的张垒和白雪的哥哥蔡永新没有来。陈文进明白，当年的好友，如今对他有了看法，主要还是因为他和夏红红的关糸。

陈文进想到这决定去找张垒谈谈，不管他俩对他有多大误解，还是找到他俩把话说明白的好。

陈文进来到村口，见张垒母亲在清扫自家院子简单问候几句，便来到张垒床前。

张垒好像已觉察到陈文进的到来，用枕头捂着脸说："你来做什么？谁让你来的？"

"凭着哥们义气，找你聊聊！"

"有啥好聊的？你金榜题名了，有很多选择了！当初你为何要选择白雪？如今为何又要抛弃她？"张垒说着，似乎要把心里的怨言一口气说完，既而又亮开嗓门道："你为了金钱、地位、名誉，与夏红红谈得火热，把跟白雪积累多年的感情全给葬送了！你说，你这样做对得起白雪吗？你这样做对得起小时候疼爱你的蔡良伯吗？你说！你快说呀！冤枉你了是不是？什么好朋友、好哥们，全是假话。"说完，他又将脸埋在枕头里。

陈文进见他一口气说出一大堆话，他的嘴唇动了动，却没能吐出半个字来，他憋屈了半晌，才蹦出一句话来："张垒，你和永新一定要相信我！"

"相信你，让我如何相信你？你所做的一切，难道还想让我和永新说：'你相信陈文进，他和夏红红那些事，是假象、演戏'，鬼才信呢！"张垒说完，又泪水汪汪地说："当初若不是你追着白雪不放，也不至于我跟她疏离得那么远，时至今日，连个信都没有！"

陈文进了解张垒的为人，从小到大几人在一起玩耍，他从没有动手欺负过任何一个人。在感情上也是如此，张垒让一颗深爱着白雪的心，埋藏在心底，默默承受着单相思的痛苦，从不向任何人说起。

他俩各揣委屈僵持了许久，陈文进自知过多的言语只会给他俩带来更多的痛苦。他需要避开一些日子，或许，时间才是缓解他俩矛盾的最好方法。

离开张垒家，永新那儿也别去了，永新的脾气更倔、更怪。

陈文进步履蹒跚地又来到村子后面的那棵大槐树下，怀着一颗对白雪深深眷恋的心，默默地站在大槐树下呆了许久、许久……

第二天一大早，夏红红就赶到陈文进家，一见他就说，今天她爸为她金榜题名在家里大摆宴席，宴请村子里的亲朋好友。她爸让他中午也要去。

陈文进听着夏红红真诚地向他邀请，他没有推辞，他也没有理由推辞。

他已没能力为红红带上随礼钱。由于自身贫困，他都拒收了别人家给他的礼金。所以，他只向母亲讨了些小钱，从街上买了点礼品，沿着一条宽敞的大道，朝红红家走去。

离夏家老远，就能闻见从红红家院子里飘出的菜香。再走近些，便能看到夏家门前人流涌动。有帮忙的小伙、洗刷的妇人、管账的先生、炒菜的厨子、凑热闹的老人。伴随着顽童的叫闹，还夹杂着锅碗瓢盆的撞击声，整个大院真宛若演奏一场欢乐进行曲。

陈文进随着贺喜的人流走入院内，早有人投来犀利的目光，有人小声嘀咕道："瞧，这位就是夏书记的女婿，小伙长得真精神。"

陈文进走进屋，将礼物置于桌上。红红的表弟沈括，起身和他握手后坐下。

此刻夏正梁红光满面地步入大院，他将手中的烟屁股往地上一丢，抱拳一躬说："各位乡里乡亲、父老兄弟们，大家好！今天我夏某人，能恭请大家前来府上一坐，一是答谢诸位对我夏某人多年来工作上的支持；二是小女考上大学，承蒙乡亲们抬爱，看得起我，我夏某人携同小女，表示感谢了！为答谢各位在百忙中到来，我略备薄酒，以表寸心，不成敬意！请大家吃好喝好，不必客气。多谢！多谢！"夏正梁说完，便退出院子。

这时主事人发话："鸣炮！"

接着大门外燃起早已备好的鞭炮，就听"噼里啪啦"一阵雷鸣般的响声过后，院子里也正式开席。

陈文进和沈括，还有几位中学的同学坐在一个桌上。老同学们多年不见，入席后，难免要互相敬酒。三杯酒过后，几位同学都把喝酒的矛头无形中指向了陈文进。

沈括首先端起酒杯说："哥，今天是红姐的庆贺之日，不说别的，就凭咱们难得一聚，小弟就该敬你三杯酒，这叫'三星高照！'"

陈文进忙推辞说："不行，不行，我这人没有酒量，还是你们自己喝吧！"

沈括一听就不乐意了。"哥！你就别谦虚了！咱们都是读书人，讲究的就是这'三星高照'。我隔着两个乡镇，前来为红姐贺喜，敬你三杯酒，你不会不给面子吧？"

其实陈文进心肠特软，经不起别人劝说。面对沈括的步步紧逼，他只好端起酒杯，连喝了三大杯。中学同学钱鑫，也端起酒杯对陈文进说："老同学，你在我们全乡脱颖而出，以后一定是功成名就的人物，以后走向工作岗位，我们若是遇到什么事情找到你，你可不能说不认识我们哟！为今后的友谊，我也敬你三杯。"

"老同学，对不起！我实在不能喝了！"陈文进说道。

坐在钱鑫身边的刘小友忙插嘴说："陈文进，让你喝你就喝！今天我们都是来给红红祝贺的。何时为你祝贺，还望你通知我们一声哟！"

刘小友同学的一席话，无疑刺痛了陈文进那颗自卑的心。他自知，他家穷得可是叮当响，上高中的学费都是夏家帮借的，哪还有闲钱为自己脸上贴金。他面颊一红说："老同学，你的心意我领了！今天我们都是来给红红祝贺的，至于我的事，求大家别提了！你们让我喝多少，我就喝多少，还不行吗？"就这样陈文进被"人穷语短"几个字逼得一连又喝了三大杯。

这时他已喝得脸色苍白，言语迟钝，难以支撑的身子刚要趴在桌上，村里的会计挤破人群来到近前，把一封信交给他，他把信往兜里一揣，又有气无力地趴在了桌子上。

其实陈文进在喝酒的过程中，夏红红一直都在监视着他的一举一动。起初，他和几位同学频频敬酒，相互推诿时，夏红红就知道，像陈文进这样的酒量，三杯五杯放不倒他。也就在她回屋吃一碗饭的工夫，出来便见陈文进把信往兜里揣，然后就趴在桌子上不动了。她忙上前抓住他的胳膊问："你怎么样？"

陈文进有气无力地抬起头，盯着夏红红说："来，干！再干！"说着，伸手又要去抓杯子，却被夏红红一把夺下。她吩咐沈括赶紧把陈文进搀扶进屋。

陈文进躺在床上，醉得像一摊烂泥不省人事。夏红红站在一旁，见他那不堪入目的狼狈相，又气又疼。心想，这不像他平常的样子啊。可她苦思冥想也捉摸不透陈文进的心思。

吃过午饭，客人们散去。夏正梁回屋看了看女儿，又瞧了瞧陈文进，他皱起眉头没有吭声。

红红见她爸眉头紧锁，知道今天陈文进在众人面前给他丢了脸。她忽然想起，陈文进酒醉时装入兜里的那封信，于是忙掏出信件要看。却被夏正梁一把夺下，他打开信件从头到尾看了一遍后，那张脸上，瞬间流露出一丝笑意。他背起双手在屋里来回踱起步子，也在为文进姐夫转业一事，暗暗盘算着：一个独立团师长，若是调到地方工作，至少是县处级以上干部。看来文进日后的前途，真要如虎添翼喽！他心里想着，让红红去了东厢房，他当着老伴的面，用一种教训的口气说："红红啊！说你小，你也不小了，整天做事还没一点分寸。打你放假回家，我就有件心事想和你说，你知道你和文进成绩相差多远吗？你差十几分才到分数线。可文进呢，冲出分数线还多十几分。这一正一反就是一大截。我为了你那十几分，请客、送礼，整整花了几千块，才把事情给摆平。我在县城大饭店里请人吃饭，当着人家的面，说陈文进是我女婿。县里的几位同志也说了，既然是你女婿，就将你女儿、女婿放在一个学校里读书，将来对他俩情感交流也有所帮助。所以，才把你俩分配在一所学校读书。本来你和文进的事情我不想多问，可你是我女儿啊！我又不得不问。今天你当着你母亲面说说，这几年你和文进相处得如何？"

夏红红沉默半晌才说："我和文进相处得一直都很好！就是我一向他提出感情方面的事，他老是找借口……"

"好了，别说了！我心里有数。"夏正梁忙打断女儿的话，又轻叹一声说："这就叫'家鸡打得团团转，野鸡不打自然飞！'，虽说你俩相处多年，已确定兄妹关系，可他对你没有动一点真情。这小子是一只喂不熟的鸟！"说完，他将手中烟头朝地上一扔，又取出一支点上，吸了两口，自言自语道："事情已经很明了，虽说他和白雪已分别多年，从表面上看似乎没有瓜葛，实质上他对白雪仍藕断丝连。难怪你俩在读高中期间，我陆续收到那么多……"夏正梁言到此，立马又峰回路转道："有些事情，还是不让你们知道的好！"他沉思片刻，将手中的烟头朝地上一丢，用脚碾了碾，对女儿断然说道："今天爸给你透个底细，文进这小子是个有骨气的孩子，爸不会看错。他将来读完大学，肯定会青云直上，飞黄腾达。至于你俩感情方面的事，需要你牢牢把握。无论是学习也好，感情也罢，都需要你有一番努力，方可达到预想的目的。像感情这事，我和你妈也无能为力啊！"

夏正梁看了看腕子上的手表，走到陈文进床前，见他丝毫没有醒来的样子，便让他继续睡下去。

就这样陈文进从中午一直睡到黄昏，也没有醒。这时夏正梁坐不住了，他让红红把信塞进陈文进兜里，吩咐沈括、夏雨，趁天还未黑，把陈文进送回家。回家之后，他让红红留在那儿照看文进，沈括、夏雨迅速回家吃饭。

三人按照夏正梁的安排，把陈文进拖下床。沈括和夏雨，各架陈文进的一只胳膊，几个人沿着一条小道，把陈文进送回家。

三里多路，他们走了足有两个多小时。

文进母亲早已关门睡觉，听到红红叫门，她开门一看，只气得连声责备道："你这孩子，咋醉成这样？让你去贺喜，咋就喝得丢人了呢？"

几人把陈文进抬到床上。这时陈文进因为一路颠簸，高浓度的酒精在胃里起了反应，只见他脖子一伸，"哇"的一声全吐了出来。他吐完后躺在床上，只觉得脑袋大得像笆斗，身子好像掷铁球，又迷迷糊糊地睡了过去。就这样他一觉睡到天亮，睁眼一看，却发现夏红红躺在他的怀里。夏红红见他醒来，面颊一红说："你终于醒啦！"

陈文进一见就问："你是何时来的？怎么会在这里？"他一面问，一面忙从被窝里往外钻。当他撩开被子后发现，夏红红是一丝不挂地躺在被窝里的。这更让他不知所措："你……你怎么会是这样？！"

夏红红说："我……我怎么会是这样？你问我，我问谁去？昨晚你醉得像头死猪，我和弟弟费了老大劲才把你送回家。你躺在床上抓住我的手不放，让我留下来陪你，你说，让我怎么办？"

"嗨！我为何不知道呢？"他在声声自责中，问夏红红："我们没做什么吧？"

"你还有脸问我呢！要问就问你自己！瞧你喝醉酒那野蛮劲！怎么？自己做出的事又强装浑然不知了，想推脱责任？"

面对夏红红句句紧逼，陈文进竭力否认说："我……我没做什么！我……我可什么都没做啊！"

"瞧把你吓得那熊样，做了怎样？不做又怎样？我迟早还不是你的人！"

"那可不行，我们还有三年大学学业没有完成，过早发生这种关系，对我们今后读大学可不利。快，我背过脸去，你把衣服穿上。"

"偏不，陈文进，你可别忘了，你亲口答应要娶我的。昨晚发生这点小事，你都不敢承认，以后让我俩在感情上如何相处下去？我们虽然没有举行过订婚仪式，可我们也有相处多年的事实。"夏红红眼圈一红又说："我们相处都有几年了，可你用心体贴过我、关心过我吗？我也是有血有肉的女孩，不是嫁不出去的女孩！谁让我就这么死心塌地地爱着你呢！连我自己都不知道，我这样做究竟是为了什么！"

陈文进似木雕，站在那儿由她捶打，由她发泄，又好像故意让她折打一番，才能缓解她对他应有的惩罚！只见夏红红捶打了无数下，抬头看着陈文进丝毫没有躲闪的意思，她心头一热，又紧紧搂抱住陈文进的腰，将脸贴在她击打过的胸膛上，久久不愿离开。

陈文进也搂抱住夏红红，脑子里一直在为昨晚的失态，苦苦思索着。昨天，他是喝得酩酊大醉，是何时回家的都不知道，他又能做些什么？但他还是不敢确认这一夜到底发生了什么。毕竟他和夏红红都躺在一个被窝里啊！他又怀疑地问夏红红："我喝醉酒有没有不对劲的地方啊？"

"有啊！"

听着夏红红附耳轻语，他估摸自己已失了身！木已成舟，再想复木，难上加难！他拉住红红的手，刚要向她做出承诺，房门"吱呀"一声被母亲推开："哟，你俩都醒了？饿了吧？我替你俩做饭去。"她说着奔向鸡窝摸鸡蛋，摸来了鸡蛋又去生火。

陈文进凑近母亲小声问："妈，昨晚红红没回家，为啥不让她跟你睡？"

"傻小子，人家大姑娘都不怕，你怕啥？再说，娘巴不得她这样呢！呵呵！"

吃过早饭，陈文进无意间碰到衣兜里的信，随即掏出来细看。

"亲爱的妈妈、弟弟，你们好！几年未给你们去信了，女儿非常想念你们！

在以往的来信中得知爸爸已过世，我和明辉非常难过，也为我们做儿女的在父亲临终之前，未能尽到一点孝心而深感惭愧。又得知弟弟考上高中，我们更是高兴不已！按照时间推算，弟弟该考上大学了吧？若是那样，等过段时间，我和明辉就回家为弟弟庆贺。

由于几年前对越自卫反击战中，明辉带领的那个独立团，提前潜伏在阵地的前沿，为部队发起总攻赢得了时间。战斗打响后，明辉的双腿不幸被飞落的山石砸断。幸亏医疗队及时赶到，把他送到后方医院，他的双腿才保住。伤情痊愈后，军区为了嘉奖他，晋升他为师长。今年退役，首长考虑到他双腿曾负过重伤，决定让他带伤转业。在征询了他的意见之后，于九月上旬正式返乡工作。他早就有退伍返乡的准备，他有信心，有决心，有带领家乡父老乡亲共同致富奔小康的想法。

妈妈，弟弟来信中提到，他读书欠下了数千元学费。弟弟上大学还需要很多钱，你们暂且先想办法垫上，等明辉转业回家，我们再把钱还上。明辉早就表态：只要弟弟能考取大学，弟弟的所有学费我们包了。"

陈文进读完信再也按捺不住内心的激动，欣然叫道："姐姐终于回来了！"

文进的母亲得知女儿要回家，激动得老泪纵横说："二十年都没有见到我的兰兰了，她长得啥模样，我还能认出她吗？文进的学费，再也不用我发愁啦！"

"妈，今年我们家可是双喜临门呀！"

"哎！应该是三喜临门。"她用褂袖擦了擦眼角上的泪，对红红说："往后啊！你们大学毕业了，在一块工作，妈就去替你们……"

陈文进护送夏红红回家，陈文进低头不语。夏红红像看出他有心思，说："文进哥，你在想什么？"

"我想我们还有三年大学学业没有完成，现在就偷吃了禁果，这样不好。不管我们昨晚做没做那事，总之我俩睡在了一张床上，我们就要用心去呵护对方的感情，我想，我会对你负责任的！"

陈文进昂起头，凝视着早上蔚蓝色的天空，他的心也像空中飘浮着的白云一样，没有准确的位置。他不知昨晚做错了什么！他更不知他处于这个年龄，就要承受这不该承受的情感磨砺。他不敢想象和夏红红的这段情感，能发展到怎样。他知道他的心里很是空虚。他抱着一种极其感恩的心态对红红说："这几年多亏有你对我的帮助，我真诚谢你对我的付出。没有你家的帮助，我的前途是迷茫的！"分手的时候，陈文进一再提醒她："回家和伯父说说，上大学的学费，还需要伯父从银行里暂借一些……"

送走了夏红红，陈文进拖着沉重的心情往回走。这时他就像一艘在风浪中急于寻求码头的小帆船，看不到情感的彼岸。他不知他的情感航标定格在何方，也不知他对夏红红承诺的话会不会实现。他有些害怕，有些胆怯。他对自己藏匿已久的真爱，有些失望，几乎失望得浑然无边……

晚上，陈文进又来到村子后面的大槐树下，抬头仰望满天璀璨的星光，不知不觉又唤醒他几年前的记忆，又将他带入向往已久的情感往事中。童年播下的爱情种子，始终不渝地在他心里生根、发芽……他面对这棵枝叶繁茂的大槐树，喃喃地念叨着：白雪啊白雪！你在哪里？愿我的呼唤，能够化作一颗穿越时空的流星，随着浩瀚无边的天际，坠落到你的心灵深处。回来吧，白雪！昨晚的失态，注定是我一生中对你的忏悔！

随着九月一日的临近，伴着乡亲们欢送的锣鼓，更伴着亲人们的护送和嘱托，陈文进和夏红红，踏上了开往省城的列车。列车载着他俩驶向学子们向往的地方。

第十五章　泪洒故土

　　一趟北上的列车，载着一名军人对自己家乡的无比热爱和一颗报效祖国的赤诚之心，驶向了绿水市火车站。火车在一声长鸣中缓缓进站，随着车门徐徐打开，走下一位四十多岁的年轻军官。这名军官身穿一袭草绿色军装，身材高大，平头圆脸，肤色微黑，身后还紧跟一位三十多岁的年轻女人，手拉一名六七岁的小男孩。

　　看这女人，也是一袭草绿色军装，齐耳短发，一张白净的瓜子脸上，带着自然的微笑。

　　只见这一家三口缓缓走出站台，站台外早有两辆黑色轿车停放在出口处。此刻从车里走出三男一女。其中走在前面的是一位高个子长者，年龄约六十岁，上身穿一件深蓝色中山装，下身穿一条深蓝色裤子，脚穿黑色皮鞋。在他身后还紧随三位身着便装的年轻人。

　　只见这四人朝中年军官迎上去。其中一位身穿夹克衫、手拿公文夹的年轻人，抢先一步走上前招呼道："如果我们没有认错的话，您就是从军区部队调过来的刘明辉，刘师长吧？"

　　这名军官立即止步，用一双敏锐的眼神打量几人说："我是刘明辉，请问诸位是？"

穿夹克衫这人，自我介绍道："我叫周克林，是绿水市市委办公室主任。"他将手一倾，指向前面站着的那位长者，颇为尊敬地说道："这位就是我们绿水市市委书记罗占峰。"

紧接着罗占峰与刘明辉握手问好。

周克林又向刘明辉分别介绍了副市长许永萍和市公安局局长代勇后。罗占峰再次握住刘明辉的手说："小刘啊！省委组织部电话早就打过来了，说你坚持要坐火车返乡任职。省委组织部也下了批文，任命你为我们绿水市市长。嗯，百闻不如一见啊！的确是一位年轻有为的人才！"

几人又客气一番，上了轿车。轿车绕出车站，在市区宽阔马路上行驶着。罗占峰和刘明辉，坐在后面的轿车里。罗占峰说："小刘啊！你的住所我已让周克林安置完毕，就在新区的二层楼里，室内的装饰也早已搞好。"

稍后，刘明辉向罗占峰谦虚地请教，他说此次上任由于对地方工作经验不足，还望罗书记多多加以指导。罗占峰为之一笑道："那是自然，你就趁着我们国家改革开放，甩开膀子大干一番事业吧！"

轿车很快驶进一座宽敞的大院内。另一辆轿车，则护送陈兰兰和小刘强前往家属楼。这边一行人下车直奔市政府大厅。

在刘明辉下车的同时，他环顾一下市政府的大楼结构，心里暗想，家乡还是穷啊！

罗占峰在首席位置上坐下。刘明辉也在他的右侧坐定。随后市委领导纷纷步入大厅就座。罗占峰环顾在座的各位说："大家都到齐了吧？今天给大家开一个碰头会，省委组织部从军区部队，给我们抽调来了一位市长候选人。我想，我们大家也都明白，由于前任市长腐败堕落，给我们绿水市声誉造成了极其恶劣的影响。省委领导为了更好、更快地扭转和整治我们绿水市某些干部的腐败作风，挽救我们绿水市的声誉，特将转业的军区独立团师长刘明辉同志安排到我市工作。现在我根据省委组织部文件精神郑重宣布：从即日起，刘明辉同志就是我们绿水市的市长候选人了，提请人大会议审议通过。请大家鼓掌欢迎！"随着一阵热烈的掌声，罗占峰又说："现在我们绿水市的政府工作，急需要一个有能力年轻领导来掌舵。我想，我们在座的各位，都要清醒头脑，全力协助刘明辉市长做好今后的政府工作。现在欢迎刘市长讲话。"

又是一阵热烈的掌声，刘明辉站起身沉思片刻说："在座的各位领导、同志们，大家好！我叫刘明辉。也奉上级指示精神，前来家乡绿水市任职。为此，我感到非常荣幸和自豪。不过我初涉内地，对本市工作既不了解，也不熟悉。我想，在以后工作中，还请各位领导多多帮助，鼎力支持，我刘明辉在此表示感谢！可以说，我这次回来，是怀着一腔热血回来的，也是为了发展家乡经济回来的。今天我刚上任，不想多说。在此，我向各位领导表示问候。谢谢！"

刘明辉一番滔滔不绝、义正词严的讲话，给在座的人们传递了一个信息：从部队里培养出来的领导干部，确实不一样。也让大家看到了绿水市的前景，看到了美好的明天。

散会后，刘明辉坐上前任市长的桑塔纳轿车，很快来到了新家。当他健步踏上楼梯时，心里有种说不出的兴奋感，终于到家了，终于可以在家乡这块富饶的土地上施展自己的才干了！他走到门口按响门铃，陈兰兰打开房门，小刘强一把抱住他的大腿喊："爸爸，爸爸，你看我们的新家好大，好漂亮哟！"

刘明辉环顾了一下室内布置说："是够大的，是够漂亮的！"他一面与小刘强玩着耍，一面脱下军装递给陈兰兰。

"这么快就回来了？"陈兰兰把军装挂在衣架上问。

"罗书记给我放三天假，让我去乡下走一走"。

陈兰兰立马就说："明天咱们就动身！"

"好吧！先到乡下看看，了解一下今年的秋收情况，也好顺便拜访一下一直帮助你弟弟上大学的夏书记。"刘明辉坐在沙发上，端起陈兰兰递过的茶水浅喝一口。

次日清晨，由司机小王开着车，载着刘明辉一家三口离开了绿水市，沿着一条柏油大马路，向着西南方向快速行驶着。

轿车经过了两个多小时的快速行驶，很快穿越了青山县和凤凰县，穿过了沿湖乡街道，径直驶进了沿湖村大院内。

院里人一见有辆轿车开了进来，忙上前询问。此刻夏正梁坐在村部，透过窗户朝外面一看，他将手中烟头一丢，出门与来人寒暄道："请问诸位是？"

"哦！我是刘明辉。"也就在刘明辉说出自己名字的同时，夏正梁已意识到来的人是谁了。

"噢，原来是贤侄到了！嗨哟！来时为何不提前捎个信，也好让我前去迎接才是！快快进屋说话。"

"昨天刚来市委报到，趁罗书记给我放几天假，今天特意来看望您老人家！"

"贤侄！你太客气了！"

"哎！你为我弟弟读书，花去不少心血。我作为他的姐夫，早就该登门拜谢！只因在外地工作，身不由己呀！今日相见，还望夏伯伯原谅才是啊！"

陈兰兰也将来时购买的礼品放在夏正梁办公桌上说："夏伯伯，谢谢您一直为我家解决困难，你真是我家的大恩人啊！"

"侄婿，侄女，你们也太客气了！我身为支部书记，也是地方的父母官，能帮这点小忙，纯属分内之事。再说文进和我女儿也是多年兄妹关系，如今他们还谈了恋爱。你说，我这份关心，是不是挺值得呀？哈哈哈！"说完，几个人同时都笑了起来。

这时，早有会计骑上自行车去文进家送信。文进的母亲得知这一消息后，喜出望外，立刻跟随会计赶到村部。当她来到村部一眼望见分别二十余载的女儿、女婿正和夏正梁攀谈时，心里一阵抽搐，忍不住的泪水滚滚而下，并失声唤道："兰兰，我的女儿啊！"

此刻陈兰兰也抬头望见满头银发、衣衫褴褛的母亲含泪奔来，忙迎上前失声叫道："妈妈！妈妈！"

文进的母亲望着女儿哭得像泪人似的，哽咽着说："孩子！娘对不住你啊！为娘当年也舍不得丢弃你呀！不是没有办法嘛！"

"妈妈，别说了！女儿不怪你们。"说完，母女二人又一次抱头痛哭。

夏正梁见她们母女哭个没完，上前劝说道："侄女啊！你们娘俩就别哭了！过去的事情早已过去。如今不是挺好的嘛！"

经夏书记这一相劝，娘儿俩这才慢慢止住哭声。

刘明辉上前拉住岳母的手说："妈，您老人家还好吧？"

"好！好！"母亲望着英俊魁梧的女婿，上上下下看了好几遍，满意地连连点头说："嗯！像个当官的样子！"

陈兰兰把小刘强拉到母亲的身边。老人抱起小刘强，将脸贴在孩子的脸蛋上，久久地不愿离开。

刘明辉从公文包里取出三千元钱，递到夏正梁面前说："夏伯伯，这是弟弟读书时欠下的学费，还望您老收下！"

夏正梁忙用手推辞道："贤侄，你们刚转业回来，用钱的地方很多，还是留着自己用吧！"

"那可不行。您老的人情我们还欠着呢，这钱，您一定要收下！"

"不，这钱还是你们自己留着用！"

就这样他俩推来推去。文进母亲说："夏书记！既然孩子把钱带来了，你就收下吧！这些年你供养我儿子读高中、上大学，里里外外花了不少钱。这一大堆的人情我们还欠着呢！这钱你就收下吧！再说这钱也是你替咱家从银行借的。俗话说'好借好还，再借不难'嘛！我也在盘算着，等文进和红红一毕业，就挑个良辰吉日，把他们的婚事给办了。"

经文进母亲这一说，夏正梁不得不把钱收下。他收下钱又说：

"不过有一点你得听我的！中午由我做东请客，你可别和我争哟！"

"哎！夏伯伯，今天是我们专程来看望您的，这客哪能让您请呢？"

"瞧，又和我争了不是？"

文进母亲一见两人又要争执，忙开口说："明辉呀！别和你伯伯争了。今天你来到他的一亩三分地上，是他的客人，若是你花钱请了他，你伯伯会不安的。"

"哎！嫂子，这话就对了！"

其实，夏正梁早就派人在沿湖街道上最高档的酒店里安排妥了。随后夏正梁吩咐手下人，把村委会所有成员都召集到场，陪同刘市长吃饭。众人纷纷聚集在一家大饭店里，围坐在一间宽敞明亮的包厢里，大家边吃边喝，并向刘明辉讲述怎样推广发展当地特色农产品等事项。就这样你一嘴他一舌地谈论多时，刘明辉看了看腕子上的手表，心想，吃饭该到此为止了，兰兰母女俩一别近三十年，今日重逢，还有很多话要聊，在这儿待久了，不但圆不了她们母女的亲昵梦，还会影响他们的返程时间。于是他对众人说："在座的各位父老乡亲，今天夏伯伯请我等吃饭，我向夏伯伯及在座各位表示感谢了！你们都是来自基层的党员干部，做基层工作肯定很辛苦，很劳累。但不管如何辛苦、如何劳累，我们都要记住：作为一名共产党员一定要全心全意为人民服务！我们不能愧对党，不能愧对人民群众。今后只要对农村和农民有益的事情，尽管找我刘明辉，我定当义不容辞。"说完，刘明辉与众人握手告别。

几人坐上轿车，沿着乡间一条小道开往文进家。一路上，总有许多乡邻尾随其后跟着。心里都在捉摸着，这轿车是从何处而来，又是朝哪家而去，那时候轿车进村入户，可是罕见啊！轿车拐过两道弯，映入兰兰眼帘的，依旧是记忆中的那几间茅草屋，依旧是土坯堆砌起来的小院，依旧坐落在那片荒芜的村庄旁。轿车慢慢地开到兰兰家门前。当兰兰和母亲从轿车里走出来时，四

槐花飘香

118

方乡邻，陆续放下手里的活，围拢过来，见面少不了说些恭维客气的话，小院内顿时热闹起来了。

兰兰从轿车里拿出事先备好的糖果，分发给乡亲们品尝。

孩子们一见有好吃的，都争先恐后上前要。

文进母亲开始给女婿介绍，来人谁是长辈，谁是晚辈。刘明辉拿出香烟，恭敬地一一递上，尽量做到新女婿初次登门应有的礼节，大家寒暄多时，才相继离去。

文进母亲开始张罗晚饭。兰兰在母亲身边帮忙生火添水，娘儿俩有说不完的知心话。

小王坐在刘明辉身旁，看着时间说："刘市长，是否抓紧时间赶回去？"

刘明辉望着兰兰和她母亲那个亲热劲，迟钝片刻说："你嫂子和她母亲近三十年未曾见面，这一见面就亲热得难解难分。我还真想让她们在一块多待一会。"

后来经小王和刘明辉商定，第二天一早就走。

这会兰兰和母亲也将做好的面条，一碗一碗端进堂屋。几个人围坐在一张小木桌前边吃边聊。

小刘强吃口面条就说："姥姥做的面条真好吃！"

小王也忍不住称赞道："大娘做的手擀面真的与众不同，味道极好！"

"小王啊！咱乡下人做饭少油无盐，你就将就吃一点吧！"

"妈，小王说得没错。如今咱城里人拿钱都难以吃到像您这样的手擀面条！"

"大娘，俺不是替您夸口，您老若是进城开一家手擀面馆，生意一定红火！"

"哎哟！大娘老了，哪还有精力做生意哟！"

晚饭后，刘明辉和小王在西厢房安歇下来。

陈兰兰和母亲带小刘强睡在东厢房。陈兰兰跟母亲仍没完没了地唠叨着文进和红红上学的事情，就这样她娘俩不知不觉已聊到九点多，正当她们聊得兴起之时，从房屋的天棚上，突然蹿出一只大狸猫来，这只狸猫以迅雷不及掩耳之势，捉住了一只大老鼠，然后钻下床底，嘴里嚼着老鼠，不停地发出"呜里哇啦"的呼叫声。

小刘强正熟睡，被这突如其来的叫声猛然惊醒。只见他一骨碌从床上爬起，一头扑进兰兰怀里大哭不止。小刘强在军营生活数年，哪儿听过这稀里古怪的叫声。所以，他被吓得连哭带闹，大声嚷嚷："妈妈，妈妈，我怕，我怕，我要回家，我要回家。"

东厢房的闹腾，把西厢房正熟睡的刘明辉和小王吵醒。几人穿衣下床，一起来劝说小刘强。结果他们费尽心思，磨破嘴皮子，但仍无济于事。

刘明辉感到奇怪，心想，平时这孩子很听话的，今晚是怎么了，真是有点邪门！刘明辉无奈地看了看陈兰兰，陈兰兰也看了看母亲，几个人对视了一会。总不能让孩子无休无止地哭到天亮吧？兰兰母亲一时心疼外孙，将目光移到小王身上问："天这么黑能走吗？"

小王信心百倍地说："一百多公里的路程，两个小时不就到家了嘛！这有何难！"

母亲见小王胸有成竹，忙对兰兰说："既然这样，我不是撵你们，孩子啊！迟走不如早走，赶紧回去吧！"

说来也奇怪，小刘强一听他们连夜回家，竟然止住了哭声。

此刻，陈兰兰抓住母亲的手难舍难分说："妈妈，我们走了！等弟弟放假，我再来接你们。"

于是几个人上了轿车，辞别老人，绕出乡间小路，便开上了去往县城的那条柏油马路。夜间行车，路人稀少，轿车在宽阔的马路上快速行驶着，很快穿越了凤凰县，直奔青山县。

第十六章　冲出牢笼

　　蔡白雪为了兑现李龙胜的一纸承诺，草写了一封拒绝陈文进的书信，从邮局回到家中，她那颗忐忑的心，久久不能平静。面对自己的缓兵之计，全然落空。自己的愿望，也化作浮云。以往的幼稚，令她不堪回首。面对眼前的失落，她深感痛心。回想起几年来，她默默承受着李家对她学业上的阻挠、灵魂上的折磨、情感上的强制，种种摧残和压抑，迫使少言寡语的她，感觉有种无法忍受的奇耻大辱。她无奈，可抗拒不了自己对李家做出的承诺，她不能弃她姨妈对她多年的供养而不顾。一心想出人头地的白雪，不得不在人生这一重大转折上屈服了现实，屈服了她的姨妈。她已经无路可走了，开始听天由命。

　　李家开始为她和李龙胜操办婚事了，李福安找来潘枝和李兵，经过了一番商量后，日子定于九月十号，这天是迎娶白雪进门的黄道吉日。李家开始着手为儿子布置新房，潘枝也作为娘家亲人，着手订购嫁妆。

　　日子临近的几天里，李福安整日待在家里收礼记账。李兵也在外面四处发布消息。一时间轰动全乡干部，纷纷上门给李福安送礼贺喜。到了九号晚上，李府就在县城大饭店里大摆宴席，款待潘枝和证婚人等。众人也都在大吃大喝中闹腾了大半夜，才酒足饭饱回家睡觉。

此时，白雪为自己身陷其境，揣着一颗乱糟糟的心，昏昏睡去。她刚眯盹着，就被院子里一阵"噼里啪啦"的鞭炮声惊醒。她睁眼一看，天早已大亮。此刻已有人把东院的彩礼抬进西院。在喧闹中，潘枝也伙同来人敲响了白雪的房门。这时有人喊："快，快，快把新娘子的门打开，让化妆师傅给她上妆喽。"

白雪下床打开房门。潘枝领着一位三十多岁的女化妆师走了进来。她们一进屋就让白雪坐在床上，化妆师为白雪盘头、描眉、擦粉，按照新娘出嫁的妆饰精心装扮着……

要说李龙胜今天更是臭美，但见他穿一身黑色西装，头发理得油光剔亮，胸前戴一朵小红花，随着他爸忙前忙后，应酬着前来吃喜酒的客人。

潘枝也将龙胜家为白雪购买的衣服首饰，一一装箱入柜，又将给白雪的红包钱留下一半，装进自己的腰包。

白雪的小房间里，姑娘进小伙出，一波接着一波闹腾不休。眼看已到中午时分，随着外边的催妆炮一挂接着一挂地响，白雪也被两位迎亲的姑娘搀扶着走出房门。

院子里看新娘子的人们一拥而上，都想在第一时间里看到白雪的容颜。

今天的白雪，身着一袭粉红色婚纱，一头亮丽的秀发盘至头顶，右边的发髻上还插着一朵红色玫瑰。再往脸上看，柳叶眉、杏核眼、樱桃小口一点点。经化妆师这一精心打扮，此刻的白雪，真如同仙女下凡一般俊俏好看，惹人心动。

"哎！你们细看，好像白雪刚哭过，眼角下有两条泪痕。"

"那还要看嘛！两个人本来就不般配，硬往一块拉，不哭才怪呢！"

"哼，不将两人扯到一块，她能主宰两家子的经济大权吗？她能说一不二吗？"

很明显，潘枝对白雪的所作所为，四方乡邻都清楚，都看不惯，也为白雪今后的人身自由捏了一把汗。

再看白雪，被两位姑娘搀扶着走进东院。迎亲的鞭炮立马燃放起来。

李龙胜望着白雪一步步迈进他家的门槛，已经乐开了花。他迫不及待地跑上前，抱起白雪就朝新房里跑，引起众乡邻们一阵大笑。

龙胜妈端着一碗糖水挤进人群。一位侄媳忙说："白雪呀，快将这碗糖水喝了吧！喝了这糖水，从此你就管婶子叫妈了。也该管我叫嫂子了，往后啊！你就是咱们老李家的一员了！"

白雪无奈，只好接过糖水喝了，并按照当地习俗，管龙胜妈叫了声"妈"。白雪这一开口，把龙胜妈乐得连北都找不着了。硬是将左衣袋里的改口钱忘记掏，偏去右衣袋里拿，经过几番周折，才把备好的改口钱塞进白雪的衣兜里。

外面贺喜的客人越来越多，李家也用早已备好的两辆面包车，将客人们一波接着一波往县城大饭店里拉。男男女女，老老少少，足有两百多人。从中午就开始招待，晚上继续招待。大饭店里人头攒动。就这样晚饭一直吃到深夜十点多，客人们才陆续退席。

按照当地习俗，办喜事的当天，新郎和新娘应该在婚宴上出现，为到场的宾客们致谢，或者去各个座席上向客人们敬一杯酒方为正礼。如果新郎、新娘有酒量，能陪客人们多喝几杯更好，实在不能喝，客人们也不勉强。

可李龙胜跟白雪说破了嘴皮子，白雪硬是不和他一块去应酬。没有办法，李龙胜又不能将一个大活人硬给捆了去，他只好一个人气急败坏地与客人们一道走了。他在上车的时候嘴里还不停地说，等他晚上回家再和白雪算账。

李龙胜走后，白雪一个人坐在新房内，望着满屋子漂亮的嫁妆，坐在床上呆呆地犯着傻，门帘一挑，龙胜妈手端一碗面条走进来说："白雪啊！你都一天没吃饭了，将这碗面条吃下暖暖身子吧。"

由于白雪和李龙胜刚刚争吵过，哪还有心思吃饭，她对龙胜妈说："我没有胃口，你还是端走吧！"

"你都一天没吃饭了能不饿？要不，先放在桌上等会你再吃！"龙胜妈放下碗筷走了。

龙胜妈这一走，白雪可坐不住了，她打开箱子，脱去婚纱，换上自己平时穿的衣服，坐在床上静静地想着心事。想和李龙胜结婚以后，他们如何相处下去，和不喜欢的人在一块生活又如何面对。她和衣躺在床上想着想着，便昏昏睡去。一觉醒来，她见柜子上的时钟已指向十点多了。她想上厕所，当她进了公厕刚刚蹲下，就听见胡同口有轿车的声音，这是李龙胜和她姨妈进城回来了。小车开到门前停下，潘枝、李兵带着几分醉意，下车回西院睡觉去了。

李龙胜下车后，一边走一边骂，直奔新房。他嘴里不停地嚷嚷着："白雪、白雪！给我倒杯水喝。今天我喝得过瘾，喝得开心，即使你不陪我去，我也同样喝得痛快。"他跟跟跄跄走进新房，见屋里没人，气急败坏地就喊："白雪、白雪！这深更半夜你去哪了？"

"哎！我在这里。"白雪从茅厕慌忙往外跑。

"快来，给我倒杯水喝！"李龙胜叫道。

"你自己长着手不会去倒啊！"

"我今天非让你给我倒不可！"说着就去扯白雪的衣服。

"你想干什么？"

"我想干什么？在这新婚之夜，你应该清楚我要干什么？"

"不行。"白雪立马制止说。

李龙胜哪儿知道女人的那些事，所以他一听白雪说不行，立马发出一阵狂笑道："哈哈，我费尽心思迁就你几年，没曾想我们都成夫妻了，你还会说'不行'二字！"说完，瞪起一双狼眼直逼她。

白雪一见有些胆怯了，忙用缓和的语气说："今晚不行。"

"什么？今晚不行？告诉你，没门。从鞭炮放响的那一刻起，你蔡白雪就是我李龙胜的老婆！别想再惦记姓陈的那小子。今晚，你依也得依，不依也得依。"

白雪被李龙胜激怒了，她嚷道："你这人不可理喻！"

"我就不可理喻了，你能把我怎么着？"他说着就把白雪往床上摁。

情急之下，白雪抡起双拳，猛烈捶打着李龙胜的肩膀，并大声嚷嚷："放开我！放开我！"

在他俩拼命撕打之际，白雪将自己的一只脚缩了回来，照着李龙胜的小腹猛踹一脚，白雪这一脚是憋足了力气，硬生生地把李龙胜给踹了出去。

李龙胜将身子向后一仰，脑袋正磕在身后的墙壁上，当时就把李龙胜疼得"哎哟"一声，慌忙去捂后脑勺。白雪也趁机从床上爬起，就在白雪还未缓过神之际，李龙胜已冲了上来，照着白雪的脸蛋，左右两个耳光，就听"啪啪"两声，随着两记耳光的响起，再看白雪，立在那儿的身子晃了两晃，眼前一黑，一头栽倒在地上。

李龙胜仍捂着后脑勺，不依不饶地冲着白雪破口大骂："实话告诉你，别以为我这些年对你百依百顺是怕你！那是我对你逢场作戏。不这样你能乖乖嫁给我吗？我警告你，那种忍气吞声的日子一去不复返了！"他两只饿狼般的眼睛盯着白雪。

此时此刻的白雪躺在地上，面对李龙胜的一言一行，她汪汪地哭了。她开始为自己后悔，也为自己叫苦。她想，这就叫自食其果啊！眼下她才真正意识到嫁给李龙胜，原本就是一件错误的选择。当初她根本就不该答应这门婚事，明知李龙胜是一个无耻之徒，可她为什么还要答应姨妈的条件？她后悔用缓兵之计，她后悔把自己给出卖了。这就叫聪明反被聪明误！可这也是被他们逼出来的啊！从踏入她家门槛的那一刻起，白雪就受到了她的诓骗，误入了他们设下的陷阱里。他们一家人都是只为私利而生的人。她不甘心就这么一败涂地，她不甘心就这么任人蹂躏。白雪忍着火辣辣的痛，转念一想，她只要还有一线生机，她只要还有一口气，她都要和他抗衡。她突然从心底深处喷发出一股无穷无尽的力量，从地上站起，愤然向李龙胜扑去。接着他俩又扭打在一起。可是，一个女孩子，有再大的力气，能抵挡过一个男人吗？李龙胜揪住白雪的头发，朝地上一摁，抬腿把她牢牢地骑在身下，然后扬起巴掌，朝着白雪的面门连扇数下。

白雪被打得头昏脑涨，眼前金星闪烁。情急之下，她已顾不了男女有别，伸手直取李龙胜裆部，这可是让对方致命的一招。就听李龙胜"哎哟"一声。这时，他忙腾出一只手来擒住白雪伸向他裤裆的手臂，另一只手则高高举过头顶，照着白雪的面门，狠狠地砸了下去。这一重拳真要砸在白雪脸上，非把白雪的面门给打开了花不可！就在两人相互拉扯之际白雪摸起身边的小板凳，照着李龙胜的头部猛砸过去。这会李龙胜再想躲闪为时已晚，只见李龙胜连哼都没哼一下就倒了下去。

白雪慌忙从李龙胜胯下爬起，用手推了推李龙胜，她见他像死猪一样躺在那里一声不吭，白雪吓得打开房门，一头冲进漆黑的雨夜里。此刻白雪蓬头垢面，嘴角流着斑斑血迹，拐过胡同口，像疯了一样，直冲村子后面的那条柏油大马路，狂奔不止。白雪心里只有一个念头，那就是李龙胜死了，她也要去死，她即便是死，也要逃出牢笼，逃出李家，逃回老家去。她顶着狂风，冒着暴雨，在公路上朝着回家的方向狂奔不止。风越刮越猛，雨越下越大，一个闪电过后，便是一个震撼的雷声。白雪一天茶饭未进，浑身衣服被雨水淋湿，深秋的雨水透心凉，就这样白雪跑着跑着，一个趔趄，一头栽倒在马路中央，很快就不省人事。

就在白雪生命危在旦夕之际，迎面公路上开来了一辆黑色轿车。这辆轿车风驰电掣一般从雨中驶过，雪亮的灯光直射在白雪身上。只听轿车"嘎吱"一声猛然刹住，随即从车里跳下两人，其中一高个子男人，上前抱起白雪，借助轿车灯光仔细一看，说："这女子还有气，快送医院抢救。"紧接着两人把白雪抱上车，向着绿水市人民医院驶去。

第十七章　重返校园

处于昏迷中的李龙胜，被外面一个震撼的雷声惊醒。他慌乱地从地上爬起来，见屋里一片狼藉，他知道自己醉酒又闯了祸事。他强忍着头痛，冲到母亲窗下喊："妈、妈！白雪在你房里吗？"

母亲一听儿子唤她，忙起身说："傻儿子，今晚是你们小两口的新婚大喜，她怎会在我房里？"

"妈，白雪不见了！"

"啊！白雪不见了！"这会龙胜妈可慌了手脚，慌忙穿衣下床，手打雨伞陪儿子去西院找潘枝、李兵。

潘枝一听就火冒三丈，冲到李龙胜近前，一把揪住李龙胜衣领，劈头盖脸就是几个耳光，嘴里还大骂不止："我花了那么大的心思，才将白雪劝好，你却吊儿郎当，不知道珍惜一点夫妻情分。"说完，又一阵拳打脚踢，并嚷嚷道："还我白雪！还我白雪！"

李龙胜理亏，知道潘枝不会放过他，吓得站立一旁，不敢作声。

外面的雨渐渐停了下来。李福安在饭店结完账才驱车赶回家。他得知白雪深夜失踪，立马调动全村子的人起来帮忙寻找。众人一直找到天亮，也未发现白雪的影子。最后大家都将失望的目光投向村口的一个大池塘里，认为白雪溺水而亡了，可随着时间的一天天过去，白雪仍然活不见人，死不见尸。

村里人受李福安指使，也不敢对外张扬。李家可是村里有头有脸的人物，摊上这等没有面子的事情，李家感到无地自容。李福安面对发生的事不敢报案，怕追究下来，说他一个堂堂乡长包办儿子婚姻，把儿媳逼得深夜出逃，岂不是有伤大雅？就这样憋着一口怨气，不了了之了。

白雪被营救之后，轿车冒雨很快开到了绿水市人民医院。此时正值半夜时分，刘明辉和小王，慌慌张张把白雪抱进急诊室。值夜班的冯医生一见，赶忙询问病情。小王便将几人身份向冯医生作了介绍。又把他们夜间行车，在公路上遇见此女子昏死的事，向冯医生说了一遍。

冯医生不敢怠慢，慌忙唤醒隔壁的助手，对白雪实行紧急抢救。经过一个多小时的紧急治疗，白雪终于转危为安了。她静静地躺在病床上，胳膊上打着点滴，并有专人护理着。冯医生走出急诊室，对刘明辉说："病人没有大碍，疑似精神受到惊吓而导致的暂时性休克。大约休息到天亮，病人自会苏醒，请刘市长放心！"

几人听完冯医生的诊断报告，心里暂时放心下来。但令他们不解的是，一个女孩子是何原因，导致深更半夜冒雨昏死在公路上的呢？面对这一不解之谜，几人将目光投向冯医生，希望冯医生在检查中，能够给出一个合理答案。

冯医生摘下眼镜，稍停片刻说："根据检查，除了脸部有些红肿外，未发现有什么外伤痕迹。通过她的血压和心脏频率综合分析，可以推论，这个女孩可能是在某种程度上受到很大惊吓，或者遭遇刺激而导致的自寻短见。"

通过冯医生的讲述，让几人沉思半晌。最后，刘明辉让陈兰兰付了医药费，几个人才回家休息。

白雪躺在病床上，渐渐苏醒过来。她慢慢睁开双眼，无力地望了望四周，扭头发现自己胳膊上挂着点滴，她明白自己是在医院里。她想坐起来，可感到头昏脑涨，接着她想起昨晚发生的事情。

　　昨晚她是和李龙胜闹翻了，她还记得她冒雨逃出了李家，后来就记不得了。现在为何又在医院里呢？她正百思不得其解之时，护士推门进来说："哟！醒啦？一个姑娘家有什么想不开的，非要三更半夜去自寻短见？"护士走到床前，把她胳膊上将要挂完的点滴取下，转身走了。

　　望着护士离开的背影，白雪有了几分明白。

　　她闭目养神，这时，刘明辉和陈兰兰已驱车赶到医院。他俩推门进屋，将手里买来的早点放在床头柜上，见白雪闭目不言，刘明辉走上前轻声道："姑娘，醒一醒！"

　　随后而来的护士忙插嘴说："哟！一个姑娘家性格蛮倔的！把你从死亡线上救了回来，醒了不但不说声谢字，连句话都不愿说！"

　　听了护士的责备，白雪慢慢睁开双眼。

　　护士将准备好的药片，放在她床头上又说："姑娘，算你命好！碰上我们市长的车子，若是撞上别人的车，你的小命早就没有了！"

　　陈兰兰见白雪醒来，走到床前坐下。她拿起早点对白雪说："姑娘，起来吃点东西吧！要不然身体会撑不住的。"

　　白雪望着眼前这位比她大上十来岁的大姐姐，手拿食物给她，这让她心头一酸，噙不住的热泪顺着眼眶缓缓滑下。心里所蒙受的冤屈，在脸上瞬间流露出来。她带着嘶哑的声音说："谢谢！谢谢你们！"

　　陈兰兰见白雪开口说话尤为惊喜，她替她擦了擦眼泪，关切地问："姑娘，你叫什么名字？"

"我叫蔡白雪。"

"你家住哪儿？你父母叫什么名字？"陈兰兰又问。

白雪呆滞了一会，脸上流露出种种无奈，她摇摇头没有作声。

坐在白雪对面的刘明辉，似乎看出她心里有着不愿向他们透露的隐情，忙说："你爸妈是不是不在家？"

刘明辉这话一出，无疑像一把锋利的器具，刺中白雪那颗受了伤的心。她泪水汪汪地说："他们早已不在人世了！"

刘明辉听完心头一怔，眉目间顿时流露出许多疑问。刘明辉又关心地问："你家里还有什么人？"

"家里没有人了。我是一个无依无靠的孤儿！"白雪说到这，泪水又一次潸然而下。

刘明辉夫妇听完，对眼前这位无依无靠的女孩，产生了一种怜悯和同情之心。

陈兰兰掏出手帕替白雪擦了擦泪水，关切地问："你是因何昏死在公路上的呢？"

稍作停顿后，白雪又轻叹一声说："我自己都不知道，我是因何昏死在公路上的。不久前，我高考落榜后，我就感觉，我在这个世界上是一个无用的人，一贫如洗的我，靠外地的姨妈资助我上学，希望通过读书求取一线光明。我苦苦读书十余载，本想今年高考一举成功，没有想到，什么理想、前途，一切的一切，全都化为了乌有！对'生存'二字失去了信心，在昨晚风雨交加的深夜，我冒雨跑了出去，本想借助雨水的冲刷，清醒一下头脑，也想在雷雨交加中了此一生！"白雪说到这猛然坐起身，一把抓住陈兰兰手问："是你救了我吗？你们救了我一时，能救我一世吗？你们把我救了，以后我生活怎么办？以后我前途怎么办？眼下我大学落榜了又该怎么办？"

陈兰兰忙解释说："今年落榜了，明年还可以再考啊！"

白雪慢慢地将她手放下，苦笑两声说："再考又有何用？成绩再好，到头来还不是连一个高考通知书都没拿到吗？"白雪又一次失落地低下了头。

一直坐在白雪对面的刘明辉听到这，眉头皱了皱，接着又问："你在哪所学校读书？"

"绿水市重点中学，高三（一）班。"

"你在学校成绩如何？"

白雪苦笑两声说："每次考试，我在全校三个高中班级里，始终都保持前三名的优异成绩。可到头来，高考时连我们班上一名中等生都不如，真是叫人心寒啊！"

刘明辉听到这，记下白雪所在学校的地址，又让陈兰兰在医院陪她多聊一会，他便离开病房。

刘明辉走后，陈兰兰和白雪坐在那儿，两人越说越投缘，越说越感到亲近。陈兰兰说："你年轻聪明，机会对你还有很多。不要把世界看得那么狭小，不要把人生看得那么渺茫，只要你有信心，我想，前途会灿烂的。你从小就无依无靠。以后就把我当成你的亲人，我比你大上十来岁，你就管我叫姐姐好吗？"

陈兰兰这番话，无疑像寒冬里刮来的一阵春风，瞬间温暖了白雪的心，也让她泣不成声地叫道："姐姐……"

刘明辉坐上车直奔市政府。一路上，他耳边始终萦绕着白雪说的话。他清楚白雪说的话是暗示官场上某些人搞腐败。他自知白雪是一个无依无靠的孩子。可往往有些人就利用手中的职权，肆意在老百姓身上大做文章，想着法子捞取一些昧着良心的钱。他也明白，地方官员不为民做主的有很多！他也给自己定了一个目标，那就是，他要在家乡这块富饶的土地上，脚踏实地地干上一番事业，做一个一心为民做实事的好官。

刘明辉来到市委办公大厅，此刻正值上班时间。随着市委上班的人陆续到齐，罗占峰和刘明辉握了握手。罗占峰将腋下的公文夹置于桌上，关切地问："小刘啊！三天假期休息得如何？听小王说，你们在探亲归途中，还营救了一名昏死在公路上的女孩，是真的吗？"

刘明辉向罗占峰微微一笑说："是真的！"稍后，他又向罗占峰深情地说："罗书记，你给我放三天假，真的没白放啊！这三天假，让我看到我们绿水市在改革开放后，农村发生翻天覆地的大变化。不过，也让我耳闻目睹我们绿水市一些催人泪下的动人故事啊！"

"噢？"罗占峰听了很是吃惊地问："是不是关于获救女孩的事情？"

"是的！这事等开完会，我再向您做详细的汇报。"

于是，罗占峰抬起头，环顾一下在座的领导，发现到齐后，正式开会。他拿出公文夹里的文件，对当前全市的工农业发展总体形势，作了全面分析，又对每一项重大的系统工程，政府如何部署、如何监督，这些都给予了安排后，他让刘明辉对当前全市面临的经济发展形势发表一些看法。

刘明辉站起身，将紧锁的眉头舒了舒，郑重地说："在座各位，我们绿水市在改革开放后，人民群众生活有所提高，工农业生产得到迅猛发展。"刘明辉激情振奋地讲到绿水市的工农业如何发展，全市大中小型国有企业如何改革，如何向规模一体化转型，如何引进先进技术扭亏为盈，如何提高工人待遇，农村如何脱贫致富……他谈到干部队伍建设时说："在座的各位，你们有的是在工作岗位上任职多年的老同志，也有的是刚任职不久的新同志，你们都已在自己的岗位上做出了不少业绩，也为本市经济发展出了不少力。不过，我们不能光看到自己做出的一点成绩，就对自己放松警惕，就对自己放松要求，就要将得来的一点成绩挑在眼皮子上给别人看。"刘明辉讲到这，将眉头皱了皱，稍作沉思后又说："我不想让我的话题，在你们面前引发诸多联想，可我要讲的就是我昨晚探亲归来，遇到的真实一幕一位高考落榜的女学生，在风雨交加的深夜，想到了轻生。我说这话，未免有人会说，你刘明辉也太小题大做了，一个高考落榜的女学生，一时间想不开轻生，这有什么奇怪的。目前，这名学生正在医院接受治疗，她也向我叙述了一切。我想，在我没有调查清楚之前，我是不会下结论的。不过，有一点我敢肯定，那就是我们绿水市的教育界，存在腐败现象。而且这种现象极为严重。我不知这种现象的背后，有多大势力在操纵。我也不知道这里面，诸多的细节意味着什么。可我知道，真理永远是真理，旁门左道是立不住脚的。我对此事一定会一查到底，决不心慈手软，周克林留下，其余人散会。"

众人走后，刘明辉向罗占峰叙述了昨晚他们营救白雪的事情，想让周克林就此事前往调查的想法，向罗书记叙说了一遍，很快得到罗占峰的支持。刘明辉告诉周克林，蔡白雪所在学校的情况，他让周克林要抓紧时间查清此事，他给周克林三天时间，务必要查个水落石出。罗占峰说："你的想法我很赞同，为了不冤枉一个好人，不错怪一个坏人，你和我要同心协力办好此事，来帮助这名孤儿重返校园。"

周克林和小王，按照刘明辉的部署，很快便查明了蔡白雪同学，在高中三年的全部考试分数，还证实在全校几百名高三学生中，蔡白雪的分数始终都排列在前三名的事实。他俩又继续查找蔡白雪同学的高考试卷，可令周克林大为不解的是，他俩找遍了高三（一）班的整个档案库，就是没有找到蔡白雪同学的高考试卷。这让周克林感到失望，也感到吃惊，也让他认识到问题的严重性。

周克林打电话向刘明辉汇报实情。刘明辉得知后，立刻要求他俩往下查，直接查找批阅卷子的经办人，并要求他俩对每一个细小环节，每一位涉及的人员都不放过。

周克林和小王不敢怠慢，又经过一番周密排查后，他俩得知，高三（一）班的高考试卷，是由他们的班主任廖老师和其他两名市教委监批人员共同审批完成的。于是周克林和小王又顺藤摸瓜，分别在几人的办公室里，将他们一一找到。周克林将市委领导批文亮给他们看，并让他们务必要拿出蔡白雪同学的高考试卷来。

面对周克林和小王的突然出现，三人感到震惊，同时也感到事情的不妙。在周克林一再质问下，他们不得不承认将蔡白雪同学的高考试卷和杨琼同学的试卷给调了包。他们还承认收了青山县粮食局局长杨古新的贿赂。还供认他们办的这件事是经过市教育局裘局长亲自点头允许的。周克林听了又问："裘局长是不是市委常委裘月猛的哥哥？"几人听了都下意识地点了头。周克林明白，这裘氏不但是亲兄弟，裘月猛和前任市长关系甚密。接着周克林将几人供词一一做了笔录，让当事人签了字。

第二天，周克林与小王继续驱车赶往青山县，对青山县粮食局局长杨古新进行调查。据杨古新交代，他是给以上三人行了贿赂，也承认为女儿高考一事去找过表哥裘局长。可他还说，他女儿杨琼的上大学名额，是蔡白雪同学自愿让出来的，私下里还做了一笔交易，当时还付给城郊乡副乡长李福安三千元钱的酬谢费。听说那个蔡白雪，就是城郊乡副乡长李福安未过门的儿媳妇。

杨古新这一交代，把周克林又给搞糊涂了。他想，蔡白雪没被大学录取，执意要去寻死，你们却说她是主动让出来的，这话让人听了不符合逻辑。周克林在猜测，这事背后一定还有隐情。当天下午，周克林由青山县两名公安干警陪同，驱车又赶到城郊乡乡政府，几人在李福安的办公室里，找到了他。周克林将几人的来历告诉李福安，并把以上调查供词拿给他看。当李福安看完了上述笔录后，就像一个泄了气的皮球，瘫坐在椅子上。于是，他向周克林交代了全部实情，对自己的犯罪行为供认不讳。这样，蔡白雪高考试卷被调包一事真相大白，她也得到重返校园的机会。

第三天上午，周克林和小王带着调查的结果，来到市委办公室。周克林拿出所有调查材料给刘明辉看。刘明辉看完后说："好！任务完成得不错！"，之后，他又将材料递给罗书记审阅。

罗占峰审阅完，脸上露出十分严肃的神色。他沉思片刻后说："看来我们绿水市的腐败现象很严重呀！通过这一简单案例，可以看出，我们绿水市委、市政府工作还很松弛，同时也给我们政府部门敲响警钟，在以后工作中要加大反腐败力度，要对党负责，对人民群众负责，同时也要对自己的良心负责。"说完，他将材料递给刘明辉，并严肃地说："递交市纪律检查委员会，按党纪查处。"

刘明辉按照罗占峰的口气，书写了一封批文，让市纪检部门对此案严肃查处，不得徇私。

第十八章　如梦方醒

蔡白雪寄出一封拒绝陈文进的书信，像以往一样，很快寄回了沿湖村村部，再一次落入了夏正梁的手中。当夏正梁从邮递员手中接过这封信看完之后，他想，幸亏自己在这方面多长一个心眼，最终还是取得了预料中的收效。他也确信，这封信的出现，是他女儿多年来梦寐以求的结果。这次他不但要将这封信寄往省城，还要让这封信在陈文进面前出现。

随即他将信笺叠合，又取出一张信笺提笔写道：女儿红红，兹有蔡白雪写给陈文进书信一封，内容尽知。望你接信后，速将这封信转交给陈文进看，这封信将是开启你幸福大门的金钥匙，你务必要牢牢把握住这次难得的机会。信写完，他将两封信同时装入一个信封内，即刻到邮局寄了出去。

夏正梁原以为陈文进见到这封信，就会彻底抛弃蔡白雪，对他女儿好。可他怎么也没有料到，这封信的出现，给他女儿的感情上带来了极大的负面影响。这就叫"聪明一世，糊涂一时"。

虽说陈文进对蔡白雪念念不忘，可感情这东西怕的就是日久天长，何况还有夏红红在他身边。尤其是暑假醉酒一事，陈文进总觉得他欠夏红红的太多了！当陈文进抛开诸多顾虑，要敞开心扉去接纳她的时候，夏红红提前接纳了他。夏红红收到她爸的来信，能不找机会给陈文进看吗？他俩在校外的小公园里，一见面，夏红红就单刀直入地说："我早就告诉你，你那个蔡白雪名花有主了，现在见到信，该死心了吧？"

陈文进看完信，思念的泪水，顷刻间顺着眼眶缓缓地流了下来。一石击起千层浪，万念俱灰再萌生。他上前一把抓住夏红红的手问："这信是从哪儿弄来的？"

"是从老家寄来的！"一旁的夏红红，此刻见陈文进不但没有责怪白雪的意思，还被白雪这封书信，瞬间点燃了激情。她义愤填膺道："一封信也能让你肝肠寸断，这些年我夹在中间算什么？"

陈文进坐在条椅上，心中有个疑惑打他进入高中以来，他可从未收到过白雪的一封来信！为何现在突然冒出一封白雪的毁约信？陈文进明白，白雪的这封信，从表面上看，是拒绝他的意思，其实是对他的思念。

面对红红的一片痴情，他不愿将自己的想法带到现实中去，可眼前这封信的出现，又不得不让他把诸多事情联想在一起。

在国庆节前一天晚上，陈文进避开夏红红，一个人猫在男生宿舍里想着心思，他想何不趁此假日，带上信件去找白雪？只要信上有地址，在交通发达的今天，还怕找不到她？

次日天刚蒙蒙亮，陈文进就挎上小包，从后门溜了出去。

几次换乘车，终于到了城郊乡附近，他下车，开始寻找蔬菜大队李兵的家。他大步流星在公路上走着，迎面碰见一位刚从城里卖菜归来的老汉。陈文进上前问："老人家，这儿是城郊乡蔬菜大队吗？"

老人把目光落在陈文进身上问："前面就是。小伙子，你找谁？"

"哦，我找李兵。你认识他吗？"

老人莞尔一笑说："嗨！他是我们村长兼会计，书记身边的红人，谁不知晓！"老人让陈文进沿着前面一条胡同朝里走，走到头向西一拐，第二家便是。

陈文进谢过老人，径直来到李兵门前。他抬头望见两家高大的院门上，有张贴过大红喜字的痕迹。这时，东院院门一响，走出一位中年妇人，陈文进见了忙问："老人家，请问这儿是蔡白雪家吗？"

老人把脸一拉说："不认识。"然后把塑料盆向墙边一放，进院"哐啷"一声关闭院门，把陈文进隔在了门外边。

陈文进彷徨之际又来到西院前。他见大门半掩着，便开口叫道："里面有人吗？"

话音一落，从里面走出一位五十来岁、文质彬彬的中年男人。他走近陈文进问："你找谁？"

"请问这是李兵的家吗？"

这人问："你是谁？"

"请问蔡白雪住这儿吗？"

"什么白雪黑雪的，还没入冬，哪里来的雪！快出去，我要锁门了。"一串逐客令，把陈文进堵得莫名其妙。只见这人从院子里推出一辆自行车，锁上院门，骑车走了。

陈文进目送这人远去的身影，一阵尴尬。无奈地往回走，他刚走了两步，抬头发现前面小路上，有一顽童正手拿鞭子，在地上用力抽打陀螺。陈文进忙上前问："小朋友，你认识蔡白雪吗？"

小孩立刻停止玩耍，用褂袖一抹脸上汗水说："认识。"

陈文进一听大喜，忙又追问："你知道蔡白雪住哪儿吗？"

小男孩眨眨眼，用手一指他过来的两家大门说："蔡白雪就住在西面那个院子里。"

"那她为何不住那儿了？"

小男孩犹豫片刻，很快跑到两家院门前向里张望，当他确信两家没人时，折回头来对陈文进说："我告诉你，你千万别乱说，要是被我家大人知道了，我会挨屁股的!"小男孩附耳对他说："李龙胜要讨蔡白雪做老婆，蔡白雪不乐意，在结婚当天晚上，蔡白雪就冒雨逃脱了。"

"蔡白雪逃哪儿了？你知道吗？"陈文进瞪大了眼睛。

"以后我就不知道了。"

"你知道潘枝在家吗？"

"听大人说，好像回四川娘家去了。"

辞别小男孩，陈文进迈着沉重的步子往回走。他虽没有见到白雪，但也了解到白雪相关的信息，白雪深夜逃婚，说明如今白雪还在深深爱着他。

他还要回家一趟，寻找他和白雪六年中，是否还有更多失落的信件，他回到青山县城，购买了回家的车票后，天色将晚，才赶到家里。

晚饭后，陈文进来到夏红红家，她爸爸不在，她母亲让他坐下，并询问红红为何没和他一块回来。

陈文进多长一个心眼，没有实话实说，只是借红红身体欠佳为由，博取红红母亲信任后，又借口红红让他带几本复习资料，晚上特地过来取的。

红红母亲一指里屋墙角下的废旧纸箱说，那里面除了有红红许多书籍外，还有许多村民们没有取走的信件，她不认识字，她让他自己去找。说完，一头扎进厨房洗刷去了。

陈文进迅速打开纸箱，一阵倒腾，就露出一大沓信件来。陈文进拿起一看，不由大吃一惊!细看几封，不免惊呆了。见所有信封上，都写有陈文进的名字，下面还有写信人是蔡白雪。陈文进几乎不敢相信自己的眼睛，然而，这铁的事实又不得不让他相信。他一气之下索性抱起纸箱，将纸箱倒腾个底朝天。当他看见满地撒落的信件时，他呆若木鸡，呆坐在身边的椅子上。

心乱如麻的陈文进取出一张报纸，把所有信件用报纸包起来，往腋下一挟，匆匆往家赶。

　　一路上，陈文进越想越气，越想越恼，越想越对夏红红厌恶至极。一晃六年过去了，没有想到，真的没有想到啊！他和白雪沟通的天桥，竟会坍塌在夏红红父女手上！

　　回到家里，陈文进避开母亲的一再质问，关上房门，打开信件，用心细读。睹物思人、鼓舞奋进、激励进取、被逼无奈、情与爱的对比和较量……都在信中向他一一倾诉。就这样，陈文进花了大半夜的时间，才将这一大摞信件看完。

　　陈文进看得泪如雨下，看得泣不成声。

第十九章　心生异变

两天假日里，陈文进突然感到成熟了许多，他没有向母亲透露夏家隐藏信件的事，也没有在母亲面前说出他对夏家的半句怨言。他将自己的那份心思隐忍在笑脸的背后，抚慰好母亲，又匆忙赶回学校去了。

到了学校一进宿舍大门，就有同学询问他假日的去向。有同学告诉他，这两天曾有一位女孩来找过他数次。

陈文进一面应酬着，一面将小包挂在床头的墙壁上。他拿出脸盆刚要去打水，迎面撞见夏红红。夏红红一见他，气就不打一处来，上来就问："陈文进，这两天你去哪儿了？害得我到处找也找不到，你究竟在干什么？"

陈文进没有回答她的话，只是在眼神里，流露出一丝藐视。

夏红红见他视而不理，仍步步紧逼道："陈文进，我在问你话！你快回答我！"

陈文进见她凶巴巴的样子，压了压火气说："你回吧，我累了，想休息一会！"

"你休想，别想戏弄我了！快说，这两天你和谁在一起？"

夏红红连珠炮似的质问，早把床上一直在贪睡的阿建给激怒了，他一骨碌从床上爬起，冲到夏红红面前大吼道："哪来的黄毛丫头？竟敢在男生宿舍撒野，快滚出去！"

阿建这突然发怒，把陈文进也吓了一跳。他赶紧以夏红红是自己表妹为由上前解了围。

阿建又爬回床上，狠狠瞪了夏红红一眼说："瞧她凶巴巴的样子，像你占了她多大便宜似的！"

陈文进转过身，很严肃地对夏红红说："你别管我假日去了哪儿，咱们晚上老地方见面。"说完他拿起脸盆打水去了。夏红红气得转身离开。

晚上，陈文进来到和夏红红往日谈情说爱的老地方，陈文进坐在椅子上低头不语，夏红红轻步来到他的身旁。陈文进腋下挟着那摞用报纸捆扎的信件，心里窝裹着一股怨气，坐在那儿静等着。

夏红红走近他，然后说道："陈文进，你快说，这两天你和谁在一起？"

"和一个同学。"

"这个同学是男的还是女的？"

"废话，和男生在一块有情调吗？"

"那你快说，这个女孩是谁？"

"还能有谁？当然是蔡白雪喽！"

夏红红一听火气更旺："陈文进，你啥时学会和我玩脑筋急转弯了？"

陈文进猛然站起，把腋下挟着的那摞信件朝地上狠狠一掷，说道："我不和你玩脑筋急转弯，我能得到这些你们不想让我得到的东西吗？"

陈文进这一怒，把夏红红也给吓了一跳。她抬头望了望陈文进，又低头看了看满地撒落的信件，她深知和陈文进相处多年，像今天这样暴怒，还是头一次见到过。她呆滞地看着满地撒落的信件，蹲下身好奇地捡起几封细看。她见信件，全是蔡白雪写给陈文进的，她知道这一封封书信又一次触动了陈文进内心的伤痛。她蹲下身来，又拿起几封细看，问："这些书信是从哪儿弄来的？这是怎么回事？"

"你问我，我问谁去？"陈文进眼里几乎要喷出火来。

"你从哪儿弄来的，你不清楚？"

"要问就问你自己！"

"问我？我怎么知道这些信件的来历？"夏红红仍不解地反驳道。

"要想人不知，除非己莫为。你以为你做的事非常隐秘，难道你还想让我当着你的面，揭穿你的阴谋不成？"

"我……我会有什么阴谋被你揭穿？"夏红红说着也大声吼道："陈文进，你说些什么，我听不懂！"

"好！你听不懂，那我就告诉你，这些信件，全是在你家废旧纸箱里给倒腾出来的！"

夏红红一愣，自知陈文进做事的原则，没有充分理由他是不会随意发怒的。夏红红不敢再想了，也不敢再猜疑了。她自知这些信件带来的后果，也知道这么多信件一定是她爸爸所为。她现在就是满身是嘴，也难说清了！

陈文进压了压火气说："红红，你知道吗？蔡白雪在我没有给她回一封信的情况下，仍然坚持给我写这么多封信。你能想象出她在这六年里，为我所受的苦吗？她为了我，被她姨妈逼得至今都活不见人，死不见尸！"陈文进说到这，似乎要把心中的怨言一口气发泄出来，愤然指责夏红红道："你就是拆散我和蔡白雪的罪魁祸首！是你阻断了我和蔡白雪六年的情感！是你将自己的幸福建立在别人痛苦之上！你能听懂我的话吗？你能理解我此刻的心情吗？"

夏红红气得嘴唇颤抖，声调高昂地说："陈文进，你在说什么？我听不懂!"

"好！你听不懂，那我再告诉你一遍。这些信全是我昨天晚上在你家的废旧纸箱里给倒腾出来的。这下你该听懂了吧？"

"难道昨天你回家了？"夏红红将信将疑地问。

"是的，你不信？"陈文进从兜里掏出两张火车票亮给她看："这就是我昨天回家的证据。"

夏红红望着陈文进手上的火车票，坐在陈文进身边的椅子上，哭了。哭了一阵过后，陈文进将情绪缓和些说："别再哭了！路走错可以回头再走。事做错了，再忏悔也没有用。"随着一阵沉默，陈文进又说："我是欠你们家的人情太多！可人情归人情，感情归感情，两者不能混为一谈呀！"

"别说了！你是人，我也是人。我们彼此都要尊重双方的感情。至于信件一事，我一概不知，等我回家问清楚之后，我会给你一个交代的！在事情没有问清之前，我再问你一句，我俩事情到底怎么办？"

陈文进深深地叹了一口气说："红红，说实话，我不能再辜负白雪了！也不能再让白雪对我失望！我想，我应该等她，一直等下去，否则，我一生都会感到不安的！"

听到陈文进对蔡白雪如此眷恋，夏红红气得转身走了。

斗转星移，四季变幻。邂逅一个人的情感，只需要三言两语；一场大戏的落幕，又将意味着另一个故事的诞生。

故事的主人公，名叫苏姗姗，她不但人长得漂亮，身材也很好看，修长的头发，宛若山梁上一道飞流的瀑布，一张净白的瓜子脸上镶着一双诱人的杏核眼。在同学们的眼里，她永远是高贵的公主。她爸爸是本市的老公安局长，母亲是国企纺织厂的一名技术员工，夫妻俩身边就这么一个宝贝女儿。

苏姗姗长得极像蔡白雪，尤其是那双又圆又亮的杏核眼，跟蔡白雪就如同孪生姐妹一样。

一个月前的一个下午放学后，陈文进误认她是蔡白雪，一直把她追到校外的操场上，后来发现是一场误会。一个月后的一天，当陈文进将这事早已抛至九霄云外时，他怎么也没料到，这位局长的大千金，居然拒绝了学校里其他男生对她的追求，硬是把欣赏的目光暗中锁定了陈文进。

一天中午放学，学生们都集中在学校食堂里排队打饭，有许多不守规矩的男生，侧着身子朝打饭窗口上挤，此时，整个食堂被搅扰得乱成一团。陈文进和众多学子们一道排列在队伍的后边，。这时从前面打饭窗口挤出一名女生来，只见她两手架过头顶，端着两份刚打好的饭菜，从人群中挤到陈文进面前，坦然地说："给，替你打的！"

陈文进先是一愣，当他扭头确定四周无人搭话时，他又回头问苏姗姗："给谁打的？"

"陈文进别看了，给你买的！"

苏姗姗把陈文进弄得一头雾水。他说："给我买的，你认识我吗？你是谁？"

"苏姗姗。如果我没记错的话，想必一个月前，就告诉你了！"

陈文进见苏姗姗坦然自若，接着又问："全校那么多学生，你因何要将午餐送给我？"

"因为我很欣赏你！"苏姗姗不慌不忙，脱口就出。

自陈文进和苏姗姗那次刻意的对白后，彼此有了初步了解，苏姗姗也了解到了陈文进的魅力和幽默。

陈文进依旧利用星期天晚上，在那座小公园里苦读深思。苏姗姗绕过栅栏走到他近前，陈文进忙问："你怎么来了？"

苏姗姗一笑说："许你在这儿纳凉，就不许我来这儿散步？"

"不，我不是那意思。"

"陈文进，这可不像你一贯的作风哟！"

陈文进浅浅一笑道："不好意思！那天中午……"

"哟！何时学会谦虚了？那天能得你赐教，已受益匪浅！"

陈文进面颊一红又说："那天的事。请勿再提！"

苏姗姗一笑说："你坐着，就让我站着和你说话？"

陈文进挪了身子让她坐下。苏姗姗瞄了他一眼，将目光投向寂寥的星空，自言自语道："心情愉快的时候，一个人就坐在这灯火下用心读书；心情郁闷的时候，就躲在公园深处数着天上的星星。"苏姗姗双手合十插在双膝间，摇晃着身子，显得十分惬意。

陈文进瞥她一眼问："看样子你大学毕业，想当一名心理学家喽？"

"心理学家嘛，倒不敢当。我倒想当一名为病人解除病痛的心理医生。"

陈文进说："听口气，你已把我纳入到你的病人范围喽？"

"作为一名心理医生，若想治愈一个病人，首先要对这个病人进行研究，才能对症下药最终治愈他。"

陈文进莞尔一笑说："你费尽心思想获取这男孩子的芳心，恐怕这男孩子要辜负你的期望了！"

"不会的！"苏姗姗胸有成竹。

"你敢肯定？"

"那是自然！"

"说来听听！"

苏姗姗昂起头，望着满天星辰又说："因为这个男孩子的情感心房，早就被一个女孩子烙下一道极深的伤痕。"

"何以见得？"

"通过这个男孩子遥望星空时，目光老是停留在一个位置上。"

"什么位置？"

"织女星的位置。"

"哦！你观察得很仔细哟！不愧是老公安的女儿！"陈文进为她竖起了大拇指。

"就通过我观察到的这一点，足以证明这个男孩子，曾被一个女孩子抛弃过！"

陈文进一笑道："判断错误。因为这个男孩子正在设法从天河的源头筑起一道能够衔接牛郎和织女的天桥。"

苏姗姗说："据我了解，你和夏红红在大一就分手了，是何原因，让你对她念念不忘的？"

陈文进长叹一声道："你只知其一，不知其二。"

"那其二又是什么呢？"苏姗姗瞪大眼睛问。

"其二就是我心目中的女孩，迟迟为我等了六年，如今她沦落到何处，我都难以知晓！"

"她叫蔡白雪！"

"你因何知道？"

"一个月前，你追我的时候，那多情的眼神，就已经告诉我了！"

这时，陈文进又联想起那次尴尬的一幕。他向苏姗姗一笑说："对不起！那天我真把你当成……不过，你一双眼睛长得也太像她了！"

"真的很像？"

"就如同孪生姐妹。"

"如今她下落不明，你就没设法去找她？"

"找了，没有找到！"

"那她去哪儿了呢？"苏姗姗再次盯着陈文进问。

"不知道。也许她已经走了很远，也许她就在天边吧？"

苏姗姗见陈文进依旧为蔡白雪痴迷，他俩面面相觑了很久，才各自走开。

很快大二课程结束了，又到放暑假的时候了。

陈文进收拾行李准备回家，苏姗姗径直朝他跑来，执意要送他一程。

两人走下公交车来到火车站。苏姗姗从兜里掏出一张火车票递给他说："假日里人多，难以购到当天的车票。昨天放学我抽空替你买了一张。"

陈文进见了十分惊讶，并要付钱给她，却被苏姗姗婉拒了。

他俩来到候车室，趁火车未到站闲聊了一会儿，直到陈文进走上火车的那一刻，苏姗姗再也抑制不住内心的冲动，冲向车窗前喊道："我等你下学期回来，我会设法帮你找到蔡白雪的！"

火车一声长鸣，刺耳的汽笛声，淹没了彼此的祝福，也隔开了送别的笑脸。这让陈文进再一次深深感受到，又有一颗纯真的心在为他跳跃，在为他燃烧……

第二十章　亲情无限

　　火车在乡村田野间行驶了两个多小时，抵达了绿水市火车站。

　　陈文进随着人流走下火车，准备顺便去他姐姐家看看。来到市内公交站台前，望着一排排不同线路的客车，他感到一筹莫展。

　　于是，他向售票员咨询一番后，便坐上开往市政府方向的车子。公交车在繁华公路上行驶一阵，在市政府大院前停下。陈文进走下车，他望着面前一座市政府办公大楼，壮着胆子走上前与一位站岗武警打招呼。当武警得知他和刘明辉的关系后，立刻钻进门岗室，拨通内部电话，片刻就有一辆黑色轿车驶出大院，开到陈文进身边，司机让陈文进上车，随即将轿车开向公路。

　　陈文进坐在舒适的轿车里，望着车内漂亮的装饰，心里有些陶醉的感觉。

　　这时司机小王告诉陈文进，刘书记很忙，抽不出时间来接他。刘书记让他开车先把陈文进送回家，等晚上下班后，他们才有时间见面。

　　轿车很快开到刘明辉的小区楼下。陈文进一下车，就被陈兰兰一把拉住说："弟弟，你多次路过市里，早就该来姐姐家了！为何今日才来？"

陈文进望着姐姐眼圈一红，泪水差点滑落下来。他声音嘶哑着说："大学里学习紧张，平时难以抽出时间，只有趁假日……"陈文进嗓子一哽，再也说不出话来。

就这样失散二十多年的亲姐弟，在此得到重逢，那浓浓的亲情，就如同阳光下的冰雪，彻底融化了。

吃过午饭，陈兰兰将弟弟领回家。陈文进见他们家房子如此漂亮，说："姐姐，你们家好大哟！"

陈兰兰替他倒杯水说："如今正值改革开放，眼下市里又全方位对外招商引资。听你姐夫说，不久前有两位外商，看中了咱市的绿水湖，说要来搞投资开发呢！没准哪一天外商随你姐夫来家做客，让外国人看到咱家寒酸的样子，一定会说，中国一个市委书记的家庭，糟糕得一塌糊涂。你说，那咱不把脸都丢外国去了吗？"

陈文进说："姐姐，你真幽默。"

"姐姐再幽默，还不是文盲一个！小时候姐姐若能读上书，成绩一定不比你差，也能考个名牌大学。"

陈文进听姐姐为当年失学道出怨言，只能为当年家境贫困痛心疾首。一阵沉默过后，陈文进又问："姐夫不是市长吗？现在怎么是书记啦？"

陈兰兰自豪地说："打你姐夫上任以来，工作成绩显著。去年为农村电网改造和老城区街道开发等做了不少贡献。尤其是反腐败，查出一批教育系统的官员贪污受贿案，还挽救一名因落榜走向绝境的女孩呢！"她向陈文进凑了凑又说："我们绿水市中学有一些老师太没道德！把穷人家孩子考取大学的名额任意调包。你说这人可恶不可恶！"

"能有这事？"陈文进问。

"有！咱们绿水市就有一位女孩，成绩特好。就因家里太穷，没给经办人送礼，被几人连起手来，硬是将试卷换给别人，导致这个女孩深夜自寻短见。你说这事可怕不可怕？你姐夫也说了，等你大学毕业，立马将你调到市重点中学教书。这样咱姐弟俩可以在一地相互有照应；这不，又因老书记退居二线，这书记位置，自然就落在你姐夫身上喽！"

听完刚才姐姐说过一位落榜女孩深夜自寻短见的事之后，陈文进立马把白雪深夜出逃联想在了一起。于是忙插嘴问："姐姐，你知道自寻短见那个女孩是哪儿人？叫什么名字吗？"

"就是本地人，叫什么名字，我记不起来了。不过我知道这女孩是个孤儿。"

陈文进背靠沙发，但一举一动，还是没能逃脱陈兰兰敏锐的目光。她问："说说和红红的关系吧？你们都成大小伙、大姑娘了，时间不允许再拖下去了啊！"

"还好吧！"陈文进伸了个懒腰说。

"这话说得可含糊不清！你和红红都谈了好几年的恋爱了，我回几趟家，母亲都将你俩事情告诉我了。红红把心都掏给你了，你可不能辜负人家。你若敢辜负她，我可不答应！""你可不能被这花花世界冲昏头脑！我就你这么一个弟弟，等你大学一毕业，我立马回家为你操办婚事。"

晚上，刘明辉下班回家和陈文进见面："今天真可谓是双喜临门啊！"

陈兰兰用心地擀着面皮，不时用眼瞟他一下说："看你今天高兴的，晚上包饺子慰劳你，快说，哪两件喜事？"

"第一，就是你们亲姐弟分别二十多年，今日得到重逢，算不算一喜？"

陈兰兰说："那当然算一喜了！第二喜呢？"

"第二喜嘛，也是最重要的一喜。"刘明辉端起茶水呷了一口。然后激情振奋地说："这第二喜，就是我们绿水市委，对外打出的招商项目，被两个外商看中了！不久即可签约，你说，这算不算大喜呀？"

陈兰兰放下擀面杖，拍手称快说："是大喜！这可是我们绿水市的第一件大喜事呢！"

接着刘明辉又说："我坚信，有我们绿水市委一班人不懈努力，不久我们市的绿水湖，定能成为周边市区一大旅游景点！"

接着刘明辉询问了陈文进上大学的情况，又问了他和红红的恋情，陈文进轻描淡写地做了回应。

次日天刚亮，刘明辉和陈兰兰就起了床。他们将事先为母亲购买的大一包、小一包的营养品，硬是往陈文进旅行包里塞。陈兰兰说："母亲年龄大了，整天还在地里忙碌农活，风里来雨里去，需要补充营养！"

"姐！现在和过去不一样了！粮食收得一年吃不完，还有余粮卖，生活好多了！"

"再好也比不上咱城里人。等明年你大学毕业了，工作安排妥当了，就将俺妈接过来。也好让俺妈在有生之年，多享几天清福。"陈兰兰把装好的包袱，让弟弟背上，她一直把陈文进送上开往凤凰县城的长途客车上，才放心回家。

在四十多天的暑假生活中，对于别的学生来说，是无比快乐的，而对陈文进来说，除了复习功课，偶尔有张垒来陪他聊天外，多半时间里，他都是沉浸在寂寞中不能自拔。他很想知道，他深爱的白雪在哪里，他怎样才能去寻觅她的踪迹呢？

一天上午，陈文进因母亲吩咐他上街买菜，在沿街行走时，他发现前面人流中，有一个熟悉的身影在晃动，他走近一看，是夏红红，身边还跟着一个叫不上名字的男生。这时陈文进身影也进入夏红红视线里。走近后彼此问了好，夏红红很大方地向陈文进介绍了她身边的男友叫沈括，如今他们已订了婚。陈文进听了之后突然记起，那次在红红家醉酒时，他们曾经见过面。

于是两人握了手，陈文进说了一番恭喜的话，陈文进望着他们离去的身影，他心里纵然也荡起一股肆意放飞的激情。他想，他和白雪中断七年，夏红红苦苦追随他六年，如今夏红红都已订了婚，而他对白雪的思念固然形同如初，也不能终日沉沦在如痴如醉的梦幻中呀！一阵苦思冥想过后，陈文进决定从困惑中走出来。

第二十一章　别有滋味

辞别了灼热的盛夏，金秋悄悄地走来。

星期六的晚上，陈文进和几位关系甚密的同学一道，聚集在教室里轮流扮演老师和学生上课，演练了大半夜，才困倦地回宿舍休息。

次日上午，陈文进起床后没有再去睡回笼觉，而是拿些零钱，想去校外的小卖部上买点吃的。他刚绕过宿舍院墙，忽听身后有人喊他。他回头望去，见是苏姗姗在不远处唤他。开学以来，由于大三教室作了调整，他和苏姗姗见面的机会少了很多。虽然偶尔他们也能见上一面，但根本就没有深聊的机会。最近一次见面时，苏姗姗曾向他索要过蔡白雪的照片，还咨询过蔡白雪走失时的详情。由于他手上没有蔡白雪照片，他就将蔡白雪走失时的情况简略向她作了陈述。之后，陈文进问她为何要索取蔡白雪资料时，苏姗姗只是浅浅一笑说，是想看看自己和蔡白雪长得是否真的一样。

陈文进见苏姗姗神秘地向他走来，迎上前问："你们这些城里的小姐，一到星期天就回家去了，为何不在家陪伴父母，又急于赶赴学校来了？"

苏姗姗走到陈文进近前，将身后背着的双手朝陈文进眼前一展，一张日报"唰"地一下亮在他的面前。

陈文进仔细一看，不由得惊呆了！报纸的寻人启事一栏里，清晰地登着"寻找走失女友蔡白雪"。

陈文进看完寻人启事，激动地一把握住苏姗姗的手，激动地说："谢谢！谢谢你了！"

苏姗姗也被陈文进这一举动给弄得一脸窘相，说："没有什么！只是尽点绵薄之力。"

他俩走出校园，漫步在马路边的人行道上。

苏姗姗将话题又转入正轨说："我可是替别人当了红娘，也是给自己情感掘下了坟墓！"此刻她声音变得有些低沉、嘶哑。

陈文进安慰她说："对不起！请原谅我的自私。在我这一生中，我就想着能和白雪结婚。"

陈文进突然灵机一动，说："姗姗，为了弥补我欠你的人情，我请你吃饭好不好？"苏姗姗一听陈文进要请她吃饭，立马就说："真要请我吃饭？""为弥补你的人情，我想请你吃饭才是最好的回报方式。"

他用手一指对面一家小饭馆说："咱俩过去炒两个小菜，边吃，边聊。"

当他俩走到小饭馆门前时，苏姗姗猛一回头说："请我吃饭，就在这不起眼的小饭馆里，也太没诚意了！"

"你想去哪儿吃？"陈文进一脸错愕。

苏姗姗一本正经地说："陈文进，既然你请客，也该有客人的选择吧？走，今天中午，咱们就进大饭店里吃，把你兜里的钱掏光，不够我补上。"说着，硬是将陈文进拽进大饭店里。

在雅座坐下后，苏姗姗故意问陈文进："今天你做东，我点菜，行吗？"

"你随意！"陈文进说。

苏姗姗接过服务生递来的菜谱，在上面画了两下递回去。这时苏姗姗就像一个坏孩子，享受捉弄他人得逞后的兴奋。她两手托着下巴，两肘支着桌面，盯着陈文进一个劲地乐。

"别乐了！看来还礼不成，又要多欠一份人情了！"

苏姗姗一乐说："对，你说的没错，我就是要让你欠我的！"

苏姗姗向服务生要了瓶啤酒，替陈文进满上一杯，也给自己满上一杯，然后端起酒杯一饮而尽，她放下杯子说："喝呀？傻愣着干吗？你早上不是没吃饭吗？今天你做东，哪有客人央求东家吃饭的道理？"苏姗姗说着，伸手又把面前一杯酒喝干，陈文进见苏姗姗借酒消愁，猛地站起身，夺下苏姗姗手里的酒瓶，来了个嘴对嘴，长流水，一口气把酒瓶喝了个底朝天。苏姗姗又要让服务生上酒，却被陈文进制止住了。苏姗姗望着陈文进制止她再喝，她知道陈文进是在为她情绪失控努力作缓解，同时也感到陈文进带着一种温情、一种关爱，向她袭来。

就这样，两人连一口饭都没吃，草草地收了场。苏姗姗掏出一张五十元的钞票付了饭钱。他俩走出饭店，苏姗姗上了回家方向的公交车，她在登上公交车的那一刻，仍向陈文进喊道："我等着你找到蔡白雪的好消息！"

望着公交车远去的影子，陈文进感到一阵心痛。

时间一天天地过去，白雪音讯全无。这时陈文进感到害怕，让他整个人如同坠入深谷一般。他自知他和白雪的情感，已经走到极度渺茫的境地，找寻到白雪的强烈念头，随着时间的推移而慢慢淡化，直到崩溃。

在刊登寻人启事后的几个月里，陈文进晚上睡觉经常做噩梦，梦见白雪蓬头垢面，站在他的面前向他喊冤叫屈。由于精神得不到安宁，再加上功课的繁重，促使陈文进的身体日渐消瘦，食欲也削减许多。

苏姗姗见陈文进身体一天天垮下来，她感到不安，利用星期天带他去看了心理医生。经心理医生诊断，病人的心理一切正常，需要家人呵护。苏姗姗为解除陈文进的心理障碍，没少花时间陪护他，开导他。经过苏姗姗不懈努力，陈文进的病情得到了好转。他俩感情也日渐升温，似乎"一日不见，如隔三秋"。

三年的师范生活已接近尾声，处于热恋中的陈文进和苏姗姗，又怎能不珍惜这样的时刻呢？毕业前夕，功课显然比以往少了许多。晚饭后的学子们，都纷纷来到繁华市区，看夜景，倾听那里的靡靡之音，观赏那里的灯红酒绿。

陈文进和苏姗姗随着蜂拥的人流也来到这里，陈文进在水果摊上买了几个水果，他俩一边吃一边聊，苏姗姗问："你大学毕业真要回去教书？"

"回绿水市教书，我要把根扎在那里。"陈文进毫不犹豫地说。

"我可不想去当孩子王，太俗气了！"

"教书育人，为国家培养人才，有什么不好？"

"你决定了？"苏姗姗盯着他问。

"我姐夫早在绿水市重点中学，把我工作安排妥了！"

"你姐夫是谁？"苏姗姗瞪大眼睛问。

陈文进就把刘明辉三年前从部队调到绿水市当市长的事说了。苏姗姗惊诧地说："真没看出，你还有这么大的底牌。""这算什么底牌，他是我亲姐夫呢？"

陈文进明白苏姗姗的心境，基于他俩近几个月的亲密接触，他俩已抛开以往的顾虑，已是相伴如宾了。

苏姗姗依偎在陈文进身旁，陈文进用他那宽厚的臂膀袒护着她，他俩面面相觑，顷刻间，两颗心犹如两股难以分歧的激流，绕过重重叠嶂，再一次亲密地汇聚在了一起。这一刻他俩真的相爱了！他俩紧紧地拥抱在一起，尽情地享受着因爱情带来的幸福甜蜜。

打那以后，陈文进和苏姗姗的感情日益加深。学校旁边的那所小公园，陈文进和夏红红以往约会的老场所，如今又变成了陈文进和苏姗姗第二个热恋的地方。

随着时间的推移，很快迎来了毕业的倒计时。一天上午，苏姗姗来找陈文进，一见面就告诉他，据她从人事部门了解到的信息，国家对这批大学生非常重视。她问陈文进毕业究竟有何打算，陈文进二话不说，仍坚持回绿水市任教。苏姗姗埋怨他说："你目光也太短浅！你就不能让你姐夫把你放在机关单位里上班吗？"

陈文进苦笑说："我也想啊，可胳膊拧不过大腿嘛！"

"我可不想跟你去教书！我爸早就将我安置在市法院工作了！"

"那太好了！恭喜你梦想成真呀！"

"好倒是好！可我们婚后注定要分居生活了！"

"哎哟，我的大小姐，你怎么聪明一世，又糊涂一时了！咱就不能把你调到绿水市法院上班吗？

陈文进迟疑片刻又说："现在学校过半的学生都在等着分配。像我们这些提前有单位接收的人，我想还是提前回去，看看工作安排得如何。"

"你就这么走了，临行前就没想把该做的事做做？我们相处也有一年多了！有许多了解内情的同学，都在我父母面前夸奖过你。你总不能让我父母，只闻其名，不见其人吧？"

陈文进对苏姗姗的正当要求，没有回绝，便爽快地答应一块去见她父母。他们从街上买了些礼品，坐上开往去苏姗姗家方向的公交车，很快来到她家，姗姗母亲热情地接待了他。

下午姗姗母女俩，又带陈文进逛了几家服装店，以新女婿初次见面的方式，精心为陈文进挑选了一套价格昂贵的西服。当他们三人离开服装店，走到一家首饰店门前时，苏姗姗故意把陈文进拉到一边问："这家首饰店是全市最大的一家，也是品种款式最多的一家，我何时能戴上你为我购买的订婚戒指啊？"

陈文进淡然一笑说："等我走到工作岗位，我要用自己挣来的第一份工资，给你买！"

苏姗姗望着陈文进一脸憨厚，她没有向他强求什么，只是涩涩地一笑。这一笑虽然接受了陈文进爱情上的真切感，但在真切的背后，似乎还缺少一些浪漫、一些激情。

次日一早，苏姗姗就赶到学校对陈文进说：她已得到父母允许，今天是专程来陪他去绿水市看望他工作单位的，顺便也想认识一下她未来的大姑和大姑夫，陈文进答应了她的要求

"他们对我就那么放心？"

"我妈妈对你是一百个放心，爸爸早已给我下了命令，令我今晚务必要赶回家里。"

"若是赶不回家呢？"

"那自然另当别论喽！"

"好吧！咱们这就收拾行李赶紧走。"他俩经过一番忙活后，陈文进背上一个大行囊，由苏姗姗陪着，告别了省城，告别了老师，告别了同学，也告别了三年朝夕相处的大学校园，返回绿水市的人潮中。

第二十二章　孤鸿相遇

　　苏姗姗和陈文进坐在车窗前，观望起农家的田园风光，欣赏着祖国的大好山河。

　　这一刻，他俩脸上都洋溢着因爱情带来的幸福甜蜜。陈文进望着苏姗姗，那宛如桃花般的脸蛋，小声说："你今天显得格外漂亮！"

　　"你不是在我身上找到蔡白雪的影子了吧？"

　　"怎么会？"

　　"我俩的缘分，不就是因你误认我是白雪那一刻开始的嘛！"

　　陈文进没有回答她的话，只是看着她那双会说话的眼睛。

　　随着火车一声长鸣进了站，陈文进和苏姗姗也伴着蜂拥的人流走下火车，就在他俩走出车站没几步的时候，一个女孩从他俩身后走来，肩挎小包，步伐显得十分轻快，一头秀发也在肩头随风飘逸着。当女孩与陈文进擦肩而过时，将头一扭，目光正与陈文进的目光相碰撞，就在他俩目光相碰撞的一刹那，陈文进突然意识到，这个女孩好面熟，长得极像苏姗姗。这会他突然想，难道这个女孩是蔡白雪？也就在陈文进一愣神的工夫，那女孩已向前走出数步。陈文进顾不及多想，将肩上的背包朝身后的苏姗姗怀里一扔，慌忙去追那女孩。就在陈文进转身去追那女孩的时候，从侧面人群中，猛地蹿出一个男生来，陈文进来不及躲闪，一下子被那男生撞倒在地。当陈文进恼羞成怒地从地上爬起来，转过身来再去寻找那女孩，那女孩已淹没在人流中，不见了。

陈文进呆呆地站在原地，想着刚才发生的事情，让他不敢想象，这一幕来得竟然那么快，简直叫人措手不及。

苏姗姗拖着沉重的包裹撵上来问："陈文进，你搞什么名堂？"

陈文进语无伦次："我——我看见了！"

"你——你看见什么了？"

"我——我看见一个女孩"，陈文进喘着粗气说，"和你长得一模一样的女孩！"

"和我长得一模一样？你不是看花眼了吧？莫名其妙！"

陈文进听着苏姗姗对他无端责备，他知道自己说漏了嘴。忙又替自己打掩护说："也许就是我看花眼了吧！"他接过苏姗姗递来的包袱，又重新背在身上，径直朝公交站台走去。

他俩上了公交车，陈文进脑子里仍在回忆着刚才发生的一幕：熟悉的眼神和笑脸，他不敢确认在这个世界上只有苏姗姗和蔡白雪长得相似，没准还有他人，或许是苏姗姗的影子，映入他脑海里产生的幻觉，他不敢相信眼前这一幕，可他还是对这人是白雪抱有强烈的希望。

公交车开到陈兰兰家居住的新区，他俩来到陈兰兰家门前，叫开门后陈兰兰见弟弟身边站着一位大姑娘，尤为惊喜。她让两人进屋坐下，问："怎么，大学毕业了？"当陈兰兰得知苏姗姗是弟弟在大学谈的女友时，更是亲切地对苏姗姗说："我这个弟弟，就会和我玩捉迷藏！这么大的事儿，也不提前告诉我一声，害得我半天都不知将话从何说起！"

"姐，咱们不是一家人嘛！还有什么礼节之分！"苏姗姗客气地说。

"嗯，还是弟弟有眼光，为我挑了这么漂亮懂事的弟媳！"接着陈兰兰又提醒陈文进说："这回你可要对姗姗好！否则姐姐对你不客气。"

陈兰兰话音未落，从卧室传来一阵急促的电话铃声。陈兰兰回卧室接电话，就听她在电话里连连称好说："太好了！中午我多做几道菜，留她在家里吃饭就是。"于是陈兰兰放下听筒，来到客厅里安顿好陈文进，便下楼去接人。

陈文进和苏姗姗坐在客厅里一边喝茶，一边欣赏墙上挂着的风景画。楼下传来轿车的汽笛声，稍后有人敲门。陈文进知道，这是姐姐下楼接人回来了。他忙起身去拉房门，当他拉开房门一眼看见随姐姐进来的这位女孩时，竟不由得愣住了！这不是车站前遇到的那位女孩吗？也就在陈文进盯着这女孩细看时，他也看见这女孩在盯着他细看。就在两人目光相遇的一刹那，他俩几乎都认出了对方："你是白雪？"

"你是文进哥？

熟悉的声音，熟悉的眼神，熟悉的面孔，在这一刻，让他俩同时都找到了相同的记忆。还未等陈文进缓过神来，白雪已失声叫道："文进哥，是你吗？"

此情此景，陈文进再也按捺不住相思已久的激情，不顾一切冲上前，紧紧握住白雪的双手。也就在四只手紧握着的同时，又不约而同松开，张开双臂，紧紧地抱在了一起。在这一刻，他俩的心情都是一样的，八年的分离，八年的相思，再一次得到重逢，那是无比兴奋的。

白雪紧紧搂住陈文进的脖子，在句句问候声中，泪如雨下。晶莹的泪花，也宛若五月盛开的槐花，串串洒落在陈文进肩头。昔日的离别之苦，一时间汇聚成一股暖暖的激流，堵塞住他俩的咽喉，让他俩发不出半句音符来。

苏姗姗站在那儿，眼睁睁看着陈文进移情别恋，这让她有种无奈。

陈兰兰也感到不对劲了，为这一场面错愕地失声叫道："啊！你俩认识？"她盯着白雪看了看，又盯着姗姗瞧了瞧，心想，这两个女孩子除了发型服饰不同以外，脸形长得一模一样。也就在陈兰兰为她俩看得出神时，苏姗姗转身冲出门去，随着高跟鞋敲击楼梯发出"咚咚咚"的响声渐渐远离，她也消失在公路上卷起的尘烟里。

苏姗姗突然离开，惊动了陈文进和白雪缠绵的拥抱。当陈文进转过脸去寻找苏姗姗时，陈兰兰急忙跟随姗姗撵出门去。陈文进回头望着白雪，这会他才真正意识到，他和苏姗姗的这段情缘，已是空中绽放的烟火，瞬间消失了。

陈文进不知道此次对苏姗姗的打击会让她变得怎样，但他知道，此时他即便有一千个理由，一万张嘴，也难以抚慰苏姗姗那颗受了伤的心，陈文进面对白雪又能说些什么呢？

白雪说道："文进哥，我在车站前遇见的那个人是你吗？"

陈文进点点头。

"这个女孩，就是尾随你身后的那个女孩吗？"

"车站前你都见到了？"

白雪轻叹一声说："刚下火车的时候，我就在你俩的对话中发现了你，当时还以为我产生了幻觉，当我撵上去看清真的是你的那一刻，我几乎不敢相信自己的眼睛。为了不给你感情带来波折，我只好选择了回避。

陈文进听完白雪的述说，让他又想起他俩八年没见了，促使他一双深情的眸子，盯着白雪细看。他见她那双多情的眼睛，依然是那么清澈透明，那张白里透红的瓜子脸儿，仍旧楚楚动人。八年独立生活的她，似沉淀了稳重如山的一面，又好像造就一个女孩家应有的精明与强干。他知道白雪长大了，可在她长大成熟的背后，又有谁能够了解她，一个女孩家曾为一个"情"字，所承受的酸甜苦辣呢？

两人心灵深处有了浓浓爱意，经过了八年的生死离别，终于又换来今天美好的重逢。

这时刘明辉和陈兰兰敲门而入，陈兰兰一进屋就指责陈文进："弟弟，你是在玩多情恋吗？当着姗姗的面竟敢拥抱白雪！是否天底下漂亮女孩都与你有瓜葛？苏姗姗下楼一句话都没说搭车就走了！你这人真不可理喻！"

陈兰兰一席话，让陈文进也感到一阵委屈："姐，你说什么？还没容我解释，你就……"

"有什么好解释的？你要执意玩爱情游戏，以后你的事，我不管了！"

"姐，你责怪我，我还要责怪你呢！"

"我有什么好责怪的？"

陈文进一指白雪问："你知道她是谁吗？"

"知道！蔡白雪啊。"

"对，她是叫蔡白雪，我再问你，你们认识多久了？"

"还是三年前认识的！"

"对啊！三年前你们就认识了，为何不及早告诉我？你知道这一耽搁就是三年，你能理解我这三年的相思之苦吗？我和苏姗姗的感情不仅仅是她俩长得相似，更重要的是我欠姗姗的感情太多了！通过一年多的相处，我们彼此相爱了！去年放暑假我来你这里，你若将真相告诉我，也不至于我走了这么多的弯路。"

陈兰兰也感觉有说不出的委屈："当时我也不清楚你们认识啊！就是现在，我也不清楚你俩是同学，还是朋友啊？"

就在陈文进与陈兰兰的对话中，白雪也听懂了其中缘由。这会她才如梦方醒，三年前拯救她于痛苦深渊，又一直和罗书记帮她完成大学学业的救命恩人，竟然是文进的姐姐和姐夫！此时此刻，面对此情此景，白雪真如同一个浪迹天涯的游子，又重新回到温暖的家。她上前抱住陈兰兰，深情地唤道："兰兰姐！"就这样两位曾经遭受过生活磨难的异姓姐妹，拥抱在一起……

一阵忧伤过后，陈兰兰止住哭声说："记得，那年是在一个早春二月，人们吃过晚饭刚刚睡下，我就被一阵婴儿啼哭声惊醒。那晚空中还飘着零星雪花。稍后，就听有人敲门喊，让母亲起来帮忙，说是潘婶子生下龙凤胎，流血不止，快不行了，当时我也穿衣跟随母亲去看了婶子。我见婶子躺在血泊中奄奄一息，当时就吓得哭了起来！"

刘明辉打断两人对话说："这就叫'有缘千里来相会，无缘对面不相逢'，好了，话已到此，过去的事就让它过去了"。

一直在里屋做功课的小刘强，忽然推开门喊："妈妈，我饿了！你们何时才烧饭呀？"

小刘强甜甜的一声呼唤，把几个人从记忆中拉回。陈兰兰擦了把脸上的泪水说："对，今天是你舅和你白雪阿姨的重逢大喜之日，我们多做几道菜，大家坐下来喝上两盅，庆贺庆贺！"接着她系上围裙，又让白雪下厨房帮忙打打下手。不一会儿工夫，一家人便围坐在桌子上，面对丰盛的午餐，和和美美地喝起了团圆酒，吃起了团圆饭。陈兰兰将桌子上的菜，往白雪碗里夹："弟弟、妹妹，你们吃，千万别客气！"

大家甜甜蜜蜜地吃过午饭，白雪将三年前她被送到东部一座发达城市读书的事，向他们叙述了一遍。

原来，白雪被小王开车送到那所名叫"蓝慰"的师范大学，经校方接收之后就开始上学了，大学三年的所有学费，全部由绿水市政府承担。

习惯于苦读的白雪，在学习中对自己千般约束、万般苛求，决心在"蓝慰"这所师范大学里，拿出最好的成绩，来回报曾经关心过她、帮助过她的人们，不辜负绿水市委对她的一片厚望。

随着国家全方位对外扩大开放，东部地区已逐渐走向富裕。

但中西部绝大部分农村，还处于贫困状态，"蓝慰"师范大学，按照上级文件，公开在全校里发表了"走向西部，发展西部，誓为西部教育做贡献"为标题的宣传。内容大致是：我国西部教育人才十分缺乏，急需一批大学生自愿报名去西部任教，那里生活条件差，气候十分恶劣，工资待遇相对要高于东部地区。但去西部的意愿国家不强求，需本人自愿报名前往。为了免去志愿者的后顾之忧，有以下待遇：凡自愿报名前往者，经书面申请后，可携带自己的伴侣一道前往……

这一消息在全校发布后，白雪很快知道了。她经过一番深思熟虑，决定带陈文进去西部任教，远离家乡，远离绿水，远离曾经养育过她，又给她带来诸多创伤的地方。

回到宿舍，白雪连夜写了一份去西部任教的申请书。写完申请书，白雪次日就把申请书递交到校长办公室。校长仔细看完蔡白雪递交的申请书，上下打量一番她说："蔡白雪同学，我了解你第二次重返校园的经历，同时也理解你此时的心情。你要知道，西部生活条件很差，很艰苦，你可要慎重考虑哟！"

面对校长的一番好意，白雪没有动摇去西部任教的决心，并坚定地向校长表示，愿意服从学校的分配。校长见白雪去西部任教的决心已定，最后又鼓励她说："现在校党委为此又作出新的决定：凡是申请去西部任教的大学生，在校成绩一直优秀者，在没有动身之前，可以考虑申请入党问题，像你这样成绩优秀、信心坚定又率先报名者，在西行之前，是我们考虑的对象啊！"

接下来白雪又写了一份入党申请书。

蔡白雪这一举措，让她成为志愿者的典型人物，轰动一时。

放学后，白雪和两位相好的姐妹，一块闲聊，余琳琳好奇地问："白雪姐，你是不是有男朋友啊？"

白雪脸一红说："别瞎猜，哪有的事！"

"别欺骗我了！我可经常看侦探小说，你刚才脸一红，我就知道八九不离十了。"

何琼也感到白雪有些不对劲，于是，两人合伙逼迫白雪把事情说出来。最终白雪没能逃过两人的威逼，便将自己和陈文进的爱情故事，从头到尾全盘托出。

两个女孩子听得目瞪口呆，余琳琳对白雪这一做法抱有不同观点。她说："你这样做不感到对他付出的太多了吗？这样做值得吗？"说完，她俩都将目光落在白雪身上。

白雪只是莞尔一笑说："至于值不值，我倒没想过。心里总是有一种力量在支撑着我，那就是能把握住这次机会，把他带在身边，即便日子过得苦一些，我也感觉幸福！"

"可你俩都分别八年了，你对他现状又不了解，他若在家娶妻生子了，你怎么办？"

"这一点我也想过，他若真成家立业了，我就一个人去西部。算我这一生，无怨无悔地奉献一次！也算我对这个社会的真诚回报吧！"

大学很快毕业了。校党委把白雪和其他几名男生安排在一起，一同填写了去西部助教的志愿书，并宣誓了入党誓言。

放假前夕，白雪在校方未下达通知之前和领导商定，她先回乡下和男友商量并做好去西部的准备事宜，顺便前往绿水市看望一下罗书记和刘明辉一家人。于是，白雪乘坐上途经绿水市的火车，离开那座美丽的城市，离开那所赋予她许多知识的蓝慰师范大学。

刘明辉和陈兰兰听完白雪叙述她要去西部支教的想法后都保持了长时间的沉默，陈兰兰最后说："不行，不能让白雪去西部！"

陈文进也用期盼的目光看着刘明辉，半晌没能做出反应。

陈兰兰又说："他俩分别八年，这才刚刚见面，又要分开，不残酷吗？"

一直坐在沙发上的刘明辉眉头紧锁，对此事没作任何反应。

他沉思多时，抬头观察一下几人的情绪说："就让他俩一块到西部去吧！"

陈兰兰立马阻拦说："不行，弟弟不能去，白雪也不能去。"

刘明辉将话题移开说："现在不要研究白雪去不去西部，眼下考虑的是他俩婚事应该如何办？"

"眼下不把他俩工作安排在一块，结了婚，再让他俩做牛郎织女吗？"陈兰兰仍坚持自己的想法。

最终刘明辉打破僵局说："眼下只有两条路，要么，让他俩一块去西部；要么，只有天各一方。就白雪肩上'共产党员'这四个字，就不允许她临阵退缩。我也不能因白雪是我亲戚，就给校方打电话让她不要去西部任教啊！"

其实他们心里都明白，就白雪身上"共产党员"这四个字，就足以让她担负起去西部任教的重任。

最后刘明辉又说："唯一希望，也只有让白雪先去西部，日后再从长计议，两条路你们如何走，好好考虑，选择一条吧！"

陈文进和白雪相互看了看，他俩走出房间，漫步在人行道上。

他俩来到一座小公园里，在一处假山的背后，借助暮色降临，两颗深爱的火种终于被点燃了，他俩热烈地拥抱在一起，这种发自内心的感情，不是周围环境能够阻碍的！他俩在这一刻，仿佛又回到童年时代，又回到八年前分别时的那个夜晚……

白雪轻推下陈文进说："瞧！来这么多纳凉的老人！"

陈文进背靠假山，两手交叉在脑后，打了个"嗨"声说："但愿今天的他们，能充当我们明天的掠影吧！"

"文进哥，姗姗跑出门那一刻，你为何不追呀？"

"她愿来，又愿走，我即便留她，也未必留得住她！"

"那人家大老远从省城跟你来了，走时连一句道别话都没有，岂不太绝情？"

"把她留下，你怎么办？"

"我可以把你让给她呀！"

"别逗了！反正有你在，任何女孩都占据不了我的心房。"

白雪甜甜一笑说："你虽然言辞凿凿，也难以掩饰你内心的不安。"

"有什么不安的？我是爱苏姗姗，苏姗姗也爱我。那只是因你失踪时而导致的幻觉！今生今世，我欠苏姗姗的感情，再也还不清了！"

"是缺憾？还是亏欠？"白雪笑着问。

"人这一生，不就是有许多亏欠和缺憾垒起来的嘛！"稍后，他又问白雪："你看苏姗姗长得像不像你？"

白雪迟疑片刻说："我看有些像！"

"不是有些像，而是极像！"

"那说明你爱姗姗爱得太深刻。"

"恰恰相反，正是因你的影子，在我脑海里难以磨灭，才把她当成你的化身。"

白雪甜甜一笑问："是真的吗？"

"骗你，骗你是小狗。"

"不骗，不骗也是啊！"说完，白雪又一次投进了陈文进的怀里。

"文进哥，我们结婚吧！我怕我再失去你！我们不能再分开了！"

"我答应你，咱们这就结婚，明天就开始筹办婚事。"

就这样一对青梅竹马的恋人，尽情地沉浸在因爱情带来的幸福甜蜜里。

陈文进和白雪没有返回姐姐家里，而是来到马路对面的一家小旅馆里，要个单间安歇下来。

次日清晨，一束光环破窗而入，唤醒了熟睡的白雪，她抬头望了望窗外，又看了看酣睡的陈文进，将脸贴在他的耳边，小声唤道："文进哥，快醒醒！"

陈文进慢慢睁开双眼，望着白雪满脸春色，恰似桃花沾水般的笑容，不由得挥起双臂，又一次将她拥在怀里。白雪轻推一下他说："该回家吃饭了，回去晚了，姐姐和姐夫会担心的！"接着他俩退了房间，朝陈兰兰家走去。

第二十三章　琴瑟和鸣

　　陈文进和蔡白雪回到陈兰兰家，吃过早饭，陈兰兰把昨天刘明辉给绿水市重点中学打电话，让校长安排宿舍一事向他俩说了。还说刘明辉上班前问他俩去西部考虑得如何，让他俩要尽快做出决定，给"蓝蔚"校方一个明确答复。

　　陈兰兰话音一落，陈文进就表态："姐姐，我和白雪已商量好，一块去西部。"

　　白雪却十分严肃地说："不可以，你不能去西部。"

　　陈文进惊讶地问："昨天晚上，咱俩不是说好一同去西部的吗？现在为何又变卦了？"

　　白雪沉重地说："先前我一直认为，你高中辍学在家，一心想把你带在身边，想我俩只要能生活在一起，即使苦一些、累一些，毕竟有个照应，但现在不这样想了！"

　　"为什么呢？"陈文进不解地问。

　　白雪面无表情地说："昨天晚上，为此事我想了很久。如今，你已拥有了工作，有了自己的光明前途；我们各自都有拼搏的空间，我们又何必一起去西部，将来还要返回？再说，母亲年岁已高，身边离不开亲人，即便你能离开母亲，母亲也舍不得让你去西部啊！我想，还是我一人去西部的好，你想，我俩都已走过八年的坎坷历程。这次去西部，组织上总不会让我俩，再分别八年吧？没准过个一两年，就可以申请调回内地，即使西部再缺人才，总不能让我俩过一辈子分居生活吧？"

陈兰兰听了白雪的分析，感觉白雪讲得很有道理。即便西部不放人，咱们还可以通过组织关系，提出申请呀！陈文进也感觉白雪想得很周到。虽说自己与白雪刚刚重逢，不想分开。但为了将来他俩能长期生活在内地，短痛总比长痛好。

于是，他们便依照白雪的想法，决定趁假日期间，把他俩婚事给办了。

最后，陈兰兰说："昨晚我和你姐夫已经商定，就让你俩在学校宿舍里结婚。校长也是在住房紧张的情况下，特意为你俩安排一套两室一厅的房子。"

接着他们乘车去学校看了房子，又到家具店订购了家具。

晚上，陈兰兰坐在客厅里，发表着自己的观点：她身边就这么一个弟弟，婚事不能办得太草率了！

刘明辉坐在沙发上，一直没有吭声。稍后，他转过脸问陈文进和蔡白雪有什么想法，陈文进立马表态说："从简办婚事，我们都是农村人，城市里又没有亲戚朋友，再说我和白雪是自由恋爱，既没有主婚人，又没有证婚人。如今城里人为了追时尚，都喜欢旅游结婚，干脆，咱们也来个旅游结婚，你们看如何？"

陈兰兰一听怎么也不同意，后来通过他们好说歹说，才算依照陈文进说的旅游结婚给定了下来。接着又挑选了日子，将婚期订在当月的初六。

那一天，陈文进和蔡白雪起来很早，陈兰兰又找人对新房进行了布置。室内粉刷一新，张灯结彩，喜庆吉祥。

陈文进和蔡白雪将大红喜字张贴在房门上，陈文进穿上白雪特意为他购买的一套黑色西服，站在穿衣镜前。白雪亲自为他在脖子上打了一条枣红色领带，胸前还佩戴一朵小红花，本来就英俊潇洒的陈文进，经过这一身打扮，更显得十足的潇洒。

那天的白雪，也是一身时尚的新娘打扮。只见她穿一袭粉红色连衣裙，亮丽的秀发飘散在肩头，白皙的皮肤，俊俏的脸庞，再穿上一双肉色丝袜和凉鞋，往那一站，"哇！"真不亚于刚出水的芙蓉，三月盛开的桃花。他俩站在穿衣镜前左照右照，前看后看。此时此刻的两人，心里都洋溢着一种说不出的幸福感。渴望已久的这一天终于来了，他俩经历了八年的艰苦磨难，盼来了今天，实属不易。陈文进双手捧着白雪那张白里透红的脸蛋，将温唇轻贴在她脸蛋上亲了一口说："亲爱的，我爱你！我永远地爱着你。"

白雪上前搂抱住陈文进的脖子，两颗滚烫的心，又一次紧贴在了一起。

就这样两人的婚事被陈兰兰操办得井井有条。

吃过早饭，陈文进、蔡白雪和陈兰兰三人，来到长途汽车站。他们没有选择去往大城市，而是选择去生他们养他们的故土，选择白雪十六岁离别后，再也没有回过一趟的家。

他们坐上开往老家县城的汽车。

此刻白雪的心好像伴随车轮在飞转，又好像和天上的白云一样飘呀——飘呀——飘向她家的那座小院，飘进她家的那两间茅草屋，飘向村子后面的那棵大槐树，飘向她父母的坟头。

坐在白雪身边的陈文进，见白雪一阵阵惊喜，又一阵阵忧虑。他自知此番情景，又一次触痛了白雪没有愈合的伤口。

陈文进抓住白雪的手，轻声对她说："别想了，过去的事情就让它过去！今天应该换一个角度去想，譬如，想一想我们的，未来，想一想我们如何建立一个幸福美满的家和拥有一个健康的小宝宝。"

白雪痴痴地望着陈文进，心里一阵美滋滋的，脸上也泛起一片红晕。

汽车开到县城，他们又转乘开往沿湖乡的小客车。车子在坑洼不平的石子路上颠簸着，时快时慢。当车子到了沿湖岸边时，三人再也按捺不住激动的心情向车窗外张望。他们把目光投向静静的湖面上，望着大片的湖水，在微风中碧波荡漾。层层叠叠的荷叶莲花，与岸上的垂柳交相辉映。放眼望去，叶叶小舟，分布在碧绿的湖面上。渔家一面摇橹，一面张开大网，心情愉快地捕着鱼。

这时从湖面上传来阵阵歌声：

> 沿湖美呀沿湖美，
>
> 美就美在沿湖水。
>
> 碧绿湖水映蓝天，
>
> 荷菱飘香馋神仙。
>
> 游客慕名千里寻，
>
> 情侣无不撒娇欢。

这时，蔡白雪再也按捺不住久违的思乡之情，说："文进哥，八年不见，咱们沿湖变得好美啊！"

"你一走就是八年，全国都在变，家乡能不变嘛！"

"这房子也不是从前的房子了！这路也加宽了许多！"

"这条主干公路，就是咱俩上初一时走过的那条路，你若再过两年不回来，保准你迷失方向，摸不着家门。"

车子到了沿湖街口停了下来，三个人手拎包袱走下车。

陈文进站在街口，向街中心眺望，他刚舒展一下腰身，从街北面施工的房顶上，传来一声响亮的吆喝声："陈文进！"

陈文进循着声音望去，一眼便发现头戴安全帽，正在房顶上施工的张垒。紧接着他向张垒喊："哎！老弟，快下来啊！"

张垒忙搁下手里的活，将安全帽向后推了推，顺着脚手架，很熟练地滑了下来，三步两步跑到陈文进跟前，照着他的膀子轻打一拳说："原来真的是你呀！我还以为认错人了呢！"

他俩张开双臂搂抱在一起，陈文进感慨地说："又是一年过去了，老弟，我真的很想你呀！"

张垒也激动地说："我也是呀！这不，感觉这几天你快放假了，眼睛老是走神，总想往车站上多看几眼。你一下车我就发现了你。怎么，大学毕业了？工作分配在哪儿？"

"在市重点中学教书，往后，咱俩见面的机会多着呢！"他又对张垒说："老弟，来，"接着陈文进手指白雪说："你看，她是谁？"

张垒顺着陈文进手指的方向一望，立马认出站在陈兰兰身边的蔡白雪，并惊讶地叫道："她是白雪？蔡白雪"张垒控制不住自己的双腿，慌忙跑到白雪跟前，说："白雪，你的变化可真大呀！"他将手向前伸了伸，又不好意思地缩了回来。

白雪也紧走几步迎上前，激动地问："张垒哥，你好吗？"

"好！好！一切都好！"

说完，张垒上前礼貌性地拥抱了一下白雪，然后朝房顶上施工的人群兴奋地喊："哎！大家下午放假半天，明天照常上工。"

白雪从陈兰兰挎包里，拿出几包香烟递给张垒，让他分发给乡亲们抽。

张垒一面散发香烟，一面向围观人群介绍说："各位父老乡亲！这位就是我们沿湖乡小有名气的大学生陈文进，也是我小时候的玩伴，今天是他和蔡白雪的结婚大喜之日，大伙有缘遇上了，请大家抽根喜烟，吃个喜糖，共同喜庆喜庆。"

陈兰兰拿出一包高档喜糖，朝着围观人群大把大把地抛去。这一抛撒糖果，可热闹了，街道口顿时变成了临时闹婚的场地。只见大人孩子，男男女女，像捅了马蜂窝一样往上拥，争着抢着捡拾糖果。

陈文进让张垒骑上自行车提前回他家报喜，陈兰兰已将准备好的大红喜字和鞭炮，挂在张垒的车把上。张垒飞身上车，一溜烟不见了踪影。

此刻围观的人群纷纷散去，陈文进和蔡白雪也离开街口，匆匆往家赶。

文进母亲得知儿子和白雪今天回家结婚，乐得嘴都合不拢。

文进母亲见小叔子和妯娌妹子前来帮忙，迎面就说："他叔和他婶子啊！快来帮忙拾掇拾掇，文进这孩子，结婚来得这么突然，真叫我措手不及啊！"

"嫂子，听张垒说，咱侄媳妇就是白雪，是真的吗？"

"是真的，婶子，待会儿你就能亲眼见着啦！"张垒在屋里搭上话说。

文进的婶子帮着文进母亲张罗家务，文进的叔叔也和张垒一道，把大红喜字张贴在房门上。

张垒又迅速跑回自己的家，拿来一根竹竿子，将鞭炮缠绕在上面，放在文进家门前，张望新人的到来。

中午田地里劳作的人们已陆续回家，大家得知这一消息后，纷纷放下农具，涌向文进家来，一个男孩子穿过村子，向跑去，边跑喊："看新娘子喽！看新娘子喽！"话音一落，有更多的孩子也都尾随其后叫着。

白雪的二叔和白雪哥哥永新，也闻讯赶来，向张垒了解内情。

院子里看热闹的人越来越多，男女老幼，齐聚在陈文进家院里院外，等待着新人的到来，文进的叔叔和婶子，还有弟弟妹妹们，一面帮忙拿烟倒茶，一面招呼着众乡亲。

村口上传来一阵孩子们的叫嚷声："新娘子来了！新娘子来了！"

陈文进和蔡白雪，还有陈兰兰，在众多乡邻们的簇拥下，缓缓走进村口。

此时此刻的白雪，望着众多乡邻，她心潮起伏，悲喜交加。终于见到家里的人们，终于见到自己的家，她在人群里，努力寻找着自己的亲人，她看见哥哥站在那儿为她抹泪；她看见叔叔蹲在地上不住地哽咽；她看见婶子在人群中，一把鼻涕一把泪地擦拭着，她见到这一切，白雪的眼泪夺眶而出。

陈文进极力安慰白雪说："别哭，咱们进门时千万别哭！咱们要讨个喜庆！"

正当两人向前走时，从人群中跑来两个十二三岁的娃儿，这娃儿是白雪二叔的男娃和女娃。两个娃子跑到白雪近前，一把拉住白雪的双手，深情地叫道："白雪姐姐，白雪姐姐，我们接你来了！"

白雪望着弟弟妹妹，心如刀扎一般难受，她紧抓住弟弟妹妹的手，强忍住悲喜，拉着他们缓缓向家里走去。"噼里啪啦"的鞭炮声震耳欲聋，响彻云霄。

香烟、喜果、喜糖往外撒，屋里、屋外闹哄哄，喜庆的气氛格外浓，有情有义的青梅竹马终成眷属，爱情事业双丰收。

农忙时间，乡邻们都陆续回家吃午饭了。

午饭后，陈文进、蔡白雪、蔡永新，还有他们的叔叔去了蔡白雪父母坟前，为她爸妈上坟，白雪跪在父母的坟前声泪俱下。"爸爸，妈妈，女儿来看望你们了！八年了！女儿离开你们整整八年了！今天才有机会和你们相见。你们知道吗？女儿此次来看望你们，不久又要远离家乡去工作，去一个很远很远的地方。女儿这一去，又不知何时才能回来，还请二老不要责备女儿，不要惦记女儿。请二老要保佑哥哥建立起一个幸福美满的新家，也要保佑叔叔一家人平安幸福！"她将姨妈对她的虐待，全都哭诉给了父母听。她将这八年来遭受的委屈，全都发泄出来。她边哭，边将地上的泥土一捧一捧填向父母的坟头。身心憔悴的白雪哭诉多时，兄妹俩烧完纸钱，又恭恭敬敬给父母磕了三个响头，燃放完鞭炮返回了家中。

天渐渐地暗下来了，陈、蔡两个大家庭的成员们，聚集在沿湖街道上的一家大饭店里，大家欢聚一堂，共饮喜酒。叙谈家事，席上，白雪得知哥哥与邻村的女孩也已订婚，年底也将办喜事，更是高兴极了。虽说到那时自己远在西部，不能为哥哥操办婚事，但她也准备在第一时间，为哥哥奉上一笔钱来，送上一份祝福。哪怕自己生活过得苦一点、累一点，这样她才能够放心。

散席后，陈文进和蔡白雪又情不自禁地来到村子后面那棵大槐树下，他俩默默望着那棵枝叶繁茂的大槐树，两人的心情是无比激动。陈文进拥抱着白雪，喃喃地说："亲爱的白雪，我爱你！无论你到哪里，是天涯、是海角，我对你的爱，就如同这棵枝叶繁茂的大槐树，根深蒂固、永不动摇！"他俩在大槐树下呆许久，才回家休息。

第二十四章　西部助教

次日清晨，陈文进和蔡白雪起得很早，他们将家里事务彻底拾掇一番后，锁上了门，然后带着年迈的母亲，离开了老家。

临行前，陈文进叔叔一家，永新、张垒和白雪二叔一家人，都前往村口相送。

大家边走边谈，陈文进鼓励张垒说："如今国家正处于快速发展阶段，你选择干建筑这个行业是一个明智的，要干一行爱一行，将其做大做强。将来无论农村还是城市，发展的前景都十分广阔。"据他了解，市技术学校，为了使农村土瓦工有规模地转化为合格的建筑群体，正在搞建筑技术培训班，如果张垒愿意，自己会帮他报名去培训，等将来毕业了可以拿着技术证书创建公司来大干一番事业。张垒欣然接受了陈文进的观点，并表示要趁着国家改革开放，自己又是处于新时代的年轻人，要放开手脚大干一番事业。

一行人走出村口，陈文进、张垒、蔡永新三人拥抱在一块，互相鼓励，和安慰。

陈文进和蔡白雪带着母亲，坐上返程的汽车很快回到市里，到了他们的新家。陈文进打开房门，母亲一见儿子分到如此漂亮的房子，欣喜得像个孩子，用手摸摸柜子，瞧瞧电视，又按了按大床，高兴得不知如何是好！激动地说："哎哟！这下我儿可有出息了！没想到我儿能分到这么漂亮的房子，真把老娘高兴死了！"

晚饭后，陈文进和母亲坐在客厅里看着电视，刘明辉和陈兰兰敲门而入，陈兰兰一见母亲，就高兴地问长问短。寒暄过后，刘明辉从公文夹里取出一份蓝蔚师范大学发来的电文。他坐在沙发上粗略看了一遍后，说："昨天你们回家完婚，校方电文就送到我的办公室，电文我已看过，上面写得很清楚，白雪的工作被分配到西部一个叫卡石尔库小镇中学任教。据电文上介绍：那里是一个多民族的小镇，坐落在高原脚下的群山环抱之中。那里的生活条件很艰苦，我把你俩结婚的事和你俩婚后两地分居的事，向他们做了反映。他们也说了，你是自愿报名去西部助教的，校方可以按不定期支教的方式与对方达成协议，校方也做出最大努力，把白雪组织关系留在蓝蔚，让白雪随时有返回内地的权力。只要白雪在那里能坚持任教一年，她就可以向组织申请调回内地。"刘明辉说到这，稍停片刻后又说："不过校方也说了，让白雪在九月一号开学之前，务必要赶到卡石尔库小镇中学报到。那里的师资力量十分匮乏，绝不能耽搁学校开学上课。动身前校方让我与他们电话沟通，他们可与卡石尔库校方取得联系，学校会派专车前往车站接她，大致情况就是这样。目前离动身还有一段时间，你们要做好临行前的准备工作。"说完，刘明辉和陈兰兰起身告辞。

稍后，陈文进又将母亲安顿好，便和白雪躺在新婚眷屋里，感受着柔软舒适的新床，望着天花板上布满各式各样的花蕊和花环，他俩才真正体会到，新家的舒心和温暖。

陈文进将白雪挽在臂弯里，他俩说起了悄悄话："白雪，你瞧我俩才刚完婚，又要分开，我真有些舍不得啊！"

"我也是呀！想咱俩分别八年，这才见面又要分开。虽说这种分别有些残酷，但比起战争年月出生入死的老前辈们，也微不足道啊!"

"那你一走，会想我吗?"

"想!"

陈文进笑着说:"组织上对我们已经很好了!"

"一年的时间很快就会过去，满打满算，还不就是三百六十五天嘛! 比咱们一次分别八年，可少多了!"

"你去了西部，只要期满一年，立马就向组织申请返回内地，回来把你也安排到内地教书，这样，我们就永不分开啦!"

小两口为以后的生活，精心盘算着，他俩也不知，白雪此次西行，将给他们的情感生活，带来什么样的痛苦，又将给他们的命运，带来什么样的挫折。

就这样陈文进和白雪，结婚仅仅度过了二十整天的蜜月，白雪就踏上了西行之路。

在火车开动的那一刻，她的眼睛顿时湿润了，噙不住的泪水像断了线的珍珠一样。陈文进望着白雪含泪而别，一时间酸甜苦辣也涌上心头。白雪趴在车窗前，望着陈文进与火车赛跑，她的心，也随着火车的速度逆向行驶着。她向陈文进挥手喊道:"文进哥——回去吧! 我会写信给你的!"

站台上的嘈杂声和人流，吞没了他俩之间的呼唤，也让陈文进的影子越来越远，越变越小。

白雪坐在车窗前望着生她、养她的故土，望着田园村庄，在她眼前匆匆即逝。想到自己将成为远离家乡的游子，无法在父母身边孝顺，她感到心酸、愧疚。

白雪在列车上整整度过了四天四夜，她不知道这四天四夜，火车途经多少个站头，也不知火车行驶了多少里程，只知道火车跨越了六个省份，才抵达一个叫布鲁米尔的城市。听列车员介绍:这儿是大西北上最后一个站点，火车抵达这里就要返回去了。

白雪随着稀疏的人流走下火车，穿过地下通道踏上出口通道的台阶、到了台阶的顶部，放眼望去，她不免为自己所见的一切，立刻惊呆了，在她的视线里，是碧蓝的天空，天空仿佛是一口大锅盖，紧扣住了这座城市的顶端。四周灰褐色的山体，如同四堵高耸云天的围城，将整个布鲁米尔市包围得严严实实。虽说此时已是上午八九点钟，但仍见不到有太阳出山的影子。这座城市每天能够享受到八九个小时的光照，已是不易了。

再向市中心眺望，一条胡同宽窄的街道上，虽有几辆汽车来往穿梭，但从行人的迹象和穿戴上不难看出，这座城市在很久以前，就是由多民族成员繁衍组成的山城，街道两边有几幢低矮的楼房，也像是改革开放后才建立起来的，市面上多数店铺，老远就能分辨出用石块筑起的房屋所呈现的古朴风貌，虽说街上有买有卖，但和内地同等城市相比较，那真叫寒酸。

白雪身背包袱走向公路，身后跟着一位下车临时雇用拉行李的老伯。这时有几位招揽生意的车主，上前拽住白雪包袱，用僵硬的普通话问："小姐，去哪里？"

拉行李的老伯让白雪不要搭理他们，而是将白雪直接领到一辆去卡石尔库的小型客车上，老人将白雪携带行李搬上车后，又急忙下车招揽生意去了。

白雪向司机说明要去的地方，司机告诉她：虽说这趟车是去卡石尔库小镇方向的，但这趟车不直接到卡石尔库小镇，要去卡石尔库小镇，中途还需转乘马车才能到达。白雪不解地问，"马车都能通行，为何客车不能行驶？"司机为了招揽生意没回答她，下车匆匆走了。

白雪坐在车上耐心等着，过一会儿，客车沿着一条山路，缓缓开出了市区。

在车上，白雪察言观色，她虽听不懂当地人说话，但通过他们说话时的神色，也能猜出。大致的意思。白雪又向坐的一位妇人问："这儿离卡石尔库小镇还有多远？"这位妇人"叽里呱啦"

地说了一通，白雪一句都没听懂。女售票员突然用普通话问："姑娘是山外来的客人吧？"

白雪点点头说："我是从东部分配到卡石尔库小镇中学教书的！"

女售票员又重新打量一番白雪说："你是去卡石尔库小镇中学教书的？你一上车，我就看出你是一个文化人，来我们这里教书，能吃了这儿苦吗？我们这儿去年调来一位外地镇长，就是因为吃不了苦，没做多久，就卷着铺盖走人了，你一个姑娘家，能受得了这份罪？"

此刻白雪没有回答她的话，只是浅浅一笑，便将目光投向窗外。

车子走完市区公路后，在一条只能容纳两辆小型客车的通道上行驶着，路的右边是紧挨着的大山，左边则是深不可测的陡峭悬崖。虽说崖上有绿树小草覆盖，但在那苍翠的绿树下面，却潜伏着万丈深渊。白雪被这刀砍斧剁的崖壁吓得闭上眼睛，她也知道，司机在紧握方向盘的同时，早已把心儿提到了嗓子眼。车上的人们都清楚，这会司机要是稍有不慎，车子立马就会掉下悬崖。尤其是在平原上长大的白雪，哪里见过这等富有险情的道路，更没有坐过此般胆战心惊的车子。

客车经过一个多小时的慢行，来到一片较为宽敞的路面上停下，然后，司机对他们说到地方了，这时众人纷纷下车，就在客车还未停稳之际，白雪见依山搭建的几处歇脚铺前，站着一帮赶车老汉向他们拥来。老人们都将目光锁在白雪身上，视她为有油水可榨的主，争着抢着要拉白雪。

这时从后面挤上一位老汉说："你们都别抢了，看这姑娘像是买我的主！"老汉走到白雪近前，拿出校方接人的证明给她看，白雪这才放心地接受老人的迎接。

老汉替白雪把行李搬上马车，稍做停顿，老汉扬起长鞭，刚要走马行车，从歇脚铺墙脚下，突然跑来一个肩搭布袋、衣衫褴褛的小女孩，她慌慌张张跑到马车近前，央求老汉道："爷爷，爷爷，求求您带上我吧！我要回家。"

老汉厉声喝道："跑远点，别碰着。"说完扬起马鞭，这匹枣红马拉着白雪，便向山梁上跑。小女孩一见马车走了，连哭带喊道："爷爷，爷爷，求求您带上我吧！求求您带上我吧！我要回家，我要回家上学！"小女孩边哭边撵，仍抱一线希望，紧追不舍。

老汉却丝毫没有搭理她的意思，仍将马车往山梁上赶。坐在马车上的白雪，眼睁睁地望着小女孩将被甩开，眼里立刻闪现自己被李龙胜逼婚急于逃生的影子，又一次体会出想家的滋味。于是她对老汉说："老伯，您就带上她吧！您这车子空间还很大，再坐一两个人也不为多，她的车钱我另付，您看行吗？"

老汉不好意思地说："蔡老师，俺不是不愿带她，她只是一个讨饭的孩子，和你们这些文化人坐在一块，我怕有碍您的形象。"

白雪一笑说："我是一位老师，整天面对的就是孩子们不同的面孔，哪里有贵贱之分？你就带上她吧！"

经白雪一说，老汉勒住马的缰绳，让小女孩爬上车，小女孩上车后，用手抹了抹泪水对老汉说："爷爷，爷爷，谢谢您了！"

老汉羞愧难当，把脸一沉说："要谢就谢这位蔡老师，是她替你求的情。"

小女孩只好扭过脸对白雪说："谢谢蔡老师！"

白雪见小女孩如愿以偿，欣慰地一笑问："小妹妹，你在哪儿要饭呀？想家了吗？"

小女孩盯着白雪说："我就在布鲁米尔市里要饭。妈妈说快开学了，让我跟爷爷们说些好话，让他们把我带回家上学。"

白雪心想，这又是一个渴求知识的小女孩。接着白雪又问："妈妈还在布鲁米尔市里讨饭吗？"

"妈妈和弟弟妹妹还在那里，她们让我提前回家，怕的就是耽搁开学时间。"

"你上几年级了？叫什么名字？"白雪又问。

"我叫米菜苗，等开学了，我就可以去卡石尔库中学读初一了！"小女孩眨着一双大眼睛，从容地回答。

赶车老汉一面赶着车，一面听着两人的对话，叹口气接过话茬说："她爷爷名叫禾唤启，年轻的时候，和老伴一连生了两个男娃，都因一周后患抽风病而死，她爷爷很是苦恼，到处寻医问药，寻求破解之谜，后来请了一位风水先生，为他家看风水，先生说他家坟地有'破'，留不住男娃，若他家再生男娃，得更改姓氏，方可存活。后来她爸爸出世后，她爷爷就给取名叫米汉实，你还别说，这一改名换姓，她爸爸真的活下来了，前年秋天，被穷所困，她爸爸去了山的那面，新建的采石场采石，在采石过程中不幸被飞天石块给砸死了。本来就外债累累的采石场老板，被这突如其来的横祸吓得逃之夭夭，跑出山外。禾唤启为了替儿子寻求公道，到处寻找采石场老板，结果找了几年也没音讯，最后竟将自己的双眼气瞎，她妈妈在没有办法的情况下，只有将他安置在家看门。农忙时，自己在家耕种山脚下的几亩薄地，农闲时，就带着三个孩子在城里讨饭，留意着采石场老板的踪迹。时间久了，在城里也能遇到些好心人，多少讨点小钱补贴孩子学费。"老人讲到这，打了个"嗨"声又说："蔡老师，咱们这儿比不了你们东部，像米家这样的困难户，在我们这何止她一家啊！"

白雪听了老人的叙述，不免对眼前这位没爹的孩子，多了几分同情心。她见米菜苗头发乱得像个鸡窝，用手替她理了理，又从挎包里取出一条枣红色丝巾，替她系在脖子上说："小妹妹，这条丝巾你喜欢吗？喜欢就送给你了！"

"蔡老师，我喜欢！我最喜欢红色丝巾了！"小女孩一双机灵的大眼睛，一眨不眨盯着白雪看。

马车在坑洼不平的山道上艰难地颠簸着，白雪的身子骨，几乎都被颠散了架，她强忍着酸痛问："老伯，这儿离卡石尔库小镇还有多远？"

"快了，四十多里的牛角山道，已经走了过半，大约还有两个时辰，保准到，你若难受，咱就停下来歇息歇息！"

白雪赶路心切，她没有让老伯停车休息，就这样他们一直走到中午，马车才下了山道，向着一处住房密集的小镇奔去。

要说卡石尔库小镇，这里让人最头痛的就是，没有去往山外的通道。村民们渴望与外界沟通往来，经过数百年来的艰辛开凿，才逐渐行成了这条四十多里的牛角山道。这条山道不但地势险要，而且坡陡路险。自古就有一军把守，万军难攻的说法。近些年国家改革开放，在这片山坳里设立卡石尔库镇镇政府，这里山民的生活才有了改观。由于此地属于高原气候，终年干旱少雨，自然灾害频繁，经常导致山脚下的庄稼歉收！为此山民们苦不堪言。又加上当地政府资金缺乏，促使这条人工开的牛角山道，始终得不到修理，也制约这里农牧民的经济发展。生活在这里的人们，依旧过着以油灯照明，积聚山泉过日子的穷苦生活。

老汉将马车沿着石块铺成的小街朝前赶着，此时，还依稀可见山民们赶集的身影。马车穿过小街又向西行驶了一程，白雪便看见令她想都不敢想的一幕，她见山脚下有一溜空地，空地上有一片用石块堆垒起来的院墙和操场，还有操场上那几乎要瘫痪下来的篮球架，再就是操场背后那坐，用石块堆建起来的一排排茅屋教室。可令她欣慰的是，她却看见了一排排整齐的孩子，在老师们监护下，向着马车频频招手，马车进入操场后，老汉停下马车，白雪迅速从车上跳下，向着对面而来的几位教师迎上去，只见一位老人领着三男两女走近她说："欢迎，欢迎！欢迎我们卡石尔库小镇中学迎来了东部助教的第一名大学生！大家鼓掌欢迎！"

话音未落，列队的学生们便发出一阵欢快的掌声，随即学生们异口同声喊道："欢迎蔡白雪老师来我们学校任教！"

接下来老人握住蔡白雪的手，一个劲地问好："蔡白雪同志，我们接到市教委的通知，得知你是自愿来我们大山助教的，我们全校师生都很激动，我也激动得一宿未能合上眼啊！"

白雪握住老人的手说："谢谢老校长！谢谢诸位老师，谢谢同学们！"

他们走进办公室，老校长便将几位老师，分别介绍给白雪认识，然后说："蔡白雪同志，我们这儿比不了你们东部，出门坐汽车，晚上有电灯，来我们这儿，你要吃苦了！"

白雪只是微微一笑道："老校长，谢谢您！来时我已对这里情况作了了解，我会将自己生活安排好的！"就这样，白雪临时被安置在食堂隔壁的一间房子里住下。

第二十五章　全心投入

中午，谷布齐曼老校长，为了表示对这位远道而来的助教的欢迎，特邀白雪去他家吃顿便饭。白雪经过几番推辞，最终没能拒绝老校长夫妇的一片盛情。

白雪随老校长夫妇来到他们住所。老校长便兴致勃勃地向白雪详细地介绍了他和学校的情况以及他本人的一些想法。

白雪听着两位老人温馨的话语，感觉他们就像自己的父母一样和蔼可亲。

吃过午饭，老校长领着白雪步入校园，指着许多失修的校舍，对白雪说："我们这儿是靠山吃山，也是靠山用山，面前这十几间用石块搭建起来的教室，过半墙体都需要用水泥修补，只是通往布鲁米尔市的山道难走，不便拖运。"

白雪担忧地说："墙壁透风，冬季里学生如何在教室上课啊？"

老校长更是一筹莫展道："只要一进入冬季，学校就组织大一些的学生挖泥土修补墙缝，有时泥土脱落，雪花顺着墙缝钻进教室，落在孩子身上，学生们被冻得难以支撑。"

他俩正说着，常年为学校拉水的马车从大门外驶来，老校长忙上前让拉水老汉先将白雪房间里的生活用水倒满，然后又将食堂里的水缸装满，他向白雪介绍说："我们小镇方圆共有三四处取水点，分别分布在不同的山坳里，且离小镇数里之遥，从古至今，小镇上的山民们，都是靠着十户八户合租一辆马车拉水供应生活，我们学校也是如此，这里也有许多节俭的山民，还将用过的洗衣水沉淀后反复使用。"

白雪听老校长讲述这儿吃水如油的真实例子，她"哎"了一声。

他俩又围绕院墙转了一圈，白雪突然想起，来时家人曾交代的话，她忙向老校长了解学校对外联络是否有电话？

老校长苦笑一声道："我们这里何时能用上电灯照明，都是一个未知数，若想拥有电话，岂不天方夜谭？"

白雪听了这所学校比二十年前自己的老家还要落后，深感痛心。看来这所学校对外联络方式，除了有这辆马车，恐怕再也没有更好的方式了！

开学的日子到了，由于今年蔡白雪的到来，老校长精神似乎比往年充沛了许多。他在教师预备会上，对全校师资力量进行了调整，他让蔡白雪代初三甲班语文课并担任班主任，还兼带初一班的数学课，每周除了以上课程外，还让她抽出两到三节课，分别到预备班级上推广普通话教学讲座。会后，老校长鼓励蔡白雪说："你是我校教师队伍中的高才生，你的课比别人多，肩上的担子不轻啊！"

白雪只是莞尔一笑说："老校长，您为了家乡教育都可以以校为家默默奉献，我年纪轻轻，这点重任我担得起来！"

老校长点点头说："我要的就是你这句话，我代表我们卡石尔库小镇山民谢谢你！也代表我们学生家长谢谢你！"

开学的第一天，学校按照各个山坳里上报的五年级新生名单，进行了清点分班，等学生们到齐，老师读完名单，令全校教师震惊的是，实际到校学生与名单里上报的数据差异很大！辍学现象非常严重。尤其是五年级升初一的学生,辍学率超过50%。

老校长见这一不乐观的升学现象,他额头上皱纹凝成了一大把,苍老的面孔也显得十分严肃起来。他沉思良久,决定召开一个教师大会,大家一起想办法,最大程度的降低辍学率。

老校长听完众人的发言,他将目光落在蔡白雪身上。

白雪定了定神说:"辍学现象并不可怕,只有学校教学质量提高了,才是挽留学生的唯一途径。即便家长让孩子返校了,师资力量若得不到改善,依旧是治标不治本。"白雪接着又分析了辍学的原因和危害等等。

在座的老师听完白雪这一分析后,都如同塌了芯的油灯,又重新拨亮了,老校长更是迫不及待地问:"白雪老师,你说得很好!那又有什么办法来挽救呢?"

白雪沉思片刻又说:"由于这是长时间形成的局面,即使有好的办法,也不是一朝一夕就能解决的!主要还需我们全体师生共同努力,来做好家长的思想工作,才是上策啊!"

"你是说'劝学?'"老校长吃惊地问。

白雪很严肃地点了点头说:"只有靠我们大家共同努力,一一去做劝学工作了!"白雪说到这,声音又放低些说:"我想眼下最好的办法,就是立马开一个全校师生大会,向学生们讲清楚,辍学的严重性,告诉他们一旦将来进入社会,没有文化的后果。然后再让学生回家向家长们传播。我们做老师的也应去每一个辍学者家庭,面对面与家长沟通,尽量帮助他们解决困难,以实际行动向他们讲述让子女们多读书的好处。"

老校长按照蔡白雪的提议,立马给全校师生开了一个紧急会议。会上,老校长将第二天去做劝学的事,给予了安排。由于初一班学生辍学严重,老校长决定:将初一班劝学工作列为重中之重。他吩咐柴多木班主任留在学校上课,他和其他四名教师徒步前往八个行政村实地走访劝学。白雪听了也自告奋勇地说:"老校长，把我也带上吧！那个回族米菜苗同学我认识，也许我会劝说她的家人送她到校！"

老校长也认为让白雪在群众中亮亮相是件好事。不过顾念她初来乍到，恐怕走不了这崎岖的山路。

白雪看出老校长在犹豫什么，于是，她坚定地向老校长表示："我是一个从贫困家庭走出来的孩子，也是经过多年摸爬滚打才闯出来的大学生，这样的苦我从小没少尝试过！"经白雪一再请求，老校长才答应明天带她一块去劝学。

次日，天刚蒙蒙亮，劝学团队就出发了。他们兵分两路，一路由妥奇顺、鸿渐两位老师，向着西南方向两个行政村行走。一路由老校长和蔡白雪，还有一位刚从山民中选拔上来的年轻教师郎伟，他们的路线主要是向着西北方向两个行政村。

老校长手指前面小山梁说："翻过这座小山对面，就有一个回族行政村，白雪老师啊！你说的那个米菜苗，就住在那里。"

年轻教师郎伟一听就问："蔡白雪同志，你行啊！才刚来此地，就和这里的人民群众打成了一片"

老校长轻叹一声说："米家的生活是够困难的！不过在我们这儿，像米家这样的困难户，还有很多！"

他们翻越了杂草丛生的小山梁，来到山脚下。从一位砍柴老汉嘴里得知米家的住处后，便径直来到一处残破的院落前。老校长轻轻推开院门，他们一眼便望见院子里，有两个孩子正围绕一位瞎眼老人，切番薯片，两个孩子将切下的番薯片，一把一把拿到有阳光的空地上晾晒。其中有一小男孩发现他们走进院子，顽皮地笑着说："喂！你们是谁呀？"

小女孩也将目光投向他们，小声对老人说："爷爷，爷爷，咱家来了三个人。"

老人忙放下番薯，抬头问："是谁呀？"

老校长走近答道："老哥，我们是镇上的老师，是专程来找你孙女读书的！"

"找我孙女读书的？噢！原来你们是教书先生啊！哎哟，你们这些文化人，怎么到咱茅屋草舍来了？太委屈你们了！"他拿起身边棍子，向四周捣了捣，摸到旁边的凳子，让几人坐下说话。

白雪走近小女孩，用手替她理了理头发问："你叫什么名字呀？"

"我叫米菜花，"小女孩又指向小男孩说："他是我弟弟，叫米菜粒。"

白雪莞尔一笑说："你们姐弟三的名字起得真好听！"

老校长紧挨老人坐下问："老哥，你家孙女都报名了，为何不见上学呀？"

老人长吁一声说："唉！不是没有办法嘛！自从我儿子前年去世了以后，这家里家外农活，全靠我儿媳一人去做。我这双不争气的眼睛，也给气瞎了，轻活重活也帮不上个忙。幸亏我儿媳够勤劳，才勉强支撑起这个家。我也曾想着，今年米菜苗已有十四五岁了，也能帮助她妈妈割割谷子、刨刨山地的。虽干不了重活，总比她妈妈一个人去做强吧？再说她排行老大，这老大不去做，还能让小的去做？她妈听我这一说，也同意我的想法，这不，就让米菜苗退了下来，好腾点钱，让她弟弟妹妹们念书。再说，这初中学费，包括一年的食宿，也需要一大笔费用，我们一时也拿不出啊！"老人说完，脸上露出无奈的表情。

正当他们沉思之际，院门一响，米菜苗和母亲肩担两筐番薯回家来了。一进院，米菜苗就认出站在院子里的白雪，忙惊讶地说道："妈妈，妈妈，我的丝巾就是那个蔡老师送的！"说着，她替母亲放下担子，手拉母亲来到白雪近前，热情地问道："蔡老师，你们怎么来了？"

白雪迎上前，拉住米菜苗说："来看望你们呀！你告诉我，等开学了，就去卡石尔库小镇中学读初一了。都开学两天啦，不见你到校，特来看望你呀!"

米菜苗的母亲，抓住白雪的手亲切地说："蔡老师，你将那么贵重的礼物送给我们米菜苗，我们真的受不起呀!"

"大嫂，没什么! 你家米菜苗我喜欢! 咱们都是土生土长的庄稼人，不分彼此。"白雪笑着说。

米菜苗母亲又说："我事先不了解，还将米菜苗数落了一顿，咱与人家非亲非故，不准拿人家东西。可她委屈地告诉我，说是新来的一位蔡老师送的。"说完，她就要给白雪施礼，却被白雪搀扶住。

随后，几人又将登门之意，向米菜苗母亲说了一遍。米菜苗母亲十分犯难地说："这田地里的农活我多做一点也就罢了，可这学费和生活费，我们着实拿不出呀!"

几人望着米菜苗母亲，心里都明白她说的是实话，通过对几户劝学来看，他们已明白学生辍学的症结所在，不是家长们不愿让子女们读书，主要还是被一个"穷"字给逼出来的啊! 白雪从兜里掏出来时准备在路上买饭吃的十元钱，塞进米菜苗母亲衣兜里说："大嫂，这点钱留给老伯买点东西吃吧! 至于米菜苗的学费，等我们回去和老校长商量一下，能否将你女儿学费减免一些，至于生活费，我们再做研究，你看如何?"

老校长也为难地说："我们这里孩子失学率太高，若要全免，学校也承担不了! 老师经常工资几个月都发不出，我们也只能做到这样了!"

最后，米菜苗母亲只好答应让女儿重返校园读书，这时几人走出了寨子，米菜苗那双渴求知识的大眼睛，一直目送他们隐没山林之后，白雪才向米菜苗招招手唤道："回去吧，明天早点到校上课!"

槐花飘香

194

第二十六章　奉献丹心

　　蔡白雪、老校长和郎伟三人，离开米家，又在这个回族行政村走访了几户辍学者家庭，同样也都收到很好的效果。

　　接下来，他们便开始向南行走。一路上，逢人就宣传，见到山脚下劳作的山民，就蹲下来与其攀谈，细心地为他们开导、讲解。中午他们走到一处山泉边，就用手捧起泉水喝上几口，然后又坐在石台上，拿出备用的干粮各自嚼上一点。经过大半天的努力走访，他们五个人在日头西下前，终于在预定地方碰了面。会合后，他们便沿着峡谷中的一条通道，往学校赶。

　　待几个人辛辛苦苦"劝学"归来，已是晚上十点多钟了。

　　回到家里，白雪简单地吃了点饭，便开始批改作业。等她将一系列工作做完，已是半夜时分了，她将疲惫的身子躺在床上，虽说劳累了一天，但仍没有睡意，她躺在床上静静地想着心思。她知道，这些山区的孩子们，急需要好的教学啊！尤其是米菜苗那双渴求知识的大眼睛，不就是电视里，"希望工程"中，时常出现在屏幕上那个大眼睛的女孩吗？还有一个个目送他们走出村子的眼神，始终萦绕在她的心头。

　　第二天一早，又有一批劝学团队，开始走访劝学了。就这样他们经过半个多月的努力劝学，总算取得了预期的效果，初一的辍学生，除了有几名特殊家庭的孩子不能到校外，大多数学生，都已返校上课。

米菜苗返校已有十多天了，白雪和米菜苗在这十多天的交往中，感情相处得很深厚，几乎超越了师生间的关系。

白雪见米菜苗盖的被子烂得露出了棉花，她就将自己被子抱给米菜苗盖，为了照顾米菜苗的生活起居，她将米菜苗的床铺，搬进她的房间。白雪看到米菜苗在食堂里吃饭很节俭，就告诉她："在食堂就餐，别舍不得花钱，你的身体正处于发育阶段，饮食不良会影响健康成长。"

米菜苗对白雪说："来校时母亲再三叮嘱过，咱们家里穷，生活要知道简朴，否则家里负担会更重。"

白雪望着米菜苗小小年纪，说话做事很有分寸，她由衷地感到欣慰。

第二天，白雪找到了老校长，想在自己工资中拿出一些钱来，补贴米菜苗的学费和生活费。

老校长听了白雪有心救助米家，也通过这段时间他对白雪的实际了解，他知道白雪不是一般的女孩子，她既然能只身一人来到西部，就已经证明她是一个心胸开阔、富有责任心和抱负心的热血青年，有着一番为社会无私奉献的高尚情操。他也知道，白雪所要做的一切，都是通过一番深思熟虑的，也是发自内心的。这种精神值得发扬。

这一段时间，谷布齐曼老校长，经常站在教室外面，旁听白雪的讲课。他不止一次当面夸奖她课上得好。

在此期间，老校长还连续找到白雪谈过几次话，在每一次谈话中，白雪都听出老校长的弦外之音，他也试探性地问过她，究竟能在这儿待多久？是否能在这艰苦条件下，多待上几年？帮助这所学校走出困境？

白雪对老校长的一次次提问，没有给予正面回答，她向老校长说：只要她在这儿待上一天，她都会对这所学校尽职尽责。因为她选择了走这条艰辛的路，不管这条路如何曲折、难走，她都要一如既往地走下去。

一天下午，老校长找到白雪谈话，就像一位久经沙场的老首长，给战士下达命令一样，严肃认真，他说："蔡白雪同志，我已经考虑很长一段时间了，我的想法，也向镇党委做了汇报，并得到他们一致同意。通过前一段时间的劝学工作，我看到你工作的能力，也能看出你有渊博的知识，我对你的敬业精神充分肯定，我想，我这个校长职位，是到了应该让出来的时候了！"

白雪望着老校长，知道他在等待她回答，她知道，他这是要把校长这个位置，交付给她了！她也明白，自己是一名年轻的共产党员，在这责任心和使命感面前，她不能退缩，不能为了个人的感情和享受，拒绝党和人民托付的重任。在这交付重任的关键时刻，她务必要挺身而出，且毫不犹豫地接受这份庄严而又神圣的使命。她稳了稳心神，激动地对老校长说："老校长，您是一位老党员，也是我们教师队伍中最有资格交付重任的人，您交付的重任我会义不容辞接过来，不过我刚到此地，对这儿的方方面面还不了解，还希望在今后工作中，请您要全力支持，并做好我的老顾问。"

老校长说："只要你肯接过重任，我们会携起手来，共同闯过眼前这道难关的！"

这天晚上，白雪想了很久。她明白自己一旦接受这项重任，那就意味着此次西行，不是一两年就能返回内地的，也不是自己想走就能走的。眼看着这所摇摇欲坠的学校，急需要一位有识之士前来接手管理呀！她作为一名共产党员有义务，有信心，更有责任带领全校师生走这条艰辛的路。

第二天一大早，老校长就兴高采烈地从镇上买来一把精制的尼龙绳，并乐呵呵地系在学校门前那根朽得呈暗黑色的旗杆上，然后他让老师们通知全校学生，迅速到操场的旗杆下集合。

这时老校长从办公室柜子里取出一面崭新的国旗，今天他要把校长这个位置交付给他信赖的人，并连同这面崭新的国旗，让这一庄严的时刻变得隆重，变得更加富有意义。

老校长将国旗系在绳索上，这会全校师生才恍然明白老校长的用意，接着全校师生面对冉冉升起的国旗，一起行注目礼、唱国歌，随着国旗在微风中高高飘扬，全校师生热血沸腾。

上午最后一节课，老校长在办公室开会，会上，他郑重地将卡石尔库小镇中学新任校长一事作了说明。他还说，今天升国旗和新校长上任是卡石尔库小镇中学从此走向复兴的象征，也是一件富有划时代意义的举措，更是卡石尔库小镇中学充满希望的开端，今天，他要以卡石尔库小镇学校校长的身份，传达镇政府意见：从今天开始，卡石尔库小镇中学校长一职，就由蔡白雪同志担任了！

宣布完毕之后，老校长热情地握住蔡白雪的手，心里久久不能平静。然后，蔡白雪站起身，当着全体教师们的面，她说："各位前辈们！各位老师们！我蔡白雪年纪轻轻，又是初来贵地，对教学工作了解颇浅。领导将重任交付给我，我实感责任重大！我是教师队伍中一名新党员，在前辈们面前我还是一棵经不起风雨的小树，不过面对眼前困境，我想只要我们大家同心协力，我们一定会从困难中走出的！"蔡白雪一番话语，顿时赢得了教师们的热烈掌声。

夜深了，白雪批改完一天的作业，静静地坐在油灯下，面对桌子上摊开的纸张，她深入地想着，对学校目前的困境做了深层次的分析。通过前一段时间的劝学工作，她已逐渐了解到这儿的山民是富有情感的，也有着一颗颗纯朴善良的心，虽然她来到这里的时间很短，但她感到自己的心已深深融入到了这所学校里。

眼下她要尽快写一份学校发展的总体报告，她要逐段逐条地分析当前学校面临的各种困难，通过查阅历年来学生考试的数据，她得出结论：眼下刻不容缓的任务，就是要写一份申请报告递交镇党委和镇政府，并希望镇党委对教师选拔工作给予高度重视。为了弥补教师力量的不足，急需向市教委申请协调增加新的教师名额。如果在师资力量充足的情况下，她想再办一所三年制的高中班，也希望能得到相关部门批准。

这时候，米菜苗将一杯热腾腾的开水端到她的面前说："蔡老师，喝口水吧！"

白雪接过水杯关心地问："作业完成了？"

米菜苗一笑，把刚写好的一篇作文递到白雪的手里。

白雪鼓励完米菜苗，又将自己写好的稿子重新整理了一遍，她感觉疲惫不堪，还伴有低热现象，她不知道这段时间她身体是怎么啦，一天比一天沉重。

她拉开房门走到外面，在两排坐北朝南的宿舍前停下，静听室内学生们的酣睡声。她自知这些住校的孩子，基本上适应了学校的生活环境，她又回到卧室，见米菜苗已睡下，她也躺下来休息。

她刚躺下，她突然记起自己一件悬而未结的私事：打她和文进哥结婚以来，她的生理期一直都处于紊乱状态，她想着想着，心里不免一紧，难道自己怀孕了？她明天准备去镇上医院检查一下，倘若自己真的怀了孕，她要将这一喜讯告诉文进哥。

第二十七章　悲喜天降

白雪把一封家书，寄回了老家绿水市。

此时此刻的陈文进也和蔡白雪一样，把自己的一片火热真情，全部释放在了家乡的教育上，他刚回家坐下，就急于掏出白雪寄来的家信细看，当他得知白雪在西部事业发展得很好，且怀了身孕，他忘记了一天劳累，高兴地冲进厨房大声喊："妈——妈——我要当爸爸啦！你也要当奶奶啦！"

望着儿子的高兴劲，母亲问："怎么，白雪怀孕了？"

"嗯！白雪怀孕了。"

娘儿俩吃过晚饭，陈文进一点睡意都没有，他又乘车去了陈兰兰家。

刘明辉说："好啊！白雪能在较短时间内就能担任卡石尔库小镇中学校长，这说明她在西部已经取得了很大成绩。"

时光飞逝，转眼间春风已拂过大地，万物开始复苏。上完课的陈文进回到家里，刚打开房门，从房门的缝隙里就有一股让人窒息的气流扑面而来，他立刻明白，这是煤气罐泄漏所致，他忙屏住呼吸冲进厨房，迅速关闭煤气闸，接着他又连喊数声不听见回音，他顿时感到事情的不妙，他慌忙跑到母亲房里，一眼便发现躺在床上的母亲，面部铁青，眼球无光，床上明显有痛苦挣扎的痕迹，他忙抱起母亲就朝门外冲，一面跑一面大叫道："妈——妈——快——快叫车！"

邻居们帮忙把老人抬上车，送到市医院急诊室，值班医生跑来翻了翻老人眼皮，又把了把老人脉搏后，失望地摇摇头说："煤气中毒太久，没有救了！"

陈文进再次央求医生，看到医生无奈的表情，他紧拽的医生的双手有气无力地滑落下来，两腿一软，瘫坐在医院的走廊上。茫然无助的泪水，恰似瀑布一般从眼眶里流出，并失声大叫："妈——妈——妈！"

此刻，陈兰兰和刘明辉也驱车赶到医院，陈兰兰跑到母亲遗体前掀开身上被子，一头扑在母亲身上大哭不止："妈——妈——你是怎么啦？妈——你到底是怎么啦？妈——你怎么一声不吭就走了啊！妈！"

一阵啼哭声过后，护士将老人遗体推进了太平间。

刘明辉坐在走廊椅子上，长吁短叹道："母亲的不幸去世，我的责任重大啊！深知母亲年岁已高，厨房事务操之不便，倘若将老人安置在我的身边，或许能免去祸事的发生。"

子女们按照老人生前的嘱托，将她和丈夫陈元昌合葬在一起。

从绿水市通往陈文进老家，途中要经过青山县，凤凰县，还有就是淮河。古往今来，这条西水东流的河，是自然途径形成的大河，河道自上游到下游，途经数十个县市区域，蜿蜒东流，河道宽度足有八百米，每到春夏交替时节，上游普降暴雨，下游水路受阻，洪水就会越过河床，漫过堤坝，淹没农田，直接威胁两岸人民的生命和财产安全，虽然国家屡屡投入大量资金整治，但收效甚微，自古就有许多文人墨客，将这条大河比喻成一位性情古怪的母亲。

今天几人回家葬母，正赶上洪水泛滥这个节骨眼上，小王将车子开到河边停下，刘明辉下车来到河边。

　　这时两位船主也已驾驶机船来到岸边，急于过河的人们一见船头靠岸，都争先恐后往上挤，船主立于船头，指挥着让轿车先上，待小王把轿车开上船后，船主又让一位拉笆斗和簸箕的架子车上，头戴斗笠、身穿粗布小褂裤的中年男人，带着一个十二三岁的小女孩，父女俩奋力将架子车拉上船后，众人才一拥而上挤上船。随后船主将超载以外的人流轰下去，摇开柴油机，小船调转船头，乘风破浪向着河心驶去。

　　船上的人们一个个立于船舷，小船在簸动中刚刚驶向河中心，就被一个高大的浪头打向下游十几米远。连续的浪头，时而将船体簸向浪尖，时而又将船身卷入深谷。这一连串的船体簸动，让船上的人们早已吓得面无血色，心也被提到了嗓子眼。两位船主不停地提醒大家别乱动，一定要抓住船上护栏，保持船身平稳，刘明辉等人，也被这惊涛骇浪吓得钻出轿车。也就在小船行至河对岸，还有数十米远时，人们的紧张情绪似乎为之松懈下来，从河中心又一个高大的浪头猛袭过来，将正在摇晃中的船身又一次打向浪尖，随着船头被打起老高向下猛栽的时候，一直站在船边帮助父亲拉架子车的小女孩，没注意"扑通"一声栽进河里。有人落水，可把船上人都吓坏了，就听有人连声喊道："有人落水啦！有人落水啦！"话音未落，船上所有人的目光，都集中在小女孩落水的地方。只见小女孩在水里奋力挣扎了两下，随着滚滚的急流，便消失得无影无踪。小女孩父亲一见，迅速跑到女儿落水的船边，跪下来大声呼救："快救我女儿！快救我女儿啊！"

　　此时刘明辉，让船家设法营救小女孩，可两位船家望着滚滚东去的河水，早已吓得瞠目结舌，魂飞魄散了，正当众人被吓得发愣时，一直站在轿车旁，默默悲伤的陈文进，迅速甩掉上衣，一个箭步冲向小女孩落水的地方，一头扎进滚滚的急流中。船上人一见有人跳水救人，都将目光盯在河面上细看，希望河面上尽快出现奇迹，就这样，时间一分一秒地过去了，五分钟、十分钟、十五分钟，当人们将期盼的眼神迅速搜寻到陈文进时，陈文进已被洪水卷向下游数十米远。只见他把头露出水面，深深吸了一口气，再一次潜入水底，陈文进在水里又经过十几分钟的挣扎，当大家目光再一次发现他浮出水面时，他又被激流冲向下游十几米远。

　　刘明辉让船主把船靠近陈文进，并设法营救小女孩。机灵的小王，迅速从轿车后备厢里，拿出一根平时备用的尼龙绳，抛向了陈文进，并提醒他抓住绳索。只见陈文进奋力搏击着巨浪，将尼龙绳拴在腰间，当他再一次想潜入水底营救小女孩时，已觉得力不从心，身子也开始慢慢下沉，此刻机船已靠近他，众人一齐动手，把陈文进给拖上船。人们望着这位见义勇为的小伙子，脸色苍白，躺在船上不停地喘着粗气，大家都说是这根尼龙绳救了他的性命，否则，后果不堪设想。

　　机船靠了岸，众人纷纷下船。只见这位徒步前来卖货的父亲，双膝跪在河边大声呼叫："老天爷啊！你还我女儿！你还我的女儿啊！"撕心裂肺的哭叫声，触动着众多围观者的心，有人上前纷纷劝阻，希望这位父亲能够节哀顺变，眼睁睁望着一件不愿发生的悲剧，却无法阻拦地发生了，谁不为此忧伤呢？

　　刘明辉在船上看得真切，上船时还是一个活蹦乱跳的孩子，眨眼间就像是被鹰叼了去一样。他自知作为一个地方的父母官，没能把人救起，是他的失职。这个渡口他已来回渡过数次，为何就没想到重建渡口，或者用更好的方法，来改善交通不便呢？刘明辉吩咐两位船家迅速向凤凰县公安机关报案，让公安机关协同当地政府，以最快速度打捞小女孩尸首。妥善安置好这位父亲的生活去处，以及小女孩的善后工作。

第二十八章　凯歌前奏

陈文进、陈兰兰和刘明辉，携同老家的叔叔们一道，将母亲安葬完毕，连夜赶回到市里。

吃过晚饭，陈文进回到宿舍，拉亮电灯，望着空荡荡的大房子里，没有了母亲的身影，他感到家里像少了什么似的！每日放学回家，都是由母亲为他开门，然后将做好的饭菜端在他面前，娘儿俩面对面坐下，一边吃，一边问长问短，唠叨个没完。如今听惯了母亲唠叨的他，一时间感到孤独，他走进母亲房间，看着母亲曾经睡过的床，又望了望母亲常用过的厨具，触景伤情，泪水不知不觉又流了下来。

他抬头望见对面墙上，挂着他和白雪的结婚照片，一时间又勾起了对白雪的思念之情。他拉开床头上的抽屉，想摸出不久前白雪寄给他的一封家信读读，可顺手摸出的竟是他大学同学金良才不久前给他寄来的一封信，他取出信再读了一次，信中说：好友金良才，已放弃多年自身在学业上的拼搏成就，随着市场经济发展的潮流，去了南方一个先行开发的城市——海湾市，那儿不但工作好找，挣钱的路子也多，他在一家大型桥梁集团公司上班，主要承担技术攻关项目，他到公司才半年时间，就被调到技术攻关部，提升为副总工程师。他说那儿是他们这代大学生发展的沃土，也是他们这代大学生施展才华的空间。如果有机会的话，一定要来南方玩玩，来时别忘了提前给他捎信，他会去接站，还要带我去一览他们公司和外企合资新建的一座数千米长的"平跨钢锁斜拉大桥"的构造风采。

陈文进看到这儿，眼前一亮，随即大脑里也勾画出一个庞大而宏伟的工程设想，若在河面上架起一座大桥，人们就可以在桥上自由地走，小女孩也不至于溺水身亡，如果有了大桥替代船只，这样的悲剧就不会发生。他把信仔细地看完一遍后，一颗沉闷的心开始浮动了。他看了下手表，翻身下床，将信塞入兜里，连夜赶到他姐姐家里，刘明辉先是一愣，稍后问："你还没睡？"

陈文进走到茶几前，为他俩各倒一杯开水，放下说："睡不着啊！"

刘明辉坐在沙发上，望着陈文进心事重重，他知道他心里有事。通过数年的接触，他了解了陈文进的脾气，虽说他比自己小上十几岁，但无论是做什么或有什么想法，都会与他沟通商讨。

陈文进喝口水问："小女孩打捞到没有？"

刘明辉站起身，在茶几前来回踱了几步说："目前还没有打捞到，我回来就给当地政府打电话，询问情况，他们说水流太急，希望很渺茫，恐怕一时半会难以寻到。"

陈文进沉思片刻说："姐夫，我想下海。"

刘明辉先是一惊，忙转过身问："你想下海？你想放弃眼前这来之不易的工作，下海挣钱？"

陈文进点点头说："教书育人固然重要，但下海闯市场，多学点东西，我觉得更为重要！"

刘明辉再一次将目光聚焦在他身上问："你这不是将满肚子学问拌米饭给吃了吗？"

"吃了怎样？不吃又怎样？你让我牢牢抓住这个撑不饱、饿不死的铁饭碗，何时才能变成金饭碗？我马上是做父亲的人了，我也要挣大钱，供养我的子女吃饭、穿衣、读书，我也有家的生活重任！你总不会让我一辈子，居住在学校的宿舍里吧？"

陈文进这一连串的问话，把刘明辉问得哑口无言，稍后他才勉强说："好，好，好！你们这些年轻人，有学问，视野开阔，理想远大，我不阻挡你下海挣大钱，不过你也不能头脑一热，盲目就做出决定了啊！还望你三思而后行！"

陈文进没有吭声，只是掏出兜里的那封信，递给刘明辉看。刘明辉先是一愣，稍后，他展开信细看，当他看完信的内容，问："你想去海湾市学习桥梁技术？"

陈文进说："若不在这条河面上架起一座大桥，像今天这样的悲剧，以后说不定还会发生！"

此刻刘明辉知道他这个内弟在想什么了。

"好！你去学习桥梁技术，我支持你，在这上面，我俩有共性，不过……"显然，刘明辉还有诸多顾虑。

"不过什么……？是不是建一座大桥对你来说很难？你一个市委一把手，建一座大桥，烦你什么心？劳你什么力？开一个小会，传达一下文件，不就解决了嘛！"

刘明辉沉默半晌才说："你说得轻巧，就那么容易？这可是大工程，首先是这笔巨额资金从哪儿来？"

"我要去海湾的意图就在这。"

刘明辉又疑惑地问："你是说？"

"我可以通过金良才引荐，向海湾公司招商引资，让他们投资建桥，待大桥建成后，可以限期对大桥过往的车辆收费，也就是说他们可以在三到五年的时间里，就可以收回成本并能拿到丰厚的利润，岂不两全其美？"

刘明辉听完了这番话，觉得陈文进讲得有道理也不得不佩服这些当代大学生们的聪明才智。他迟疑片刻又说："你说得很有道理，只不过以你个人名誉，去和对方洽谈，人家也不会信任你的！"

"以你之见？"陈文进急切地欠了欠身问。

"以我之见，你先别急着去海湾，凡事都要慎重考虑，酝酿出最好的方案，去取得较为成功的效果，岂不更好？"他沉思片刻说："不过，通过你刚才这一说，我倒有个想法。"

"什么想法？"陈文进问。

刘明辉坐在沙发上，严肃地说："我想让你去省城攻读桥梁工程学！"

陈文进一听大喜，高兴地一把握住刘明辉的手说："明天我就动身去省城。"

刘明辉拍拍他的肩膀道："我就知道你会激动！"

就这样，刘明辉和陈文进在一夜之间酝酿出古往今来人们想都不敢想的一项破天荒的宏伟工程。

几日后，陈文进申请暂停代课，他如愿以偿地去了省城桥梁工程学院报到。与此同时，刘明辉也市委召开常委会议，把要建跨淮河大桥这一想法，向新任市长邵明宇以及市委的所有领导作了详细阐述，市委领导们一听，书记要建一座连接东西走廊的跨河大动脉，无不欣欣鼓舞，都纷纷献计献策，想为全市的交通便利出一份力。

会后，刘明辉和邵明宇携同凤凰县委一班人，乘坐大型船舶，沿河道两岸详细勘察了河道的宽度，确定桥身横跨河床所需占据的地理位置。之后，刘明辉又连夜起草了一份建桥方案，把他过河亲眼看到河道两岸百姓行船不便的难题，又书写了一份上千字的附文，他把这个方案又上报给省委领导，希望省委领导能给予大力支持。

陈文进在攻读桥梁工程学的同时，也收到白雪从西部寄来的家信，白雪在信中清楚地讲述了她在西部的发展情况，尤其是她顺利地给他生了一个儿子。白雪在信中还详细讲述了她生产时的过程，她说："代完了一天课的她，坐在油灯下批改作业，她突然觉得，肚子异常疼痛。她不知道是否孩子已到了降生的时候，也不知道是否是白天站着讲课，胎儿受挫了？一阵腹痛让她咬牙撑着。与她同宿的米莱苗，见她实在撑不住了，就找来老校长的老伴，还有几位住校的老师，把她抬进卡石尔库小镇医院。没过多久，孩子就降生了，医生将儿子包裹好送进她的怀里，她见儿子长得白白胖胖十分像他，感到欣慰。"

从信中还得知，白雪工作、生活的艰辛和压力，对文进的牵挂和思念，还给他的孩子取名叫陈唤东。

陈文进看完信，惭愧地低下头，他自知男儿有泪不轻弹，也知道自己作为丈夫，在白雪生产时没能守护在她身边是他的失职！他徘徊在校园的一角，心事重重地担忧着贫困的西部会不会给白雪和孩子造成健康上的影响，他要写信去安慰白雪，鼓励白雪，顺便也要寄些钱去，让她们母子的生活过得好一点。

就这样，陈文进在省城攻读了两年的桥梁工程建设专业，以优异成绩拿到了桥梁建筑资格证书。

毕业后，陈文进与刘明辉通了电话，并详细谈了建桥方面的方案后，他便坐上开往海湾市的火车，去找他的大学同学金良才了。他要到海湾桥梁集团公司去，他要引进他们的人才，引进他们的技术，引入他们的资金，为家乡建桥做贡献。

第二十九章　高歌一曲

　　陈文进坐上南下的火车，很快来到海湾市。金良才得知昔日的老同学特意从家乡赶来，尤为惊喜，亲自开车去火车站接他。

　　两个人一见面就热情地拥抱在一块，互相捶打着脊背，金良才说："一别两年多，真的很怀念无忧无虑的大学生活啊！"两人寒暄一番后，随即坐上车，金良才一面操纵着方向盘，一面不解地问陈文进："你不是在绿水市重点中学教书吗？怎么有时间到海湾市来了？"

　　陈文进莞尔一笑说："下岗了，受生活所迫，前来找老同学谋个职业，混口饭吃。"

　　"你要是下岗了，全世界的人都该没有饭吃了！"

　　陈文进自知金良才不会相信他的话，于是从挎包里取出自己的桥梁专业毕业证书递给他看。金良才一见便惊讶地说道："老弟，你何时也弃教转行了？"

　　陈文进淡淡一笑说："今天能另辟蹊径，全是两年前你给我寄去那封下海信的诱惑啊！"

　　金良才拍下陈文进肩膀说："老弟，在校三年我了解你的为人与个性，我想，你这次海湾之行，不单纯是来找工作的吧，应该是另有原因吧?"

陈文进一笑道:"你不是想带我去一览你们集团公司在海湾新建的'平跨钢锁斜拉大桥'吗?我倒想看一看这座大桥的结构哟。"

金良才一边开着车,一边很自信地望着窗外那纵横交错的立交桥说:"老弟,我们公司不但能承建平跨钢锁斜拉大桥,还能承建全国各地的高速公路网,这座发展中的城市,所建造的每一座立交桥,都凝聚着我们集团公司建设者的心血啊!"

两人聊着,金良才已将车子开到一家宾馆门前停下,两个人下了车,金良才领陈文进去了七楼房间,把行李安置好后,他们又回到楼下宾馆里坐下。陈文进向金良才讲述了为了方便家乡民众来往,绿水市市委准备在淮河河面上建造一座跨河大桥的事,金良才一听就万分惊喜地说:"好啊!我们公司所承建的就是国内及东南亚地区的桥梁建设,我作为公司的一名副总工程师,有责任,也有义务替公司引荐你这位既是老同学,又是同行,更是我们公司要接纳的一个项目客户,我怎不为此高兴呢?"

陈文进又说:"我这次不单纯是以客户名义而来,更重要的,还是为我个人找工作的事,你想,我攻读了两年的桥梁工程学专业,虽然理论上学了一大套,但那只是纸上谈兵,没有一点实践基础,我想借助这次海湾之行,借助贵公司实力,一边在公司上班,一边体验新的建桥技术。"

金良才一拍胸脯说:"老弟,你来本公司上班的事包在我身上了,家乡建桥的项目,本公司也要接纳。我作为一个远离家乡的游子,能为家乡建桥出力做贡献,我非常高兴!"就这样他俩越说越兴奋,越谈越投缘,最后两双有力的大手,紧紧地握在了一起。

吃过午饭,两人稍歇片刻,金良才开着车子将陈文进带到公司,在公司办公室里,梅总经理热情地接待了陈文进,陈文进向梅总经理谈了他此次海湾之行的目的,只不过是以绿水市要建跨

槐花飘香

210

淮河大桥一事，向贵公司传达一下口信，至于洽谈方式，还需要贵公司派专人去和绿水市领导当面洽谈定夺。

梅总经理一听又有新的项目可谈很高兴，并找来业务部经理和人事部经理，对陈文进的讲述进行现场记录。事后，又打电话与绿水市领导进行沟通，最后，将项目提交给董事会研究，经过半天的会议商讨，董事会一致同意，接纳绿水市这一项目工程，并吸纳陈文进在贵公司承担工程设计的工作，一切安排好后，金良才与梅总经理亲自驱车陪同陈文进，观看了他们集团公司新建的海湾市大桥的宏伟壮景。

很快，海湾市桥梁集团公司，派技术人员携同陈文进、金良才等人，乘坐北上的火车，抵达了绿水市。他们同绿水市领导们一道，乘船对大桥两端所跨的位置，进行勘察采点，又对桥墩设定的地下土质进行采样分析。经过公司技术人员半个多月的努力勘察和设计，并以十分精确的数字，绘制出了平跨钢锁斜拉大桥的总体方案设计图，以及效果图，同时也对建桥所耗资金，有了一整套的预算数据。

随后，市委领导和公司领导，在融资研讨会上，分别拿出了不同意见。海湾市桥梁集团公司，由于当年在高架桥建造方面，投入资金比较大，因而对绿水市这座总长一千米需要投入六千万元的建桥资金，只能拿出六成来投入，另外四成，想让绿水市以股份制形式投入，如果双方能达成一致意见，形成互利共赢模式，双方可签订合同，待大桥建成后，按照大桥三年过往车辆收费计算，再将所得利润按三、六分成，留一成供大桥维修使用。如果绿水市不愿拿出两千四百万元资金入股，海湾市桥梁公司只能延缓建桥期限，或者退出，海湾桥梁公司给予绿水市领导十五天考虑时间并做出答复。

刘明辉等人立即召开市委、市政府联席会议，就绿水市入股建桥一事进行商讨，在半天的联席会上，从市长到县长以及几十名大小官员，都支持建桥方案的实施，可一提到要拿出两千四百万元入股建桥，都不讲话了，其实在座的人们心里都清楚，这钱可不是一个小的数目，全绿水市一年财政收入也不过六七百万元，若要一次性拿出两千四百万元出来入股，也就等于要拿出三年多的财政收入出来建桥，这么一大笔资金从哪儿来？这上上下下数百人的工资怎么办？这一项项开支拿什么去投入？

会议持续了半天，也没有人敢拿出一个有效的方案来。对此，刘明辉真的急了，眼看着酝酿已久的建桥方案即将上马，却被这两千四百万元资金给难住了，他心里不免焦躁起来，马不停蹄往省里连跑数趟，希望省委能从资金上给予支持，最后费了很大的力气，几乎掏空了绿水市的全部家当，才筹集到两千万元现金。这个在众人眼里已是不小的数目了，可离入股建桥资金，还差四百万元，刘明辉感到了一筹莫展，他电话联系了陈文进和金良才，对资金不足一事向他俩做了叙述，并希望他俩能代他向公司领导说情，能否先将合同签下来，待工程开工后，市委再想办法将欠下的四百万元慢慢补上。

陈文进和金良才也觉得切实可行，资金又不是一次性就能投放完的，暂欠少数资金留作工程后期使用，也是一样的。于是他俩抱着试试看的想法，答应了刘明辉的要求，随即，他们坐车直奔公司驻绿水市临时办事处，当他们来到办公室见到苗总经理，将事情一说，苗总经理语气坚定地说："他们家是全国首屈一指的跨国性大公司，也是十分讲信誉、守合同的公司。他们讲究的是对事不对人，还希望绿水市委能履行双方达成的协议，将资金全部转入建桥专用账户上，公司才能和他们签订合同，公司最长只能把时间延长到下个月底，否则，他们将退出建桥项目，返回海湾市。"

刘明辉一听苗总经理把话说得一点缓和余地都没有，他感到十分焦虑。为了筹建跨河大桥一事，他精心筹划了两年多的时间，上至省委，下至黎民百姓，全市轰动得几乎连三岁孩子都知道他刘明辉要建一座跨淮河的大桥梁，就在全市百姓将目光盯在这块儿看的时候，总不能被这四百万元给挡住了吧？

毕竟金良才在南方多闯了几年，大脑比他俩运转得要快，他突然说："现在国家大力支持农民办企业，我看咱们就以个人名义向银行贷款建桥，你看如何？"

陈文进立马否决说："四百万元，这可是天文数字，谁敢贷给我们？再说咱们又没有财产抵押？姐夫还是政府官员，法律也不允许在职人员经商啊！"

刘明辉听他俩为筹款一事不停地争执，头脑灵光一闪，也来了新思路，他转脸看了看他俩说："听你俩这一说，我倒有个补救办法！"此刻轿车已开进政府大院。刘明辉让他俩进办公室重新再议，于是，三个人坐定后，刘明辉说："你俩在车上讲的话，其实也有道理，我虽然没有经商的自由，但我有支持别人经商的权利。"

陈文进敏感地问："你想让我和金良才向银行贷款，你出面作保？"

刘明辉点点头说："可以依你俩的名义，单独成立一家桥梁公司，然后再依公司名义，向银行贷款四百万元，我出面作保，然后将借来的四百万元，与市里的两千万元汇集在一块，转入建桥专用账户上，这样名义上是绿水市和海湾公司两大股份，实质上却是三个股份，待大桥建成后，你俩可以将银行四百万元本利还上，还可以享受这四百万元红利，你们看如何？"

金良才爽快地一笑说："我早就有此想法，只是没有挑明说而已。"

陈文进却十分内疚地说："咱俩就这么牵下头，挂个名，就可坐享四百万元红利，岂不太便宜咱们了？"

刘明辉仍紧锁眉头说："事实并非你们想象得那么简单。凡是经商，都有一定的风险性，如果银行真愿意贷这笔款给你们，那就意味着，这四百万元，已经将你俩推向了风险之路。俗话说，投入多大的成本，就要承担多大的风险，如果工程质量建设达标还可以，如果一旦质量不达标，或者在施工中出现意外，那将对你俩是毁灭性的打击！我也要为此受到不可估量的重挫！"刘明辉谈到这，语气十分严肃地说："这就要提醒你们这些工程技术人员，在施工中要确保高质量、高标准去建造，不得出现一丝纰漏，否则后果不堪设想！"

他们又酝酿多时，决定成立绿水市桥梁建设有限公司，将"跨越"作为桥梁公司的名字。

最后，金良才又提出疑问：树立公司牌子容易，可公司要拥有一定数额的员工，恐怕一时半会难以招到。

于是陈文进便将老家有个瓦工兄弟叫张垒的事，向他俩叙说一遍，如果他能把张垒说动心，将他手下的一百多号民工带到公司充当员工，一切就都解决了！

次日一早，陈文进真的回了一趟老家，凭着他和张垒、蔡永新铁哥们的关系，真就把张垒的一百多名建筑工人给带来了，又经过市委有关人员的周密策划，挑选了良辰吉日，以陈文进、金良才为首的绿水市跨越桥梁股份有限公司正式成立了。

这一日，锣鼓喧天，鞭炮齐鸣。市长邵明宇主持开幕仪式。刘明辉亲自为公司挂牌剪彩。海湾市桥梁集团公司总经理苗乙诏携同一班人，与刘明辉、邵明宇、陈文进、金良才等人，一一握手，并表示合作成功。接着合作团队到公司大厅签约。随之，双方将各自银行账户上的款项同时转到桥梁公司新建专用账户上。最后，双方领导再次握手，表示合作愉快。

几日后，海湾市桥梁公司的技术人员，随同绿水市跨越桥梁公司，以及张垒所带领的一班人，浩浩荡荡驻扎在了建桥工地上。开始对大桥横跨两端的基础工程，进行挖掘、浇筑，经过两个多月的机械化施工，淮河两端的桥墩，已准确定位。

白雪到西部助教，转眼已有四年了。她在这四年里，给陈文进的每一封来信中，都不忘提到卡石尔库小镇的贫穷落后，还有米家那艰难的生活处境。

陈文进在信中了解到，白雪为了让米家三姐弟能够顺利地读上书，已和米家形成了对口帮扶。她已将自己过半的工资，拿出来帮助米家，他也为白雪对米家的付出，由衷地感到欣慰！

此时陈文进不为建桥一事担忧了，他担忧的是白雪和儿子在西部的生活情况，还有就是白雪何时才能退出西部助教，尽快返回他的身边来。他的儿子陈唤东，都已经三岁多了，他整日忙于建桥，竟然粗心得连儿子的照片，都没想到要上一张来看看！

几日里，随着乍来的秋风阵阵袭扰，秋雨也在绵绵轻洒着。虽然雨势不大，但施工还是受阻。晚上，忙了一天的陈文进，为了避免工友房间里传来的嘈杂声，他关上房门，一个人躺在工棚里，静静地想着心事。此刻他真是想念妻子了，也想念自己的儿子。说实话，一个大男人虽有妻室，但和单身没有什么两样。同事们时常逗他：一个人过的是不是挺闷？要不要和别人一块去跳跳舞、散散心？他都是莞尔一笑说："不必了。"

陈文进躺在床上对妻子的思念，一时间又泛起波澜。他翻身下床，他要给妻子写信，告诉她寄一张儿子和她的照片给他看看。他想看看三岁多的儿子个头长得高不高？他想看看自己的妻子现在变成什么样子？他一想到和妻子结婚那二十整天的幸福生活，他心就在跳跃。回想起婚前八年的分离，他又感觉四年比八年还是少了许多。

次日清晨，风停了，雨止了，火一般的朝阳，从东方升起来了，工人们又开始了新的一轮工程的施工。

第三十章　旧情难舍

　　桥梁工程进展得很快，转眼已有两年了。经过紧锣密鼓的施工后，工程已到主体桥身对接阶段，陈文进和金良才同海湾公司几位高级工程师们一道，整天头戴安全帽，肩挎工程包，手拿图纸，忙碌在施工的拖船上。他们吃住在工地、指挥在工地，一丝不苟地对钢筋的尺寸、水泥的质量、钢索的软硬强度以及所有建材的来源、产地，都给予周密的分析、化验，确保质量万无一失后，才投入使用。

　　午后，陈文进和几位工程技术人员，在办公室为钢索斜拉间隔距离做精确定位和计算。这时从指挥部跑来值班人员喊："陈总，你们公司一位钢筋工，由于切割不慎，将自己手指切断了。"

　　陈文进立刻跑出门，只见蔡永新搀扶一人匆匆朝公路上赶，他见伤者满脸苍白，紧咬牙关，一只手紧握那只受了伤的手。张垒也紧跟他们身后手捧三个血糊糊的手指走着。陈文进忙上前把伤者扶上车，随即把轿车开向去市区的公路上。

　　几个人坐在车内，伤者是老家一位常年跟随张垒做瓦工的村民，名叫徐奎，在切钢筋时与人说话才不慎切断手指的。

　　到了市医院，经过医生四个多小时的手指再植术，手指是被接上了，可要想让手指恢复到先前那种活动自如的地步，恐怕是不可能了！他将徐奎的医疗费及生活费安排妥后，几个人便开着车子往回赶。

徐奎受伤住院一事，牵挂着陈文进的心。一天下午，陈文进驱车去医院看望徐奎回来，途经绿水市中级人民法院附近，他突然想起，像徐奎这样的伤残索赔，法院应该有一整套的索赔条款，他心里想着，将车子开到法院门前停下。他下车掏出墨镜往眼睛上一戴，走上法院台阶。他向上刚走几步，从法院大厅里，迎面走出一位身着便装、腋下夹着公文夹的女士，从他身旁匆匆走过。就在他俩擦肩而过时，陈文进忽听这位女士下楼的脚步声，好像在哪听过。

就在陈文进摘下墨镜回头向她一望时，正与这位女士回头看他的眼神相碰撞，也就在两人目光相碰撞的一刹那，他俩几乎都愣住了，这女士大声地叫道："陈文进！"

陈文进问："苏姗姗！怎么是你？"

两人情不自禁走上前握了握手，陈文进问："你不是在高院上班吗？怎么跑到中院来了？"

苏姗姗一笑说："说不清，道不明，我自己都不清楚，我是如何到这儿来的！"说完，她问："你放着好好的课不代，来法院做什么？"

陈文进一笑说："社会在发展，人也会随着发展而改变嘛！"两人说着，走下台阶，陈文进问："你要去哪儿？"

苏姗姗看了下手表说："快下班了，将这些材料送到检察院去。"

两人走到轿车前，陈文进问："检察院离这儿可有一段路程，要不我送你去？"陈文进打开车门。

"怎么？你跑出租了？何时学会开车的？"苏姗姗一脸惊诧。

"这是公司的车，干我们这行，跑里跑外，自己学会开车方便些。"苏姗姗进车后，他便将轿车开上了公路。

苏姗姗仍惊奇地问："公司？什么公司？你什么时候从教师，摇身一变成为开公司的了？"

陈文进一面开着车，一面说："说来话长！不过我走的这条道，让我选对了。"

苏姗姗更是不解地问："你走的什么道？开的是什么公司，快告诉我啊！"

"等工程完工了，我再带你去一览我们公司创建的辉煌成就。"陈文进说。

"你是做工程项目的？"

陈文进点点头，仍将目光直视前方，从表面上看，他似乎很平静，但心里却有点波澜。

苏姗姗也敏感地低下头说："难怪我来绿水市三年多的时间，也曾多次路过你的教学楼下，却一直未能见到你呢！"

"那几年，我还在省城攻读桥梁工程学专业呢！这几年，为建桥的事，东奔西走，学校里的宿舍，早就只剩下我和白雪结婚时的爱巢了！"

"你目前住哪儿？"

"建桥工地。"

"白雪也住那？"

"不。"陈文进轻叹一声说："我的爱情鸟，早在四年前，就离开绿水，飞向祖国的西部去了！"

"你如今还是单身？"苏姗姗一脸疑惑。

"不，有老婆和孩子。"

"那他们是谁？"苏姗姗仍盯住陈文进想问个明白。

陈文进已将轿车开到检察院门前停下，他将车门打开说："检察院到了。"

苏姗姗将脸一沉道："检察院不去了，反正已到下班时间，即使送去，也没人理会，待明天上班再送也不迟。"

陈文进见苏姗姗不肯下车，他将轿车开到市中心，在一家饭馆门前停下问："我下去要几个菜，咱们边吃边聊。"随即他俩下车来到饭馆坐下，陈文进要了几个菜，他俩面对面坐下后，陈文进从兜里掏出不久前，白雪从西部寄来的她和小唤东的合影照片，递到苏姗姗手上说："看看我们两地分居的三口之家。"

苏姗姗听完默默低下头说："只因白雪爱你爱得太深，她才不愿你和她一块去西部受罪，如今她领着孩子带课，真是太难为她了！"

陈文进说："现在我的情况你都了解了，还是谈一谈你是如何来绿水的吧！"

苏姗姗长叹一声道："我也是事不随心，人不如愿。怪只怪当初我头脑一热，才造成今天这样的局面！"她又迟疑了片刻说："打我们三人同时出现之后，我回到家里，母亲见我一头倒在床上大哭不止，知道我感情上受到了重挫，便责怪我，说我看错了人，父亲也训斥了我一顿，我一气之下闷睡了三天三夜没有吃饭。父亲怕我精神上受不了打击，就将我工作安排好，让我上了班。"

"后来我误打误撞，和我的大学同学朱字结了婚。没想到他的生活奢靡腐化，还干了走私假货的非法勾当。受到重创的我，草草结束了这段没有感情基础的婚姻。"

"一年多的空虚生活，迫使我做出决定，离开省城，申请到绿水市中院工作。"

陈文进默默听完苏姗姗的讲述，发出一丝苦笑说："你来到绿水市又能得到什么？你清楚那个人的心已经给了别人。"

"通过三年的校园生活，我了解你对我的真心。虽说我们没有走到一起，但你从没有用谎言欺骗过我，就凭这一点，已经足够了！"

陈文进知道苏姗姗的心还在他身上，来绿水市无疑是对婚姻的一种逃避，也是给自己情感上增加一份寄托，他俩漫不经心地吃着饭，陈文进又回想起那次他俩在省城大饭店里吃饭的情景，说："那次吃饭，囊中羞涩，还是你掏出一张五十元钞票，付的饭钱呢！"

苏姗姗浅浅一笑说："看你受委屈的样子，就像公园里一只被游客们戏弄的大熊猫！"

接下来，陈文进向苏姗姗叙述他来法院，主要是想咨询伤残索赔一事。

随后，陈文进付了饭钱，他俩走出饭店来到轿车前，陈文进看了看手表，已是晚上十点多钟了，苏姗姗提醒他说："这儿离工地有三十多公里，你能开车回去吗？"

陈文进一笑说："这点路算得了什么？就是现在让我开车开到天亮，也没问题。"

"既然没问题，先送我回家。"苏姗姗上车说。

陈文进启动轿车，由苏姗姗引路，很快开到她住的楼下。苏姗姗让陈文进上去喝口水再走。

陈文进下车随苏姗姗上了楼，苏姗姗打开房门，两人走进屋，苏姗姗将门一关，此刻苏姗姗一颗平静的心，再也平静不了。她抛开所有顾虑，上前搂住陈文进的后背，深情地叫道："文进，一别几年，我真的好想你！你知道吗？为了想见你一面，我抛弃诸多顾虑来到绿水市，曾多次去你的住宿楼下，一等就是几个钟头。我把感情的所有希望，都寄托在了你的身上！也许是我这份情谊感动了上苍，才让我俩相见……"苏姗姗说到这，嗓子一阵嘶哑，将陈文进搂得更紧了。

此时陈文进站在原地没敢动弹，他知道苏姗姗此刻在想些什么，更知道一个成熟女性为了心目中的男人长相厮守的痛苦，他压抑住心跳的节奏把自己化作一块木偶，任她去搂，任她面颊在他的脊背上擦拭……

"怎么？你嫌弃我了？"

苏姗姗这一问，无疑刺中了陈文进那颗愧疚的心。他自责地道："姗姗，你所遭遇的一切，全是因我而起。当初不是我选择你，你又怎能会卷入那不该发生的旋涡中呢？我用心弥补还来不及，我又怎会去嫌弃一个曾经帮助过我，并深深爱过我的人呢？"他转身将她搂在怀里。这会苏姗姗感到久别后的真爱瞬间得到了重温，她再也按捺不住内心的狂澜，搂住陈文进的脖子，在他的脸上一阵亲吻过后，她牵着他的手走向卧室。陈文进努力克制住狂跳的心，他自知为了白雪，为了孩子，也为了这个完美无缺的家，更为了苏姗姗将来的纯真爱情，他必须要将自己用绝缘情网封存起来，绝不可肆意放纵自己的感情。于是他对苏姗姗说："别这样！白雪为了我，带着孩子在西部吃苦受罪，我欠她的已经够多了！良知告诉我，我不能出卖自己的灵魂，否则，我良心会不安的！"

苏姗姗理智地放开了他的手，迅速来到洗手间，用冷水泼了泼面颊，定了定心神回到客厅，替陈文进倒杯开水，又从卧室抱床被子，放在陈文进坐着的沙发上说："不好意思，委屈你在沙发上睡一宿吧！"说完，她面无表情走进卧室，关闭了房门。

陈文进自知今晚确实是回不去了，他压抑住内心的波动，和衣躺在沙发上，闭目睡去。

次日一早，当苏姗姗一觉醒来，走进客厅想让陈文进吃点早饭再走时，她发现客厅里已是人去楼空。被子被整齐叠放在沙发上，茶几的杯子下面压放着一张纸条，上面写道："姗姗：对不起！请原谅我的不辞而别，感谢你昨晚对我的留宿！我走了！我真诚希望你能从梦幻中走出，并投入到现实生活中去，也希望你在人生路上找到你爱的人，我衷心祝愿你永远幸福！"

看完留言，苏姗姗双手捂面，瘫坐在沙发上，伤心地哭了起来，她深知感情这东西，是两情相悦的事情。虽然她和陈文进是一时间的情追旧梦，可她更知道，陈文进和蔡白雪，就如同幽谷中的两棵连体大树，难以分开。陈文进和别的男人不一样，不像其他男人为了玩弄女人，用尽花言巧语博取女性的欢心，陈文进则不然，可陈文进越是这样理性地对她，她越是对陈文进情网难收。

第三十一章　爱屋及乌

　　工程进展得很快，经过两年多的施工建设，在第三年夏季洪水来临之前，大桥终于顺利竣工了。

　　在竣工仪式上绿水市电视台、凤凰县电视台，以及周边几家各大新闻媒体，都赶赴现场，对大桥正式通车，进行现场直播。凤凰县、青山县、黄龙县的四大班子的领导都驱车赶赴现场。市委书记刘明辉，健步登上临时搭建的典礼台上，激情振奋地宣读完了建桥铭志录，宣布大桥从即日即时起正式通车，随即大桥两端锣鼓喧天，鞭炮齐鸣，一束束烟花礼炮，也相继在大桥上空徐徐绽放。随着震耳欲聋的礼炮声响起，早已像长龙般排列在大桥中央的车队，从大桥上面缓缓驶过。走在最前端的是市委领导和县委领导一行的车，随着第一批车辆的顺利通过，紧接着就是周边地区的运输车辆和市内的车辆。

　　在庆祝大桥落成的同时，海湾市桥梁集团公司和绿水市桥梁股份有限公司，按照和绿水市人民政府事先签约的合同规定：按照大桥一年二千二百万元纯利润收入，除掉税收和各项管理费用，预计三年可收回利润六千多万元。

　　陈文进和金良才根据海湾集团公司资金回笼过剩的情况，提前申请支出四百万元红利，归还他俩以个人名义向银行贷的款，很快得到对方同意并提前支付。偿还债务后，由于跨越桥梁公司暂时资金短缺，他俩只好申请暂时关闭公司，随同海湾集团公司继续南下上班。

就这样，陈文进在海湾桥梁公司又上了三年的班，待大桥收费人员返回海湾市后，陈文进和金良才拿到这四百万元红利，但此时两人产生了分歧。金良才深谋远虑地说："如今咱们手上拥有这四百万元资金，我看还是以股份制形式全部投放在海湾集团公司，就凭这笔资金，凭着海湾集团公司的实力，再加上我们俩的技术，不说咱俩一年能赚它上百万，起码也要拿到几十万元红利，这可是咱俩发财的最佳时期，万万不可错失良机啊！"

陈文进为之一笑说："不到几年，你我就可以成为千万富翁了。"

"那绝对没问题，到那时咱俩在这里每人再买所公寓，整天面对洋房、豪车，你说，咱们不是过上神仙一样的生活了吗？"

陈文进听他把话说得有滋有味，迟疑片刻说："依我之见，咱俩还不如将这四百万元带回家乡发展的好！有了这些钱，咱俩可以让公司重振雄风，岂不快哉？"

金良才惊诧地看了看他说："你这人聪明一世，又糊涂一时，放着见本见利的事儿不做，反而要回家从头创业，你不是有病吧？"

陈文进说："可我总觉得这笔钱，是咱俩从家乡挣来的，应该将这些钱带回家乡发展才好啊！"

金良才说："你准备做什么？"

陈文进说："我想让三年前关闭的跨越桥梁公司重新开张。"

金良才摇摇头苦笑说："你不将资金投放到稳定的公司里，却要回家重新创业，我看不是那么容易的事！一旦马失前蹄，不但挣不了大钱，反而还会将成本赔进去，像这种得不偿失的事情，我是不会做的!"

陈文进反驳说:"什么叫得不偿失?这四百万元红利,是我们借国家贷款挣来的。当初国家倘若不贷款给我们,我俩现在还是小职员,又谈何有今天?你可别忘了,老家乡亲们还在受穷,他们的年收入还停留在千元以下。我们若将这笔钱带回去重振'跨越',不说能把家乡带富,也不说能赚多少利润,但最起码,我们可以养活一百多名员工,可以解决一百多个家庭的生活难题吧!"陈文进一口气讲到这儿,稍做沉思又说:"我已考虑很久,携带巨资,返乡创业。"

金良才略带几分讽刺地说:"你当然想返乡创业,你有一个当市委书记的姐夫做后台,在属于自己的地盘上做事,自然是呼风唤雨,水到渠成。"

陈文进恼火地说:"我凭的是良心,凭的是信誉,与海湾公司合作时,你最清楚!"

金良才沉默半晌才说:"我是不会回去的。"

"既然如此,我也不勉强,不过,这四百万元钱怎么办?"陈文进试探性地问。

"二一添作五,一人一半。"

最后,陈文进表示同意,于是,他俩来到海湾集团公司,很快办理了每人二百万元的个人账户,陈文进辞去海湾公司工程师助理的职位,返回了家乡。

陈文进回到家乡,第一件要做的事,就是重启跨越桥梁建筑股份有限公司的事宜。

陈文进找到刘明辉,向他详谈了自己想法后,刘明辉高兴地说:"你回来的正是时候,由于绿水市上半年连降一个多月连阴雨,虽说暴雨不像往年那样多,但绿水市多个湖区洼地,还是严重受涝,受土路影响,农民们在湖区内种植的大面积蔬菜无法拖运出去,相继烂掉。为此,农民们痛心疾首,纷纷反映到县里,县领导在市委扩大会议上，又将这事反映给了我们，要求我们在全市几个湖区洼地，深挖沟，修公路，并建造桥梁和排灌站，使全市几个湖区数万亩洼地，能够旱涝保收，我想你重扛'跨越'这杆大旗是件好事，还希望你尽快将公司成立起来，以弥补现有工程队不足的难题。"

陈文进在市区租用了一家倒闭的塑料厂，作为"跨越"公司的临时厂房，又回一趟老家，把张垒手下那帮好兄弟带回公司。

陈文进开始忙活起来，他东奔西走购置一整套的建筑设备。同时，他感到身上的担子重了起来，一个人既要接洽往来项目，又要去外地采购机械，还要过问工程中的设计、图纸，一大堆事务全靠他一个人来完成，他感到开公司不是一个人力所能及的。虽然方方面面有张垒、蔡永新帮忙，但他们也只能在工程建设上帮忙，至于一系列财务账目，急需要一位心细的女性来替他帮忙管理！陈文进想到了爱人蔡白雪！他想写信把蔡白雪从西部喊回来，他想让蔡白雪回来替他管理这个公司。蔡白雪去西部助教转眼又是八年！他们的儿子都已经七岁了！八年的夫妻生活，他们只享受了二十天，是该让蔡白雪回来了！他随即写信告诉蔡白雪，希望她立马向组织申请，返回内地，回家帮他管理这个公司。

一封家书，满载着陈文进的一片希望，飞越了千山万水，很快传递到卡石尔库小镇中学。当布谷齐曼老校长，将这封家信转交给蔡白雪时，他见她看信时脸上流露出的欣喜，足以让老校长知道信里有很多的信息。在这儿一晃八年了，经你培养出来的第一批大学生，都将走向工作岗位了。第二批高中生，又将明年毕业。你来到卡石尔库中学八年里，对我们小镇，对我们小镇中学，都做出了极为卓越的贡献，倘若再不让你回去，我们真要愧对你和你的家人了！"老校长说完，他让蔡白雪连夜写申请书，第二天一早，他要亲自把申请书送往市教委，老校长的一番提议，也得到在座教师们的一致同意。

吃过晚饭，白雪忧心忡忡地趴在桌子上给陈文进写回信，此时此刻，她心潮起伏。打她走进西部以来，她无时无刻不在思念着爱人，期盼着返回内地，返回自己的家，无时无刻不在惦念着陈文进的生活起居。眼下刚刚入冬，可这已是冷风飕飕，寒气逼人了。白雪知道学校因缺乏资金，大部分校舍都未得到修复，许多墙体明显有石块脱落，形成曲形裂缝。有的房屋漏水，早已朽化，诸多学生在简陋的危房里上课，着实让人揪心啊！虽说前两年政府也拨了一批专项资金，但都用于建造高中教室上。白雪面对一排排急需修复的危房，她感到责任重大，面对眼前诸多困境，她想到了陈文进，想到了陈文进的公司，她想让陈文进从公司抽出一点钱来，替卡石尔库中学修复校舍。以捐款的形式邮来，无论是多少，哪怕是为学校改变一下周围环境，哪怕是为学校更换两个篮球架，哪怕是为学校食堂添上几袋小米也是好的。爱心捐助，可没有多少的规定啊！这一桩桩心思，令她夜不能眠。

第二天傍晚，老校长从市教委回来，他告诉白雪：他到市教委将申请书往上一递，局长就说：东部的调动通知早就到了。她随时都可以走了。不过眼下还抽不出替代她授课的人选，即便有合适人选，也需要春节过后才可上岗。眼下白雪若是走了，还需要你们自己抽出人来代课。老校长讲完，又安慰白雪说："你尽管放心回去，你这一走，我立马向市教委要人，他们总不能看着这近百名高三学生，没有老师上课而不管吧？"

白雪面对老校长的劝说，一直都没做出回应，她考虑多时才说："老校长，关于我回内地一事，我想还是先搁一搁再说，八年的时间都过去了，也不差这一两个月，再说市教委春节后才可派教师过来，我想我还是先等一等，等放了寒假再回去，一来可以把这儿高三课程代完；二来也不耽搁我回家过春节，岂不两全其美？"

老校长稍作沉思说："这样倒是好！不过你爱人那边开公司，担子又要加重了啊！"

白雪笑着说："我在回信中已将我春节前回去的消息告诉他了，我想他会理解我一番苦心的！"

就这样，白雪暂且又留了下来。

第三十二章 天不假年

陈文进向卡石尔库小镇中学捐赠的那十万元现金和两万元校服，经过希望工程，很快传送到了目的地。爱心捐助，使西部民众，使卡石尔库小镇山民，从内心体会到祖国大家庭的温暖，同时也感受到同胞兄弟的手足之情。

全校几百名师生看着由两辆马车拖运来的衣物送到学校，大家心里都觉得有股暖暖的热流在往上涌。一个个笑逐颜开望着地上堆放着的一大堆包装精致、色彩鲜艳的校服，更替蔡白雪老师为学校做出卓越的贡献赞不绝口。

此时此刻的白雪，手里捧着陈文进寄给她的衣服清单仔细看着，细心点着。当白雪手捧邮政部门专程送来的那十万元的汇款单时，她乐得像一个获得了许多糖果的孩子，一遍又一遍地看个不停。她欣喜地想，卡石尔库小镇中学有救了，学校的这些危房有救了，有了这十万元汇款，学校危房不但能得到修复，而且还可以焕然一新，只可惜，已是冰封大地的冬季，已失去修复校舍的最佳时间，白雪想等一开春，天气回暖了，就立马动工修建。

老校长打断白雪的思路，他让老师们立刻清点各自班上的人数，及时登记好学生们的身高尺寸，尽快让学生把校服领去。

年轻教师郎伟，不知从哪儿弄来了一部照相机，他让全体师生都穿着同一种颜色的校服——蔚蓝色的校服，合影留念。

次日上午，蔡白雪正在办公室批改作业，她从邮递员手中，意外又收到一份来自东部的汇款单，汇款单上清楚写着：卡石尔库小镇中学校长蔡白雪，请收下爱心捐助一万元现金。下面汇款栏里没有留下捐款人姓名，只是简单写着"同舟共济"四个字。

白雪将这一无名捐款的事，在给陈文进回信中做了详细地说明，她让他查一查身边的人，一个寻常人不会一次性就能捐助一万元现金，这可不是一个小数字啊！出手如此大方的捐助，着实让人感动。她让陈文进设法找到此人，白雪将这一受人恩惠之事，详细安排妥后，一颗悬浮着的心，才算平静下来。

西部的冬季比东部来得更早，天黑之前，风雪来得太急了，据当地气象部门预报，最近受西北强寒流的影响，布鲁米尔市以及周边地区有大风降温，部分地区还伴有强降雪。风雪的突然到来，让白雪有些忧心，学校这些危房是否能在风雪中挺住还很难说，当务之急，就是要设法让学生们躲避这场雪灾啊！她心里想着，便找来布谷齐曼老校长和全体教师，在办公室里，临时开了个碰头会，趁大雪未降之际，立即停课，尽快将邻近的孩子们疏导回家，再将天黑前回不去家的山坳里学生，临时安顿在较为安全的宿舍里住下。

天已经黑下来多时，白雪让小唤东睡下，自己却丝毫没有睡意，她坐在油灯下批改作业，批改一会儿，她担心这外面风雪会给校舍造成影响，白雪心里总有预感，这雪会把校舍给压塌了。白雪在宿舍内，吹灭油灯，和衣躺在床上。正当她昏昏欲睡的时候，一声闷雷般的轰响，把白雪从睡梦中惊醒，她一骨碌从床上爬起，惊慌失措地想点亮油灯，可越是慌乱，越是摸不着火柴，她手忙脚乱地在小唤东身后摸手电筒，这时小唤东也被这突如其来的响声惊醒，只见他一骨碌爬起，抱住白雪的胳膊，一个劲地嚷叫："妈妈——妈妈——我怕，我怕！"

　　就在小唤东话音未落之际，又一次震撼的响声在他们耳边响起。白雪一听惊愕不已，推开小唤东就往外跑，她刚拉开房门，就被外面下了大半人深的积雪给惊呆了，但她不顾一切冲出去，朝着倒塌房屋的方向跑，她在齐腰深的积雪里奋力向前走着，借助雪的亮光，她看清倒塌下来的房屋，是西北角上两间男生宿舍，倾斜下来的屋顶，在白茫茫的积雪里露出一个黑乎乎的大窟窿，就在白雪看清倒塌房屋的同时，也听见从倒塌房屋下面传来孩子们的哭叫声，白雪拼命地跑到近前大声呼叫："同学们，快出来，快跑出来呀！"

　　废墟下面的孩子一听有老师向他们呼唤，都像盼来救星一般，从倒塌的房梁下面往外钻，朝外挤，他们一个个扒去身上柴草、梁木、泥块，挣扎着从各个角落跑出来，白雪用眼扫视跑出来的孩子问："里面还有人吗？里面还有人吗？"

　　孩子们惊恐地相互认了认说："还有，还有同亮亮、葛杰杰、米菜粒。"

　　白雪一见这情形，不容多想，营救孩子要紧，她一头冲进倒塌的房屋下面大声喊道："同亮亮、葛杰杰、米菜粒，你们快出来呀！"由于白雪在雪地里奔跑，手电筒也不知遗失在何处，她在黑乎乎的废墟下面努力向前摸索着，这时，她隐约听见东北角的废墟下面，有"咿咿"的哭叫声，她敏感地摸过去，搬了搬支在墙壁上的房梁，没有扳动，情急之下，她蹲下身用肩膀使劲一扛，一根碗口粗细的房梁被掀开了，堵在下面的两个孩子，一起扒去身上的废墟钻了出来，白雪一见就问："同亮亮、葛杰杰，米菜粒呢？"他俩哭着都说没看见，白雪无奈，又一次钻进另一个墙角去摸，她努力地摸着、喊着："米菜粒——米菜粒——你在哪儿啊！"

　　这时，老校长和三名住校老师也匆匆赶到，他们同白雪一道，努力扒开面前的废墟，他们发现被压在废墟下面的米菜粒，浑身瘫软，脸色苍白，已经昏死过去了。"快，快，快把米菜粒送往医院！"也就在白雪抱起米菜粒向外跑的时候，从房屋的顶梁上，又一根碗口粗的梁木滑落下来，梁木的一端，正击中白雪的头部，只见抱着米菜粒的白雪，身子晃了两下，腿脚一软，连同米菜粒一道，倒在了地上，老校长等人一见，赶忙扶起白雪叫道："白雪——白雪——你怎么样了？你怎么样了？"此刻白雪瘫在地上，双目紧闭，已经不省人事，从头部溢出的鲜血，瞬间流满了面颊，也染红了地上的白雪，老校长不顾一切地抱起白雪，其他人抱起米菜粒，几个人直奔小镇医院。

他们在雪地里奋力将两人送进医院，医生检查说："米菜粒臀部骨折，没有生命危险，重要的是蔡白雪老师头部已经形成出血性脑震荡，急需要转院进行手术，清理出脑部积血，时间不允许耽搁，否则后果不堪设想！"

老校长听完，像疯了一样，背起白雪就朝布鲁米尔市的山道上奔。三位老师也尾随其后。其实他们心里都明白，这么大的雪天，往哪儿送啊？不说到不了布鲁米尔市，就连这四十多里的牛角山道都难走到头，老校长跑着跑着，忽然调过头来，直奔街上的马车租户，一边跑一边喊："快、快、快去叫马车！"

赶车老人望着满身血迹的白雪，他没有犹豫，从后院牵出马车，又从自家床上抱了一床被子，把白雪平放在马车上，用被褥盖好，老校长让郎伟跟他一块去医院，又吩咐另外两名教师回校照顾好小唤东和其他学生。

老汉赶着马车在雪山上艰难地行走了一整夜，直到天亮，才算走出这四十多里的牛角山道。一路上，老校长生怕白雪被冻着而受到风寒，他就像疼爱自己女儿一样，连同被褥将白雪抱在怀里。这一夜的险路攀行，风是何时停的、雪是何时止的，老校长全然不知。他就知道白雪的身子在瑟瑟发抖，体温在急剧下降，僵硬的身子渐渐地凝成了一块冰！

马车渐渐上了公路，路面平坦，积雪浅薄，枣红马的速度也加快起来。经过几人共同努力，他们终于将白雪送到布鲁米尔市医院。当几人慌慌张张将白雪抬进急诊室，医生看了看白雪的伤势，又翻了翻白雪的眼皮，长叹一声说："你们来得太迟了！一点抢救的余地都没有了！"

老校长一把拽住医生的手说："医生、医生，你们快救救她吧！她可是我们学校的校长啊！我们的学校离不开她！我们的学生离不开她啊！"

医生望着布谷齐曼老泪纵横，极力安慰他说："别难过！这位姑娘在你们赶来的路上，就已经没气了！"

老校长见医生无奈的表情，瘫坐在椅子上，并将脸深深埋在双掌里，呜呜地哭了！他怀着一颗极其悲痛的心哭诉着说："白雪啊白雪，是我害了你！是我害了你啊！当初调动通知一下来，我就催你返回内地，也不至于有今天！也不至于把你的生命葬送在我们这里啊！是我没有照顾好你呀！我这个老校长，有愧于你这位新校长啊！"老校长的哭声，牵动着在场医生们的心。

白雪就这样走了，她彻底地走了！她走得那么突然，那么匆忙，她没有来得及告别卡石尔库小镇山民，也没有来得及告别卡石尔库小镇中学全体师生，更没有来得及看到她为卡石尔库小镇中学带来的崭新面貌，她就匆匆地走了！

第三十三章　魂归故里

老校长和郎伟几度悲伤之后，来到布鲁米尔市教委，将昨天夜里大雪压塌校舍，蔡白雪老师为了抢救被压在废墟下的米菜粒同学，被突然滑下的梁木砸中头部，英勇献身一事向市教委领导做了详细描述。

市委主要领导得到消息，也为此震惊和惋惜，通过多方连线，接通了绿水市委的电话，布鲁米尔市市委书记把蔡白雪老师在百年不遇的雪灾中，为了营救倒塌房屋下的学生，不幸殉职一事向绿水市委书记刘明辉作了汇报。

刘明辉放下电话坐在办公桌前，此时他心情极度沮丧，白雪的不幸殉职，于公于私，于情于理，他都感到悲痛万分。

至于如何将这一沉痛打击告诉陈文进，刘明辉反反复复酝酿多时，才自编自导出了一个较为妥当的方案。他拨通了陈文进驻工程处的电话，他告诉陈文进：上午西部打来电话，说昨晚卡石尔库小镇地区普降大雪，由于校舍被积雪压塌，白雪因抢救倒塌房屋下面的孩子，不幸双腿被房梁砸断，目前正在医院全力救治，等日后伤情稳定，校方会派专人护送小唤东和白雪返回内地，他让陈文进等候电话通知，待白雪母子抵达火车站，让他迅速开车去接他们母子回家。刘明辉硬着嗓子一口气说到这儿，泪水差一点滚落下来。

两人通完电话，刘明辉坐在沙发上，浓眉紧锁，两眼直视着办公桌上置放的材料。从表面上看，他似乎很平静，但他的心就像大海里翻滚的波涛，怎么也平息不了。他对陈文进的一言一行，和对白雪一样，都有一颗十分敬重的心。他深知，这是一对多么好的夫妻呀！骨子里流淌的，都是同一类血，"舍己为人，品德高尚"啊！于是刘明辉断然决定：打电话给布鲁米尔市党委，告诉他们，蔡白雪身为共产党员，卡石尔库中学校长，她在危难中挺身而出，以身殉职，是她的光荣、是她的伟大！希望布鲁米尔市领导将白雪的遗体火化后，由校方派专人护送小唤东和白雪的骨灰返回内地。几句郑重的话语，几番诚恳的言辞，足以表达刘明辉在处事上平稳的心态。

布鲁米尔市领导，接到刘明辉的电话后，立即在全市掀起了向蔡白雪老师学习的热潮。为了表彰蔡白雪老师的英勇事迹，他们追认蔡白雪老师为"优秀共产党员、西部助教模范英雄"称号，并在全市教育界，开展了向蔡白雪老师学习的活动。

开完蔡白雪老师的追悼会，由布谷齐曼老校长和郎伟一道，带着白雪的儿子陈唤东，把白雪的骨灰盒用党旗覆盖着，几人坐上马车，由老汉赶着，又一次上了路。这一次白雪真的要走了！这一次白雪真的要回内地了！这一次白雪真的要带着孩子返回家乡了！此时此刻，卡石尔库小镇中学的操场上，站满了全校师生和小镇上的山民，他们都是来为蔡白雪老师送行的，他们将手高高举过头顶，向蔡白雪老师致敬，向蔡白雪老师告别，他们在向蔡白雪老师告别的同时，他们的热泪也溢出了眼眶。

这时候米菜粒被两位姐姐搀扶着，从医院匆匆赶来，身后还紧跟着他们饱经风霜的母亲。她们母子面含热泪，为米菜粒的救命恩人送行来了！为一直帮扶他们家的大恩人送行来了！米家三姐弟快步冲向即将上路的马车，趴在蔡白雪的骨灰盒上失声痛哭："蔡白雪老师，我们离不开你！我们的学校离不开你！我们西部离不开你呀！呜呜呜——"

布谷齐曼老校长和郎伟一道，在火车上经过几天的日夜兼程，终于抵达了绿水市火车站。陈文进，在前一天下午，就接到刘明辉的电话通知，得知白雪和儿子于次日上午十点乘火车抵达绿水市火车站，他兴奋得一宿都没能合上眼睛，他躺在工棚里，翻来覆去睡不着，心想爱妻终于回来了！八年啦！整整八年啦！在婚前的八年分离之后，又一次迎来了八年后的重逢。"小别胜新婚"，何况他们已经分别了八年！在这八年里，他不知熬过多少个难熬之夜，也不知在梦中呼唤过多少次白雪的名字。

早上起来，陈文进将工程中的全部事宜委托给了张垒，他从箱子里拿出前两天路过一家服装店特意购买的一套西服穿在身上，之后，他又对着小镜子理了理蓬乱的头发，将一双粘满污泥的皮鞋擦了擦。为了表达对蔡白雪多年来的爱意，他途经一家花店前，还特意购买了一束漂亮的鲜花带上，顺便在百货商场，又购置了送给儿子的见面礼，有吃的、喝的、玩的外加手上戴的。他将大一包小一包的礼品放置在轿车的座位上，便唱着邓丽君的《甜蜜蜜》，开着车子直奔火车站。到了火车站，他将小车停放在广场出口处，看了看手表，他知道火车还差几分钟才能进站，透过车窗，他忽然发现前面停放的车辆中，有一辆正是他姐夫刘明辉的车子。这时刘明辉提前走了出来。

陈文进走上前问："姐夫，姐姐为何没来？"

刘明辉轻叹一声说："她是要来的，让我给堵了回去。"

两人正说着，火车一声长鸣进了站，他俩将目光移向站台，这会陈文进突然想起，途中为白雪购买的一束鲜花，还放在车内，于是他折回头到车内去取鲜花，当他从车里取出鲜花，激动得像个孩子往回跑时，他却从出口的人流中，望见一位白发老人、一名中年教师和一个小男孩，走出站台，他们胳膊上都戴有黑色袖章，只见老人从后面拥着一个小男孩，小男孩双手捧着用党旗包裹着的骨灰盒，一步步朝他们走来，这时刘明辉两眼紧盯住陈文进说："陈文进，你可要挺住了！"

陈文进不解地看了看刘明辉，又观察三人向他走来的表情，他顿时犯懵了！他见刘明辉接过小唤东手里的骨灰盒，蹲下身用手一指陈文进道："唤东，快去叫爸爸！"

陈文进面对此情此景，明白了一切！手里的鲜花也不由自主地散落在地上。他悲痛欲绝地冲上前，双手接过白雪的骨灰盒，"呜呜"地哭了！这一刻他的心，就像被刀扎的一般难受！他强忍住悲痛，弯腰抱起小唤东，一只手捧着白雪的骨灰盒，哽咽着说："我终于把你们母子给盼回来了！走，我把你们接回家！"

小唤东更是搂住陈文进的脖子，一个劲地哭喊着："爸爸！爸爸！我要妈妈！我要妈妈！"

泪水涌注的陈文进，把小唤东放在车后面的座位上，哽咽着对他说："儿子，看，这是爸爸送给你的礼物！一路上饿了吧？渴了吧？来，这是爸爸为你买的蛋糕，还有可乐。"他安顿好小唤东，又转过身将白雪的骨灰盒，小心翼翼地置放在副驾驶的位子上说："从小到大，你还没坐过我为你开的车子，今天我要把你接回家，你可要坐稳了！咱们一起回家，咱们一起回属于我们自己的家！"陈文进说到这儿，再也抑制不住内心的悲痛，趴在方向盘上失声痛哭起来。

就在众人劝解陈文进时，在他轿车旁边，停放着一辆出租车，里面另有一人，也在为她伤神落泪。这人是追随陈文进车来的，为了想借此机会看一眼多年来未曾见过面的蔡白雪，想和她聊上几句但是没有想到，真的没有想到啊！她看到的却是另外一番情景。她没有下车规劝陈文进，而是让司机迅速离开。

蔡白雪为西部助教献身一事，很快传遍了整个绿水市。为了表彰蔡白雪老师的英勇事迹，绿水市多家新闻媒体，都给予了报道，像布鲁米尔市一样，掀起了向蔡白雪老师学习的高潮。

　　市委领导征求了陈文进意见，问他是否将蔡白雪的骨灰安葬在绿水市烈士公园里，却被陈文进婉言谢绝了。

　　陈文进有自己的想法，他想将白雪的骨灰送回老家安葬，因为老家有他俩的身影，有他俩的脚印，因为老家赋予了他俩更多的回忆。

　　他俩曾许下一个诺言，那就是：他俩的纯真爱情，就像那老家的那棵大槐树，枝叶繁茂，根深蒂固，永远绽放着一串串洁白清香的花朵。陈文进要将那块孕育他俩纯真爱情的净土买下来，他要将白雪的骨灰安葬在那里，安葬在那棵大槐树旁。他要让那棵大槐树，为她挡风避雨，为她庇荫遮阳；他要让那槐花絮，年复一年地飘洒在她的坟头；他要让那洁白无瑕的槐花，和白雪一道，永远相伴。

　　灵车载着白雪的骨灰，随同送行的车辆，形成了一条长长的车队。车上坐有政府的同志，有跨越桥梁公司的员工，有蔡白雪的哥哥蔡永新、张垒，还有许许多多送行的亲人和乡邻。他们一个个怀着悲痛的心情，将蔡白雪的骨灰送回老家，送到那棵大槐树下给安葬了。

　　飕飕的北风奏起了一曲曲悲伤的音乐，好像在为白雪送行；缠绵的雪花跳跃着优美的舞姿，又好像在迎接白雪再次出现。陈文进坐在返程的轿车内，望着窗外飘飘扬扬的雪花，他仿佛又听到："文进哥，下雪了！"

　　"下雪好啊！下雪才像过年的样。"

　　"文进哥，咱们就以下雪为题，对首诗吧！"

　　"好啊！对就对。"

　　"文进哥，你先来？"

"好！我来就我来。嗯——风花白雪月。"

"嗯——儿女文进长。"

"牛郎思织女。"

"织女念牛郎。"

"噢——噢——对上喽——对上喽！"

第三十四章　槐花盛开

　　陈文进怀着极其悲痛的心情，将白雪的骨灰安葬完毕之后，由于整日要忙碌工程上的事情，他将小唤东临时托付给陈兰兰照顾。

　　陈文进想把公司做大做强，的确不是一件容易的事。公司刚刚起步不久，各方面都需要购置先进设备，显然，他从海湾公司带来的那点启动资金，已然是不够了。面临工程上的资金短缺，他又从银行借了五十万元运转资金。他原以为有白雪这位精明强干的贤内助助他一臂之力，将来可以轻而易举地将公司经营得红红火火。如今看来，梦寐以求的理想，全化为了泡影。

　　当下他感到一个人管理这个公司很棘手，他需要给自己减轻压力。他知道，唯一能够减轻他负担的人，也是他最信赖的人，那就是从小一块长大的好友张垒。于是他大胆做出决定：培养创新人才，分担自己重任。他迅速联系上了海湾公司的金良才，也如愿以偿地将张垒送到了海湾公司去学习桥梁工程学，待张垒学习回来，他就可以将公司的一半股份赠予张垒，那样自己的担子会减轻许多。

　　冬去春来，张垒如期从南方学习回来了。这令陈文进非常高兴，他把张垒叫进办公室，亲自给他倒杯水说："老弟，这次南方之行，有何收获，快谈谈你的见解？"

张垒爽快地一笑说："那就是一个字'快'。"

陈文进笑了笑说："说具体点。"

张垒喝口茶，说道："经济发展快，生活节奏快，信息传递快，就连南方人走路的步子，都比咱们这儿人快上几倍！"

陈文进走到张垒近前说："你知道那儿人走路为什么会快吗？"

"赶时间呗！"

"对，说得没错，由于时间的制约，他们每天面临早上班、晚下班，是经济链条带动着他们的步子，久而久之，习惯便成了自然。时间就是金钱嘛！"陈文进说完，走到墙角的柜子前，打开柜门，从里面取出一份股份合同书，拿到张垒近前说："老弟，你在这上面签个字，这个跨越桥梁建筑公司的股份，就有你一半了。"

张垒望着陈文进一本正经，呆滞了半晌，才接过合同书看了看，惊诧地说："老兄！这可使不得！这可是你多年来拼搏出的家业，我可无功不受禄。"

陈文进一笑说："老弟，你嫂子和我们几人从小一块长大，几时分过彼此了？还记得你嫂子和永新，饿得躺在床上睡不着，我俩趁着月色，去生产队山芋地里偷山芋焐着吃，你知道那时的山芋，比现在的猪肉都好吃！那个时候，咱们分过彼此吗？"

"可你这份礼物，也太贵重了啊！"

"哎！别管贵重不贵重！咱们从小都是肩并肩闯过来的，如今也是一样！"陈文进说到这，又不免思念起白雪，他说："打你嫂子走后，我心情一直不好！常常梦见你嫂子向我走来。由于一时间难以撇开她的阴影，我的情绪时常低沉，我真的害怕公司里事务料理不好，出现闪失，我想有你替我分担一半重任，我就放心了！"

张垒忙握住陈文进的手说："哥！即使你不分我一半股份，我也同样为你效力啊!"

陈文进打断他的话说:"别推辞了,我做出的决定,是不会更改的,你就勇敢地挑起这份重任,甩开膀子大干一番事业吧!这也是让你在经济大潮中磨炼的好机会啊!"稍后,陈文进又说:"过两天我想去趟上海,想到大城市里看一看经济发展的趋势,也顺便放松一下,打你嫂子走后,我一直对她放不下。"

就这样,陈文进将公司里的事情安排好,又将新学期白雪在西部对米家三姐弟的对口帮扶经费汇走后,才放心地离开绿水市。

火车经过一夜行驶,在次日凌晨,抵达了终点站——上海。

陈文进手拎皮包,随着人流走出车站,他刚步入广场,迎面就见广场一角,有几百名被"软禁"的民工,正围坐在一起吃快餐,那一个个饥饿不堪的狼狈相,让人瞧见,着实心酸同情。陈文进走近好奇地向看守他们的联防队员问:"请问这伙人是做什么的?"

几人回答道:"遣送回家的民工。"

陈文进一愣又问:"他们都是春运刚过来的民工,为何要遣送回家?"

一个像是头头的人走近说:"不把他们遣送回家,留下来何用?都是一些文盲,待一个春运下来,这帮人还不把上海给挤炸了?"留下来不会对城市有贡献的!"

陈文进叹息一声走出广场,在车站旁边一家旅馆里订了个单间。他躺下来休息,他静静地躺在床上,暗自思量着,这趟上海没有白来啊!他在这儿看到在家看不到的一切。他在家整日忙于工程项目,把自己专业早已抛至九霄云外,今日大都市一见,豁然开朗,中国之大,人口众多,全民素质参差不齐。若让全国尽快富裕起来,提高全民人口素质才是关键。"百年大计,教育为本"。由此看来,教育还需领先前行!虽说当今改革开放,国人生活逐步富裕,人民素质也相对提高,但与发达国家相比较,还远远跟不上啊！

陈文进突然明白，白雪西部执着助教的意义所在了。他也明白了一个道理，那就是：挣钱摆脱贫困固然重要，为国家培养人才更为重要。两者必须齐头并进，缺一不可。陈文进想到这，思路突然来了个一百八十度的大转弯，为了继承白雪的遗愿，为了走白雪在教育事业上没有走完的路，他决定重返教育界，继续教书育人。

如今公司已有张垒替他分担重任，他也该放一放包袱，一心扑在教育事业上了。有了坚定的目标，他情绪相对放松许多。他在旅馆里舒舒服服睡上一觉，下午乘游车去逛了逛外滩，又走了走南京路的步行街，还放眼观望了金茂大厦和东方明珠的威武雄姿。一切伟大的工程的缔造来自于科学，一切科学发展的成就离不开知识，一切知识的传播离不开教育。

陈文进原计划在上海多玩几天，结果他改变了主意，连夜就购买了返程的车票。到了公司，他迅速找来张垒，把自己的想法向张垒说了一遍，张垒听完也表示赞同，还鼓励他安心教书，说公司里除了有特殊事务需要陈文进出面外，公司的其余事情，全由他负责。陈文进十分满意地连连点头说："我百分之百相信你！"

陈文进把自己住所又重新搬回到学校的宿舍里。校长得知陈文进重返校园教书，高兴得连夜驱车赶往他的住所问候。次日，当陈文进走进他熟悉的办公室时，他意外地发现，另一张熟悉的面孔，也随着教师们一道向他频频微笑，陈文进心头一紧，刚要开口，苏姗姗站起身，向他伸出手说："欢迎你，再一次返回我们教育界！"

陈文进只好迎上前，两人握了握手，陈文进问："你怎么也到这儿来了？"

苏姗姗嫣然一笑道："你可别忘了，教书本来就是我的职业哟。"

陈文进把自己安顿好后，便正式上班了。

转眼间，已是春意盎然，下午放学后，陈文进走出校园，正准备开车去小学接他儿子陈唤东，苏姗姗从后面撵上来说："让我陪你一块去接小唤东吧！"

陈文进笑了笑说："不麻烦了，你也该回家了，回去晚了，你的孩子也该想你了！"

苏姗姗立刻面红耳赤说："孩子，谁的孩子？我连老公都没有，哪来的孩子？"

"你如今仍没有结婚？"陈文进眉宇间立刻凝起了一个大疙瘩，但很快说："对不起！恕我冒昧。"

苏姗姗依旧笑脸相迎说："没关系！就让我和你一块去接小唤东吧！"

陈文进钻进轿车，他将车子开向公路，此时车内的气氛一阵沉闷，稍后，陈文进问："怎么，放着法院工作不去做，跑到这儿教书来了？"

苏姗姗郑重其事地回答："为了继承白雪遗愿，为了走白雪没有走完的路，我勇敢地选择了它。"

"你为何对白雪如此了解？"

苏姗姗一笑说："我不但了解白雪，我还很了解你哟！就连你向卡石尔库小镇中学捐助的那十万元现金和两万元订制的校服，我都一清二楚。"

陈文进将车子放慢些问："这确切的消息，你是从哪儿得到的？"

"从你公司一位看大门的那儿。"

"是徐奎？"

苏姗姗说到这，陈文进猛然想起，白雪在接到西部捐资后，又收到一份一万元捐款的事，单上没有写捐款人名字，只是在汇款栏里写着"同舟共济"四个字。陈文进想到这问："卡石尔库小镇中学随后寄去的那一万元现金，是你捐赠的？"

苏珊珊一笑说："允许你捐款帮助白雪修复校舍，就不允许我为西部出力做贡献？如今我们已走到一起，也是同一个战壕里的战友，更拥有'同舟共济'的目标。"

陈文进望着苏珊珊一本正经，他不知道苏珊珊的这次出现，是不是他人生中的一大转折，也不知苏珊珊的再次追随，是不是他的缘分？他真的不知道苏珊珊能否再闯入他的情感区域。

陈文进将轿车开到小学旁边停下，他俩一下车就望见老师对小唤东说："瞧，你爸接你来了！"

小唤东背上书包就朝他俩跑，跑到近前问："爸爸，爸爸，她是妈妈吗？她怎么和妈妈长得一模一样呀？"

陈文进不好意思地看了看苏珊珊。

苏珊珊也看了看陈文进，苏珊珊蹲下身，将小唤东肩上的书包用手扶了扶，问："唤东，你愿意我做你的妈妈吗？"

小唤东两眼紧盯着她回答："我愿意，我愿意！你要是做了我的妈妈，我再也不会想妈妈了！"

苏珊珊一把抱起小唤东，顿时眼睛湿润了！并哽咽着对小唤东说："阿姨愿意，阿姨愿意做你的妈妈。"三个人上了轿车，轿车在小学校门前绕了个弯，便径直驶向前面的一条柏油大马路上。

一个月以后，陈文进怀着一颗忐忑而又坚定的心，再一次开着轿车回到老家那棵曾经寄托他和白雪几十年情感的大槐树下，此时正值槐花盛开时节，陈文进一个人坐在白雪坟前，一面为白雪燃烧着纸钱，一面向她诉说着心语：他说他一生中辜负她的太多了！他不想再辜负另外一个女人！因为这个女人也为他付出得太多！这个女人她曾经认识，她叫苏珊珊。他祈求白雪原谅他，祈求白雪成全他！他要和苏珊珊一道把小唤东抚养成人，请她放心！他默默烧完了纸钱，抬头仰望着大槐树上那一串串盛开的槐花瓣，他仿佛又看见白雪微笑着向他走来，说："文进哥，只要你

第三十四章 槐花盛开

245

感到幸福，我就会快乐！"

陈文进终于成全了自己和苏姗姗的一世情缘。他俩又做出了令他们身边的人都难以想象的一件事，陈文进居然将公司里自己的一半股份，全部交给了绿水市人民政府。并再三叮嘱张垒说：工程上的事情，要和绿水市分管建筑工作的领导密切合作，并希望他们联起手来，能把跨越桥梁公司做大做强。有一天他回来的时候，他想看到跨越是一家实力雄厚的大型桥梁公司。他还叮嘱张垒：他此次西行，何年何月才能回来，还是一个未知数，他让张垒要照顾好永新，永新的脾气很古怪，无论他有什么过错，看在他们从小一块长大的份上，都要对他多加包涵。

陈文进在临行前，将公司里的事宜安排妥后，便和苏姗姗还有他们的儿子陈唤东，购买了西去的火车票，沿着白雪西部助教没有走完的路，继续西行了。他们要去的地方，依旧是那个贫困落后的大山坳，依旧是那个多民族的卡石尔库小镇中学，依旧是白雪爱心施教的地方。

八年前，火车曾载着白雪大胆地西行，而如今，火车又宛若一条威猛的长龙，载着陈文进一家三口，再次西行。火车在一声长鸣中，缓缓离开了绿水市，离开了家乡，离开了亲人，也渐渐消失在一片浓绿的原野上……

后　记

　　自 2006 年我到无锡打工,至今整整十年了!俗话说"十年磨一剑",这话真正让我尝到了创作的艰辛!

　　当时我是"拉萨尔"毛毯厂的一位上纱工人,闲暇之余,我就一个人钻在屋里看电视。有一次在江苏卫视的节目里看到江苏省每年都出版长篇小说几十部,中短篇小说更多。这激发起我的创作梦。心想,我就不能利用业余时间写一部长篇小说吗?于是我抱着试试看的心态,开始用手机创作,但手机内存太小,短信文件夹每篇只能储存几百字,若想在手机上写长篇文章,不太现实!于是我只好拿起笔来写,我把业余时间用手机创作出的大量文字,抄在信纸上,边抄边写,不知不觉《槐花飘香》诞生了。

　　后来因家中老母亲生病,我不得不辞去工作携带手稿返回老家。回家后,我一边务农,一边继续完成我没有收尾的作品。直到 2012 年开春,我的这部长篇小说才得以完稿!接下来,我利用农闲时间对全书修改,一晃又是四年,终于得到淮南市委宣传部的关注,在诸位领导大力支持下,才有今天的作品问世!

　　回想这十年的创作历程,我几乎没有睡过一个安稳觉,每天都是三四点钟醒来,春夏秋冬十载,我手上的汗水几乎湿润了每一页稿纸，冬季里手脚冻成了冻疮，但这丝毫没有令我放弃创作的激情！

我毕竟只是一个业余的文学爱好者，创作总是力不从心。面对一道道难题，我想起爱迪生曾经说过："失败也是我需要的，它和成功一样对我有价值。"的确，成功的道路不是一帆风顺的。一直受名人名言启发的我，将拦路巨石一个个搬开。终于在十年后，我完成了这部长篇小说。当然，书的质量是要靠读者来评定的。我真诚地希望，文学界的前辈们能多给予我指教，也希望各界的朋友们能帮助我，让我的文学之路走得更好。谢谢！

2016 年 5 月 8 日于淮南

槐花飘香

图书在版编目(CIP)数据

槐花飘香/曹孟伦著 . —合肥:合肥工业大学出版社,2017.12
ISBN 978 - 7 - 5650 - 3706 - 1

Ⅰ.①槐… Ⅱ.①曹… Ⅲ.①长篇小说—中国—当代 Ⅳ.①I247.5

中国版本图书馆 CIP 数据核字(2017)第 298814 号

槐 花 飘 香

曹孟伦 著   责任编辑   疏利民

出　版	合肥工业大学出版社	版　次	2017 年 12 月第 1 版
地　址	合肥市屯溪路 193 号	印　次	2018 年 3 月第 1 次印刷
邮　编	230009	开　本	710 毫米×1010 毫米　1/16
电　话	总　编　室:0551 - 62903038	印　张	16.25
	市场营销部:0551 - 62903198	字　数	199 千字
网　址	www.hfutpress.com.cn	印　刷	安徽昶颉包装印务有限责任公司
E-mail	hfutpress@163.com	发　行	全国新华书店

ISBN 978 - 7 - 5650 - 3706 - 1   定价：38.00 元

如果有影响阅读的印装质量问题,请与出版社市场营销部联系调换。